おっさんたちの黄昏商店街

池永 陽

潮文庫

目次

装幀　高柳雅人
装画　前田なんとか

昭和ときめき商店街

第一段階は終った。

あとはアイデアを煮つめて、第二第三の矢を放っていけばいいのだが資金もいることなので、そう簡単にはいかない。しばらくは今のままで様子を見るしかない。

裕三《ゆうぞう》は小さな吐息をもらして、正面に座っている商店街の会長の洞口《ほらぐち》に大きくうなずいてみせる。

「じゃあここで修ちゃん、乾杯の音頭をとれよ。いちおう、町おこし推進委員会の筆頭なんだから」

裕三の言葉に洞口はビールの入ったコップを高くあげて「ご苦労さんでした、乾杯」と叫ぶようにいう。

五つのコップがぶつかって音を立てるが、このうちのひとつはビールではなくウーロン茶である。

ビールをあければ、あとは雑談だ。

目の前のテーブルに並べられた刺身の盛り合わせや鶏の唐揚げ、串焼きや天麩羅、魚の煮物や焼物などに思い思いに箸を伸ばす。

昭和ときめき商店街の真中に店を出している、居酒屋『のんべ』の奥の小あがりだった。

集まっているのは商店街で学習塾を開いている小堀《こぼり》裕三、区役所を退職して年金生活を謳歌している川辺茂《かわべしげる》。それに町おこしの筆頭で老舗喫茶店の主人である洞口修司《しゅうじ》、もう一人が鍼医《はりい》を開業している羽生源次《はぶげんじ》だ。

今年六十五歳を迎えるこの四人は同じ町内の同級生だったが、これに変り種が一人加わっていた。ウーロン茶で乾杯していた五十嵐翔太《いがらししょうた》はまだ高校二年生で、簡単にいえば推進委員会の顧問というか付録というか、そんな存在だった。

とにかく――この年寄り四人と一人の若者が先頭となって、商店街の町おこし運動を推進し、今日ようやく一段落ということで、めでたく今夜の祝宴となったのである。

「だけど、本当にご苦労さんだったよな。誰もがやりたがらない、面倒で嫌な役目だったのに、商店街の会長としても助かったよ。この通り礼をいうよ」

洞口がすでに禿げあがった頭を深々と下げた。

「何を修ちゃん、水くさいことを。私たちはみんな幼馴染みの同級生なんですから。困っているときに助け合うなんてのは当たり前のことですよ」

川辺がしんみりした口調でいった。こっちの頭は黒々としている。ひょっとしたらカツラかもしれないが。

「同級生じゃない翔太君にも、随分世話になったけどな」

白い物がかなりまじっている長い髪をかきあげて、裕三がいうと、

「いえ、僕なんて。ほんのちょっとアイデアを出しただけですから」

翔太は照れたようにいってうつむいた。

「いや、翔太君のアイデアがなかったら、この計画は前に進まなかった」

裕三の本音だった。

町おこしの推進がきまったころ。

四人が洞口の店の『エデン』に集まり、コーヒーを前にしてどんな町にするかのコンセプトをあれこれ考えたことがあった。しかし、ぴたっとくる案はなかなか出てこない。頭を抱えて唸《うな》っていると、後ろから若々しい声がかかった。

「昔懐かしい、昭和の町というのは……」

四人が声のしたほうを向くと、羞《はにか》んだような表情の若者が立っていた。

「古くさくてぼろい商店街だから、それならいっそ逆手にとってと思って……すみま

せん、酷《ひど》いことをいって」

蚊の鳴くような声を出した。

これが翔太だった。たまたま店にきていて町おこしの議論の場に出くわし、思わず口を挟んでしまったらしい。

「僕自身、昭和という時代が大好きだから、それでつい……」

すまなそうに翔太はいうが、このアイデアは即採用されて町おこしを貫くコンセプトになり、翔太はこの日から推進委員会の顧問的存在になった。翔太もこれを快く引き受けた。年寄りにまじって高校生が一人。今時珍しい若者といえた。

「おっさん軍団と若武者一人――何とのう戦国の乱世を彷彿させるなあ。そうなると総大将は五十嵐翔太。そのほうが、おっさんより絵になるなあ」

こんな大時代的な言葉を口にしたのは、鍼医の源次である。

今から十カ月ほど前のことだった。

「何といっても――」

コップをテーブルの上に置いて裕三が四人の顔を見回した。

「商店街の名前を変えるという大刷新ができて良かった。反対者も多かったが曲がりなりにも通って肩の荷がおりた。これは大きな収穫だった」

ほっとしたような口調でいった。

「おう、それそれ」

すぐに源次が相槌《あいづち》を打つ。

「鈴蘭中央商店街から、昭和ときめき商店街──何だかんだといっても、こっちのほうが夢があるのは確かじゃからな。何とのう気恥ずかしさはあるものの、わしはこっちのほうが好きじゃな」

「そうそう。お昼の式典でアーケードの入口に新しい看板があがったときには、不覚にも涙が出そうになりましたよ……でも」

川辺がくぐもった声を出した。

「何だ、川辺。いいたいことがあったら、はっきりモノ申せ」

源次が発破をかけるようにいう。

「名前は、ときめき商店街でも実際はそれとはかなり、かけ離れていて。それを考えますと」

溜息まじりで答える川辺に、

「実際は、昭和黄昏《たそがれ》商店街ですね」

ぽつりと翔太がいった。

「昭和黄昏商店街か──いいなそれは。そこはかとなく哀愁《きょうしゅう》が漂っていて、俺たちおっさん連には胸にじんとくるものがあるな。いっそその名前に変えたいぐらいだが、まさかそんなわけにはな」

苦笑いを浮べて裕三がいうと、

「多少自虐的だが、決して悪い言葉じゃねえな。おれたち昭和生まれには、確かにじんとくる名前だな」

すぐに洞口が賛同する。

「生意気なことをいわせてもらいますと、昭和黄昏商店街から、ときめき商店街に変えていくのが推進委員会の役目――それでいいんじゃないですか。やりがい充分の仕事だと僕は思います」

遠慮ぎみにいう翔太に、

「黄昏から、ときめきか。よし、それならこの言葉を肝に銘じて、大いに頑張ろうじゃねえか」

源次が威勢のいい言葉で受けて、みんなが大きくうなずきをくり返す。

「それはそれで決まりとして。まだ、いろいろと当面の問題がな」

低い声でぼそっと裕三がいった。

「……ここにきても、まだ賛同してくれない店が何軒か残ってますからねえ」

川辺が追随の言葉を出す。

「まずは、豆腐屋の大竹《おおたけ》さんか」

洞口は宙を睨《にら》みつけてから、

「そうだ、裕さん。あの手を使ったらどうだ。小学校時代からの裕さんの得意技――あれはまだ、大竹豆腐店には使ってないだろう」

意味深な笑みを浮べた。

「あれって、何じゃ？」

きょとんとした顔を源次が向ける。

「あれは、あれですよ。裕さんの必殺技、困ったときの土下座外交」

嬉しそうな声を川辺があげた。

「土下座じゃないよ、あれは……」

裕三の抗議の言葉が終らないうちに、源次が口を挟む。

「あの、目眩《めくら》ましか――なるほど、あれはやってみる価値はあるよな」

皺《しわ》だらけの顔を綻《ほころ》ばせていった。

そのまま、にまっと笑った。けっこう愛敬《あいきょう》のある顔だった。ついでにいえば、源次の髪はまだ黒くて量もあったが、剛毛な上に縮れっ毛なのでどことなく雀《すずめ》の巣を連想させた。

この鍼医の源次だが――実をいうと絶滅危惧種というか何というか、とんでもない男だったのだ。

都内の北部、埼京線沿いの小さな町にある旧鈴蘭中央商店街は、衰退の一途をたどっていた。

端を発したのは今から二十五年ほど前のバブルの崩壊で、このころから徐々に客足の途絶えは始まるが、景気はもうすぐ上向くはずと商店主たちは高を括《くく》っていた。しかし、景気は一向に良くならず客足のほうだけが減っていき、店を閉める者も出てきた。

これにとどめを刺したのがアメリカを震源地とするリーマンショックだった。店を閉める者はさらに多くなり、残された商店主たちは青くなった。それぞれが価格の見直しをしたり、店を改装したりして個々で延命を図ったものの大きな効果は出なかった。

個々ではなく、町全体で――。

商店主たちはようやくここに気づき、五年前に町おこし推進委員会が結成されて対策を練ったが、それぞれが勝手なことをいうだけで話はまとまらず、結局その道のプロの意見を仰ぐことになった。

個性的でオシャレな町の創造――。

専門家の意見はこの一言に尽きた。

そして、専門家の教えに従って町づくりを進めれば、莫大な資金がいるのも確かだった。行政の援助を受けたとしても、自己負担の額は半端ではなく、さらに無理をしてこれを実行したとしても、町が蘇るという保証はどこにもなかった。現にこうした町づくりをしても、失敗する例が次々に出ているのもわかった。なす術がなかった。その結果、商店主たちは町おこしのすべてを商店街の会長だった洞口に一任した。といえば聞こえはいいが、やる気を失くして丸投げしたのである。

諦め——それが商店主たちのほとんどの気持であり、鈴蘭中央商店街はゆっくりと立ち腐れの状態に陥っていった。だが、それでいいはずがない。

裕三の許を商店街の会長の洞口が訪れたのは一年ほど前、のんべに誘われて町おこしの話をあれこれと聞かされた。

「このままでは、いずれここはシャッター街になってしまう」

酎ハイをあおりながら洞口は愚痴っぽくいった。何か名案はないだろうかと。

名案はなかったが、裕三はこの話にすぐに乗った。実をいえば、裕三の塾も子供たちが激減して数年先の見通しができない状況だった。決して他人事ではなかった。

「実はうちも崖っぷちでな、何とかしなければと思っていた」

真剣な表情でいうと、

「裕さんとこは確か、出来の悪い子たちを集めて矯正させる塾と聞いてたけど」

これも真剣な面持ちだった。

「そうだな。不登校、乱暴な子、じっとしていられない子、授業についていけない子……そんな子供たちをあずかって、何とか普通程度の状態にするというのが、うちの塾の教育方針ではあるな」

「だから小堀塾じゃなくて、こぼれ塾――落ちこぼれと小堀をかけて、みんなはそう呼んでいるんだろ」

そうした呼び方をされているのは裕三も知っていた。最初は腹も立ったが、今は静観しているというのが実情だった。というよりも、近頃ではなかなかいい名前だとも思い始めている。

「そう呼ばれているのは確かだな。だが、まさに言い得て妙――俺は小堀塾から、こぼれ塾に変更してもいいとさえ思っているさ」

ほんの少し笑ってみせる。

「そうか。やっぱり裕さんは大人だな、大したもんだ。しかし、そんな子供たちをあずかる塾でも不景気の波が押しよせてるっていうのは心配なことだ。それでは大人になったとき困るだろうに」

洞口は酎ハイを喉に流しこむ。

「遠い将来よりも、目先の今――やっぱり多少の余裕がないと子供を塾に行かせることなど、できないんだろうな」

「そうか。で、俺は裕さんにちょっと訊きたいことがあるんだが」

妙に真面目な視線を向けてきた。

「落ちこぼれの子供を、普通に戻す方法というかコツというか、それは何だろうな」

「簡単なことだよ」

裕三はコップに残っていたビールを一気に飲みほし、

「優しさと忍耐。決して諦めずに辛抱強く子供と向き合う。その一言に尽きるな」

何でもないことのようにいった。

「やっぱりそうか――」

洞口はごくりと唾を飲みこんだ。

「それなら裕さんに頼みがある。正式に町おこし推進委員会のメンバーになってもらえんだろうか」

裕三の目を真直ぐ見ていった。

「正式に俺が、町おこしのメンバーに？」

怪訝《けげん》な表情を浮べる裕三に、

「町おこしってのは、つまるところ各商店主の説得というのがいちばんの仕事なんだよ。いくらいいアイデアを出しても反対する商店主は必ず出てくるからな。そういう商店主は大体が変り者か頑固者、そして小心者と相場はきまっている。そんな連中を何とか納得させるのが、町おこしという事業のメインなんだ。みんなの足並みが揃《そろ》えば、あとはそれを実行するだけ。本当に難しいのは、その足並みをどう揃えさせるかという一点なんだ」

噛《か》んで含めるように洞口はいった。

「だから、俺に白羽の矢か。そういう商店主は、落ちこぼれの子供たちと同義語ということか」

裕三はしばらく視線を宙に漂わせてから、

「わかった。その代り、俺のほうにも条件がある。あと二人、仲間を加えてほしい。それを承知してくれれば」

はっきりした口調でいった。

「そんなことは、お安い御用だが。しかし、いったい誰を」

「一人は川辺の茂――あいつは区役所に勤めていたから、そっち方面に顔が利く。行政のほうへの問題提起や資金調達をするときは、何かと重宝するだろうと思ってな」

「それはいいな。了解した。もっとも向こうが首を縦に振ればだが」

「役所を退職して暇を持て余しているはずだから、まず大丈夫だと俺は思うが」

「なるほど、で、もう一人は誰なんだ」

身を乗り出してくる洞口に、

「羽生の源ジイ――」

嬉しそうに裕三はいった。

「源ジイって、鍼師《はりし》の源次のことか。裕さんところの近くで鍼灸院を開いている」

意外というような顔つきを洞口はした。

「そうだよ、その羽生源次だよ」

「何でまた、源ジイを……俺には理由がよくわからないんだが」

「源ジイは喧嘩に強い。だからな」

「源ジイが喧嘩に強いってのは初耳だな。確かあの男は、中学一年のときに転校してきたんじゃなかったか」

「そう。中学一年の夏に、祖父だという爺《じい》さんと二人で長野の山奥からうちの近所に引越してきて住みついた。俺とはよく一緒に遊んだ仲だ」

「俺の記憶では中学時代はおとなしかったような……喧嘩が強いという印象はまったくないんだが」

洞口は首を傾げる。

「中学時代はおとなしかったが、高校に行ってからは番長をやっていたという話を聞いている。何でも喧嘩は連戦連勝で当時の仇名は、鉄ジイだったとか」

「なるほどな。老け顔だった源ジイは高校に行っても、やっぱり鉄ジイか。それにしてもあいつ、体は小さいほうじゃなかったか」

洞口はまた首を傾げる。

「確かに小さかった。背は百六十センチそこそこだったけど体のほうは仇名の通り、硬い筋肉におおわれていてカチンカチンだったのを俺は覚えている。あの体なら殴られようが蹴られようがびくともしないはずだ」

「いわれてみればそんな気も……しかし、今回の町おこしに喧嘩の強い人間が必要というのが、よくわからん」

やっぱり怪訝そうな表情だ。

「同じ町内に、テキヤの山城組《やましろぐみ》がいるじゃないか」

「確かにテキヤの一家はいるが、あそこはおとなしい組で、うちの町内の祭りのときも屋台の一切を取りしきって、今まで問題をおこしたことはほとんどなかったはずだが」

「今まではそうだったが、これからはちょっと違うかもしれん。隣町にたむろしている半グレの連中が、山城組にちょっかいを出しているという噂を聞いている。だから、まさかのときの用心棒代り」

裕三は小さくうなずく。

「そういうときは、さっさと警察を呼んだほうがいいんじゃないのか、双方で暴力沙汰になるより。幸い俺は商店街の会長になったときから防犯には力をいれてるし、そのつきあいもあって警察のほうにも顔は利くし」

「警察に顔が利くのは有難いことだが。さて、すぐに国家権力に頼ったほうがいいかどうかは、事と次第によるんじゃないか。それに半グレの件は別にしても、商店街は平和なほうがいいのは確かなことだ。だから自警団代りになってもらってもいい」

「自警団代りか――それなら助かることは事実だが。まあ、こぼれ塾の裕さんが勧めるんだから、それなりの考えはあるんだろう。いいよ、源ジイを入れても」

洞口は首を縦に振る。

「高校時代は番を張ってたといっても、中学時代、源ジイは俺の親友だった。性格はよくわかってるつもりだから大丈夫だ」

太鼓判を押すようにいう裕三に、

「しかし、それほど喧嘩に強かった源ジイが中学時代はおとなしかったというのは、なぜなんだろう。その辺がよくわからんな」

いい終えたとたん、洞口の顔がふわっと綻ぶ。

「あっ、そういうことか。思い出した。ようやく思い出した」

素頓狂《すっとんきょう》な声をあげた。

「源ジイのやつ。同級生だった、小泉《こいずみ》レコードの恵子《けいこ》ちゃんに熱をあげて。それでひたすら猫をかぶっておとなしくして……そうだ、そうだ。恵子ちゃんが近くにいると、あいつコチコチに固まって金縛りにかかったようになってたよな。純情の極致だったんだ、源ジイは」

「まあ、無理もないけどな。恵子ちゃんは正真正銘、美人で可愛すぎたから。多かれ少なかれ、みんな密かな思いを抱いてたんじゃないか……修ちゃんだって」

「そうには違いないけど、俺は少なかれのほうだな。身のほどっていうやつを、俺はちゃんと知ってたからな。そういう裕さんはどうなんだ」

嬉しそうに洞口はいう。

「俺も少なかれのほうだな。恵子ちゃんは何たって高嶺の花で、いくら好きになってもどうしようもなかったから」

「それなのに源ジイは、ただひたすらに恵子ちゃんのことを……羨《うらや》ましいな、眩《まぶ》しいぐらいに美しいな」

感激したように洞口はいってから突然「あっ」と叫び声をあげた。

「おい、源ジイって、まだ独り身だったよな。ひょっとしてあいつ、今でも恵子ちゃんのことを思いつづけているんじゃないか。それで独り身をずっと通して」

「今でも恵子ちゃんのことをって……それはどうなんだろう。そうかもしれんし、そうでないかもしれんし。しかし、もしそうなら。それは……」

裕三は宙を睨みつける。

「もし、そうなら何だ」

たたみかけるように洞口はいう。

「美しいを通りこして、激しすぎる。常人にまねのできることじゃない。その鬱憤《うっぷん》を高校時代に喧嘩で晴らしていたのかもしれんな」

「そうならそうで、すごい男だな。源ジイというやつは」

溜息をもらすように洞口はいい、

「そうはいっても、俺たちも現在は源ジイと同じ独り身だけどな」

ぽつりと言葉を出した。

「そういうことか。修ちゃんは四年前に肝臓癌《がん》で奥さんをなくし、川辺は五年前にこれも心筋梗塞《しんきんこうそく》で奥さんを失って、俺は……」

そこで裕三は言葉を切った。

「離婚して、二十年ほどになるんじゃないか。理由はまったく知らないけどよ」

掠《かす》れた声で洞口がいった。

「いわゆる、性格の不一致というやつさ。人間ってやつは困ったもんだ」

明るすぎるほどの声を裕三は出す。

「俺は一人娘に孫ができて、今ではその孫に店を手伝ってもらっているし、川辺も息子が一人いて、これはすでによそで所帯を持っている。本当の意味で独り身というのは、子供もなかった裕さんと源ジイだけということか」

溜息まじりの声でいった。

「子供は別にして、みんな独り身でいいじゃないか。俺も修ちゃんも川辺も、そして正真正銘、独り身を押し通した源ジイも」

裕三は呟《つぶや》くようにいってから、

「そうだ。これからは、この町おこしの俺たちの会を、独り身会と呼ぼうじゃないか。そのほうが、いっそうの親近感も出るし」

大発見をしたような顔でいった。

「いいな、それは」

と洞口はいってから、

「おい、よく考えてみると恵子ちゃんも旦那とはかなり前に離婚していて、今は独り身だ。一人娘の七海《ななみ》ちゃんは、いまだにレコード店を手伝っているけど――おい、七海ちゃんて、いくつだった」

低い声で訊いた。

「二十二だと思ったが」

「そうすると、四十過ぎのときの子か。高齢出産だったんだな、恵子ちゃんは。けっこう、無理したんだな」

「そう。頑張ったんだ、俺たちのマドンナは。一生懸命、頑張ったんだ……しかしまあ、母子ともに健康だったんだから、それはそれで、けっこうな話じゃないか」

裕三はコップに残っていたビールを一気に飲みほした。

夜の九時少し前。

裕三は源次と一緒に商店街を歩いていた。

自警団の夜の見回りで主役は源次。あとは順番に誰か一人が加わって、町内の飲み屋が店を閉める十二時過ぎまで目を光らせるのだ。

『大竹豆腐店』の前を通る。

裕三の足がぴたりと止まった。むろん、店は閉まっている。豆腐屋の勝負は早朝、三時にはその日の豆腐づくりが始まっているはずだ。

裕三は店の正面を凝視する。シャッターはなかったが、アルミサッシのガラス戸がきっちり閉まっている。問題はこの、サッシ戸なのだ。

昭和のにおいのする商店街づくりにあたり、裕三たちの推進委員会が商店主たちに提案したもののひとつが、通りに面した開口部は木製に——というものだった。

アルミサッシの扉や窓枠よりも木製のもののほうが昭和っぽい、レトロな雰囲気を出すことができる。そのためにかかる費用の半分は行政が持ってくれるという条件を引き出して会議にかけた結果、大半の商店主は賛同してくれたのだが大竹豆腐店は首を縦には振ってくれなかった。

裕三は何度も足を運んで、今年古稀《こき》を迎える主人の仙市《せんいち》に頼みこんだが、返ってくる言葉はいつも同じだった。

「豆腐屋は水を大量に使う。木製のガラス戸なんざ使ったら、すぐに黴《か》びてきて手間がかかってしようがねえ」

仙市はこういって、まったく相手にしてくれなかった。

何とかしたかった。

「で、いつやるんだ、裕さん。例の目眩まし正座戦法は」

隣の源次が声をかけてきた。

「そうだなあ……あれは最後の手段で、そのあとはもうないからな。よほど考えてからないと、お手上げ状態になるからな」

裕三は唸り声をあげる。

「かといって、ほっておくわけにもいかんじゃろ」

「いかないな。なるべく早いほうがいいのは確かなんだが……まあ、もう少し考えて実行に移すことにするさ」

裕三は宙を睨みあげて、明るすぎるほどの声をあげる。

「そうだ、源ジイ。恵子ちゃんの店へ行ってみないか。たまには、かつてのマドンナの顔を拝んでくるのもいいもんだ」

「恵子ちゃんの店って、あそこは九時で閉店じゃねえか。こんな時間に行けば迷惑をかけるだけなんじゃねえのか」

否定の言葉が飛び出した。

「いいんじゃないか、迷惑かけたって。何たって幼馴染みの同級生なんだから。遠慮することはないと思うが」

諭《さと》すようにいうと、

「幼馴染みたって、わしは中学生のときにこの町へ……」

しぼんだ声が返ってきた。

「何を訳のわからんことを。小学生からだろうが中学生からだろうが、幼馴染みに変りはない。御託を並べるのはよしにして、とにかく行くぞ」

裕三はさっさと歩き出す。少し遅れて源次もついてきた。何だかんだといっても、やっぱり行きたいのだ。

『小泉レコード』の前に行くと、まだ灯りがついていた。どうやら閉店ぎりぎり、間にあったようだ。木製の扉を押してなかに入ると、奥のカウンターからすぐに声がかかった。

「いらっしゃい。小堀のおじさん。あっ、源次さんも――珍しいですね。二人でここにくるなんて」

恵子の一人娘の七海である。

「自警団の夜の見回りだよ。何か物騒なことでもあるとまずいと思って、ちょっと寄ってみたんだが」

目を細めて裕三はいう。

恵子によく似た、くっきりとした大きな二重瞼《ふたえまぶた》が特徴の七海はかなりの美人だった。

「ああ、お二人とも推進委員会のメンバーでしたよね――それなら、お仲間がもう一人きてますすよ」

目顔で奥の棚を指した。

見知った顔が神妙な顔をして、真直ぐこっちを見ていた。翔太である。

「何だ、翔太――おめえ、ここで何をしてるんじゃ」

すぐ後ろで源次の素頓狂な声があがった。

「僕は昭和の歌が好きなので、それで時々ここにきて何かいいレコードは入ってないかチェックしてるんです」

カウンターの前まできて、翔太はいった。

そういえばこの店はＣＤだけではなく、昭和歌謡の中古レコードも取り扱っていたことを裕三は思い出した。

「昭和大好き人間の翔太君は、歌まで昭和のものが好きなのか。そりゃあ大したもんだ。まったく頭が下がる」

感嘆の声を裕三があげると、

「それで、おめえ。昭和の歌手の誰のファンなんじゃ」

源次があとを引き継ぐようにいった。

「好きな歌手はいろいろいますが、今探しているのは『圭子の夢は夜ひらく』という宇多田《うただ》ヒカルさんのお母さんの藤圭子《ふじけいこ》さんの歌です」

ちょっと恥ずかしそうにいった。

「そういえば、そんな歌あったよな――確か、かなり暗い歌だったような気がするが」

裕三が首をひねりながらいうと、

「確かに暗い歌には違いないですけど、あれは昭和の暗さで、色でいえば真黒ではなくて焦茶のような気がします」

訳のわからない解説を翔太はしだした。

「真黒じゃなく焦茶なあ……ならおめえ、平成の暗さは何色になるんじゃ」

源次が興味津々の表情で訊く。

「平成の暗さは、ダークグレイです」

すぐさま、翔太は答えた。

「昭和の暗さは焦茶で、平成の暗さはダークグレイか……何となくわかるような、わからないような」

裕三が首を傾げると、

「わしはわかるぞ——いずれにしても、どっちの時代も暗いんじゃろうが。そういうことだ、いい時代なんぞ、どこを探してもない。簡単にいえば、そういうことじゃろ」

源次が乱暴なことをいった。

「ちょっと違いますけど、簡単にいえば源次さんのいう通りでも……」

翔太はぼそっといってから、ふいにまくしたてるような声を出した。

「この歌のなかで、藤さんはワタシというところを、アタシって歌ってるんです。アタシですよ。すごいと思いませんか」

「おめえがすごいっていうんなら、そりゃあ、すごいんじゃろうな。わしには、そういう微妙な問題はよくわからねえけどよ」

すぐに源次が賛同した。

「この歌ってCDでもあるんじゃないか。それでは駄目なのか」

裕三が疑問に感じたことをいうと、

「駄目です、レコードでなくっちゃ」

すぐに否定の言葉が返ってきた。

「信号音じゃなくて摩擦音じゃないと、昭和の歌の生の良さはわかりません。貧乏たらしい音のほうがいいんです。マニュアル通りの音じゃないほうが……」

いってから翔太は、わずかにうなずいた。

「マニュアル通りの音なあ……それにしても、レコードを探すのならネットで検索したほうが早いんじゃないか。値段のあれこれはよくわからないが」

裕三が素朴な疑問を口にすると、翔太の顔に困惑のようなものがちらっと覗《のぞ》いて、すぐに消えた。

「レコードを買うなら、レコード屋さん。それが一番自然のような気がしますから。だから、僕はここで」

いいわけじみたことをいった。

「レコードを買うなら、レコード屋か――いいな、何となくいいような気がするな。立派な心がけじゃと思うぞ、翔太」

源次は手放しで褒《ほ》めてから、

「ところで七海ちゃん、今日はお母さんは」

さっきとは打って変って大胆なことを口にした。

「今日明日と、お母さんは熱海へ旅行に行って留守。残念でした。おじさんたち、当てが外れて」

面白そうにいう七海に、

「えっ？」と裕三が怪訝そうな声をあげた。

「おじさんたちって、子供のころからお母さんのファンなんでしょう。だから、エデンのマスターや川辺さんたちも時々ここにやってくるんじゃないんですか」

ずばっといった。

「洞口や川辺もここにくるのか！」

素頓狂な声をあげたのは源次だ。

「少なくとも、おじさんたちよりは、よく顔を見せてるはず。男の人って、本当にロマンチストが多いんだから」

七海の言葉に裕三も源次も伏目がちになって下を向く。

「じゃあ、ここで問題」

はしゃいだ声を七海があげた。

「お母さんは、いったい誰と熱海に行ったのでしょうか。女の人でしょうか、それとも」

裕三と源次の顔を覗きこむように見てから、

「こんなことは想像したくもないけれど、男の人でしょうか」

七海の言葉に裕三と源次は思わず顔を見合わす。

「男と行ったのか……」

源次が喉につまったような声を出した。

とたんに七海がぺこりと頭を下げた。

「ごめんなさい。はしゃぎすぎた。お母さんはいつも一人旅、誰とも一緒には行っていません」

裕三と源次はまた、顔を見合わす。

「じゃあ、ほっとしたところで帰るか」

裕三は冗談っぽい言葉を口から出して、源次をうながした。

「そうじゃな、そうするか」

すぐに源次が同意する。

ちらっと翔太のほうを見ると、思いつめたような表情で何かを見ている。視線の先は、七海の横顔だ。そういうことだったのだ。だから翔太はこの店に……何か声をかけようかと言葉を探していると、源次が野太い声をあげた。

「翔太、励めよ」

意味不明なことをいった。

「はいっ」

電気仕掛けの人形のように、翔太は体をぴんと伸ばして高い声をあげた。

店を出た裕三と源次は、ゆるゆると商店街を歩く。

「しかし、驚いたな。洞口と川辺が、あの店に行ってたとは。二人とも、そんなことはおくびにも出してなかったのに」

裕三が源次に声をかけると、

「そういう展開になってるとは、まったく知らなかった。油断も隙もねえよな、この世の中」

低い声が返ってきた。

「もっとも二人とも他意はなく、軽い気持で行ってるんだろうけど――まったく男というのは七海ちゃんのいうように、ロマンチストというか子供というか、妙な生き物だ。しかし、こうなったら源ジイ」

「こうなったら、何だよ」

「誰に遠慮することなく、恵子ちゃんの顔が見たくなったら、大いばりで行けばいいんだ。頑張れ、源ジイ」

発破をかけた。

「頑張れって、おめえよ」

源次は照れたような声を出してから、

「それはそれとしてよ、裕さん。わしは近頃、何というか。虚しいというか、淋しいというか……」

妙なことをいい出した。

「いっていることが、よくわからんのだが」

「このまま何もなく、死んでいくのかと思ったら、そんな気持が体の奥から湧いてくるようでな」

裕三は胸の奥で唸り声をあげる。これは相当深刻そうだ。

「何もなくというのは、その、何といったらいいのか、女のことか」

恐る恐る言葉を出した。

「そんなんじゃねえよ」

すぐに否定の言葉が返ってきた。

意外だった。となるといったい……。

「この自警団を始めて半年と少し。その間、起きたことといえば、酔っ払い同士のいい争いの仲裁が三件だけ。あとは何の事件も起こらねえ」

「けっこうな話じゃないか」

思わず本音を口にする。

「けっこうな話じゃねえさ。わしがこの自警団の仕事を引き受けたのは、もっと大きな抗争——具体的なことをいえば、以前裕さんがいったように、この町内には山城組というテキヤの一家がいて、隣町の半グレたちと事を構えそうな状況になっているという言葉をわしは信じて」

さらに妙なことをいった。

「わしは信じてって……源ジイは、その抗争が起きたほうがいいっていうのか。確か、半グレの後ろにはヤクザ組織がいるって話も聞いたけど。源ジイはそんな連中と事を起こしたいと思っているのか」

まさかと思いつつ口にしてみると、

「正直にいうと、起こしたい」

とんでもないことを源次はいった。

「起こしたいって——そんな連中に関わったら命を落すことだって」

裕三は怒鳴るようにいった。

「どうせ、わしたちは独り身会。命を落したとしても、それほど支障があるわけじゃねえだろう。特に裕さんと、わしはよ——だったら、そんな連中を相手に暴れてみるのもいいかなと思ってよ。でねえと、せっかくのわしの技が泣くんじゃねえかとな」

どことなく愚痴っぽく聞こえた。

「技が泣くって……源ジイは高校時代の番を張ってたころのように、暴れまくりたいっていうのか」

「高校時代か」

ぼそっと源次はいい、

「あんなものは、子供の遊びのようなもんじゃ」

吐きすてるように口にして、宙を睨みあげた。

「すまん。ちょっと喋《しゃべ》りすぎた。何だか今夜は、いつもより苛立《いらだ》ちが激しいようだ」

いうなり源次は夜の町を獲物を求めるように、早足で歩き出した。


源次の正体を知ったのは、この一週間後のことだ。

町おこし推進委員会の集まりを、洞口の店のエデンでやった。メンバーはいつもと同じで、むろん翔太も出席している。奥のテーブルの上にはビールの瓶が並び、翔太だけはいつものようにウーロン茶だった。

洞口の孫娘の桐子《きりこ》が、厨房でつくっていた野菜炒めを運んできた。手際よくテーブルに置いてから、

「翔太っ」

と声をかける。呼びすてだ。

「あんた、こんなおっさんたちといつも一緒で、よく倦《あ》きないわね」

呆れたようにいった。

翔太と桐子は幼馴染みで、通っている高校も一緒の同級生だった。

「倦きることはないよ。けっこう話も合って、面白いと僕は思ってるよ」

ぼそっと翔太がいう。

「だからあんたは、女子にもてないのよ。このままだと、灰色の高校生活を送ること

になっちゃうよ」

　桐子は、いいたいことをずけずけというので評判の娘だ。といっても、からっとした気性なので誰も悪くは思わない。顔は可愛いというよりは美人タイプ。両目がきりっとした、姐御肌《あねごはだ》の女の子だ。

「翔太の好みの女は藤圭子。現在、『圭子の夢は夜ひらく』というレコードを探している真最中だそうじゃが、ちょっと待てよ」

　といったのは源次だ。

「何よ、源ジイ。ちょっと待てよって」

　桐子はおっさん連中を相手にしても、容赦のない物言いをする。

「なあ、みんな」

　源次は一同を見回し、

「桐ちゃんの顔って、藤圭子に似てるって思わねえか」

　断定した口調でいった。

「そういえば、はっきりした目と細い顎《あご》が似てないことはないですね」

　川辺がすぐに同意するが、微妙に頭を振っている。

「ええっ、何それ」

　その言葉に桐子が反応した。

「じゃあ、私が翔太好みの女子だっていうの。そんなの、信じられない」

桐子はぷっと頰を膨らますが、そのなかに一瞬嬉しそうなものが浮ぶのを裕三の目はとらえていた。と、なると……。

「幼馴染みの翔太に、好きになられてもなあ」

桐子は照れ隠しのようにいいながら、トレイを胸に抱きかかえて厨房に戻っていった。どうやら、まだ何かをつくる気らしい。男っぽい性格に似合わず、桐子はけっこう料理が得意だった。

洞口が苦笑いを浮べて溜息をもらした。

推進委員会の集まりといっても、それほど特別な話があるわけではない。有り体にいえば、みんなで集まって酒を飲みながら与太話に花を咲かせる。それが本音だった。要するに、みんな人恋しいのだ。

「はい、どうぞ」

桐子が今度は焼き餃子を運んできた。

「桐ちゃん。ビールを二本ばかり、持ってきてくれるか。栓は抜かなくていいから、栓抜きはこっちにあるからよ」

源次が注文をつけた。

すぐに桐子は厨房に戻り、瓶ビールを二本持ってきてテーブルの上に置く。

「本当に抜かなくていいの？」

「いいさ。まだこっちの一本に、半分ぐらい残ってるからよ」

機嫌のいい声で源次は答える。

その十分ほどあと、嘘のような光景が目の前に……。

半分ほど残っていたビールが空になり、源次の手が桐子の持ってきたビール瓶に伸びた。瓶の首を右手で握ったと思った瞬間、親指が王冠をすっと押しあげた。

ビールの栓は呆気なく抜けた。

「あっ！」という声があがった。

見ていたのは裕三と翔太の二人だ。

「何だよ、妙な声をあげて。何か面白いことでも思い出したのか」

洞口が怪訝そうな目を向けてきた。

「やっちまった……」

ぽろっと源次がいった。

が、裕三は嘘だと感じた。

源次は故意にやった。決して、何気なくやってしまったわけではない。確信犯だ。

先夜、源次がいっていた技というのは、この類《たぐ》いに違いない。源次は暴れたいのだ。

その承認をみんなから得たいのだ。

「やっちまったって、何をやったっていうんだ、源ジイ」

洞口の言葉に、翔太がビール瓶の口を指さした。

「何だよ、ビールの口がどうしたっていうんだよ。訳、わかんねえよ」

「源次さんが指で弾いて栓を抜いた」

翔太の言葉に、厨房から桐子もやってきた。

「指で弾くって。どうすれば、そんなことで栓が抜けるというんですか」

川辺が奇異な声をあげる。

「すまん。本当はこういうものは人に見せちゃあ駄目なんじゃが、つい独りのときの癖で。しかし、まあ、見られちまったもんは仕方がねえ」

いうなり源次はもう一本の新しいビール瓶の口を右手でつかみ、親指の腹で栓をひょいとこねあげた。栓は呆気なく抜けた。

「何だよ、それ。源ジイの隠し芸か。どうすりゃそんなことができるんだ。コツを俺にも教えてくれよ」

洞口の嬉しそうな言葉に、

「コツじゃねえんだ、術なんじゃよ」

源次はそういって、テーブルの上にころがっている王冠を手に取って指でつまんだ。すっと力をいれた。王冠は簡単に二つに折れた。源次はころがっている王冠をつまみ、次々に指で折っていった。テーブルの上に十個の折れた王冠が並んだ。

「源次さん、何なの、それって？」

翔太が上ずった声をあげた。

「みんなには、今まで黙ってたけどよ」

源次はふっと吐息をつき、

「わし、実は忍者なんじゃ」

びっくりするような言葉を口にした。


落ちこぼれの子供たちの溜り場ともいえる『小堀塾』の終了は夕方の六時だったが、そう簡単に時間通りにはいかない。

時計を見ると六時四十分。

がらんとした部屋のなかで、小学六年の隆之《たかゆき》と中学二年の弘樹《ひろき》が机を挟んで睨み合っている。ガンのつけあいだ。理由はない。強いてあげれば、隆之にとって弘樹は「うざい」存在で、弘樹にとって隆之は「生意気」ということになる。

塾終了の六時頃からこの状態なので、すでに四十分ほどがたっていた。裕三はそんな二人を、きちんと正座して、すぐ横で見守るように見つめている。隆之と弘樹の二人は床の上に胡坐《あぐら》をかいた格好だ。

小堀塾に椅子はない。床の上に正座をするか胡坐をかくか、机も個別の物はなく長机が十本近く並んでいる。このほうが仲間意識が強くなる――裕三の人間教育に対する方針だった。裕三はここを学習塾だとは思っていない。江戸時代からの伝統に倣《なら》った「私塾」。そう考えていた。

六時五十分になった。

裕三は二人の横に正座しているだけで何もいわない。言葉を出すのは睨み合う二人の心のあれこれが希薄になってからだ。そうでないと無理強い、強要になってしまって言葉が耳に届かない。

時計が七時を指した。

「じゃあ、ここいらでやめよう」

ふわりとした声を裕三は出す。

「二人とも疲れたろう。いや、ご苦労さんだった。集中力を六十分間保ちつづけるというのは立派なものだ。よくやった。できるならそれを勉強か創作のほうに向けてもらえると、俺は嬉しいんだがな」

裕三は笑いながらいい、

「隆之、お前は先に帰れ。俺は弘樹に、ほんの少しだが話があるからな」

うながされた隆之は、ぺこりと裕三に顔を下げてから、バッグを手にして部屋を出ていった。杞憂だとは思うが、二人を一緒に出して外に出た道すがらで喧嘩になってても大変だ。それに、ほんの少し弘樹に話があるというのも本当だった。

「なあ、弘樹」

隆之が出ていってから一呼吸おいて、裕三は弘樹に声をかける。

「前からお前は隆之のことを生意気だといっているが。じゃあ、その生意気な隆之はどんな理由でここにきてると思う」

弘樹はちょっととまどいの表情を浮べてから、

「落ちこぼれだから」

ぼそっとした声でいう。

「半分合っているが、半分は違うな」

裕三は表情を引きしめて、

「隆之は確かに落ちこぼれで勉強もできない。だが、その前に隆之は生意気なんだ。そしてな――」

じろりと裕三は弘樹を睨む。

「お前も隆之同様、生意気で落ちこぼれで、おまけに不良だ。つまりだな、お前も隆之も同じものを持ち合わせている同類項なんだ。だから、余計に癇《かん》に障るんだろうな」

「そうかもしれんけど……」

低い声で弘樹はいう。

「それを何とかするために、お前も隆之もここにきている。といっても俺はお前たちの生意気さを正そうとは思わない。これは個性だ。いい方向に発揮すれば長所になるはずだ。そんなものよりも、俺が向上させようとしているのは心の強さと優しさだ。これがもう少し上がれば、生意気さにも丸みが出てくるはずだ。そういうことだ」

裕三は顔中で笑って、小さくうなずいてみせる。

「なら、お前も帰れ。話はそれだけだ。明日もちゃんと顔を見せろよ」

裕三の言葉に弘樹は立ちあがり、こちらもぺこっと頭を下げて背中を向ける。バッグを手にして部屋の出口に向かう。その背中に裕三は声をかけた。

「同じ個性を持つものを敵だと思えば腹も立つだろうが、味方だと思えば心強い仲間になるぞ——隆之も来年は、お前と同じ中学に入って不良の道を歩くことになるはずだ。いいか弘樹、この塾で学んでいる者はみんな仲間だ。そして、お前は隆之の先輩だ」

弘樹は何も答えずに外に出ていった。

「さて」と裕三は呟いてから、家の奥の台所に向かう。夕食の仕度である。

冷蔵庫を開けて、キャベツとニンジンとネギとピーマンを取り出す。それを適当に切って、フライパンのなかに放りこんで炒める。仕上げに中華の素を振りかけて味を調えれば野菜炒めのできあがりだ。

これに隣のコンロにかけておいた豆腐の味噌汁——これが今夜の裕三の献立だった。急いでいるときはこれに限る。あっという間にできる。

夕食をすませた裕三は大竹豆腐店近くの『ジロー』という喫茶店に向かう。ここで川辺と落ち合い、いよいよ敵陣へ乗りこんで仙市との最終決戦だ。正座戦法だ。

川辺はすでにきていて奥の席でコーヒーを飲んでいた。その前に裕三は「よっこらしょ」といって座りこみ、テーブルにきたウェイトレスにコーヒーを頼む。

「飲んだら、すぐに行くか、川辺」

と裕三がいうと、

「少し話をしていきませんか。聞いてほしいこともありますし」

相変らず丁寧な口調で川辺はいった。

頼んだコーヒーはすぐに運ばれてきて、裕三はそれをブラックで口に含む。

「裕さんはまだ、コーヒーはブラックなんだな。私は砂糖とミルクを入れないと飲めなくなりました。年ですね、やっぱり」

愚痴っぽく川辺は声に出してから、

「話というのは源ジイのことですよ。あの、とんでもないことを口にした」

声をひそめていう。

つられて裕三も思わず周囲を見まわした。

あの夜——。

「わし、実は忍者なんじゃ」

といった源ジイは、そのあと窺《うかが》うような目で四人を順番に見た。

「忍者って、あの忍者か！」

素頓狂な声を出したのは洞口だ。

「そうじゃよ、あの忍者だよ」

ぼそっという源次に、

「そうだとしたら、なぜ今まで黙っていたんですか。本当に本物の忍者なら、スクープもんじゃないですか。もっとも、これだけ年を取ってしまうと……」

こういったのは川辺だった。

「忍びは闇に潜むが本分……決して表には出るなと。わしの師匠じゃった祖父《じい》様が口を酸っぱくしていうもんだからよ、それでよ」

真面目腐った顔で源次はいう。

「いくら、闇に潜むのが本分だからといって、この時代に——」

再び口を開く川辺の言葉にかぶせるように、

「他に、どんな技ができるんですか」

翔太が目を輝かせて訊いてきた。

「他にといっても、ここでは……」

源次は独り言のように呟いて、空になったビール瓶を左手で無造作につかんで持ちあげた。睨みつけるように見てから、人差指と中指の二本をぴんと突き出した。

二本の指を瓶の口に叩きつけた。

ビール瓶の口が折れて飛んだ。

声にならない悲鳴があがった。

「これぐらいは、できるがの」

低い声でいって、

「つまり、わしは今まで封印してきた忍びの技を、これからは存分に遣おうと思ってよ。この商店街の発展を阻む輩に対してよ。いい機会じゃったから、それがちょっといいたくて……」

照れたように雀の巣のような頭を掻いた。

「それは有難いことだけどよ──しかし、源ジイ、今までの技がすごいというのはわかったけど、いきなり忍者だといわれても、あまりに奇想天外で頭が混乱するというか」

みんなの正直な思いを洞口が代弁するようにいった。

「そうじゃな、修ちゃんのいう通りかもしれんの。あんまり唐突すぎたのは確かじゃな、調子に乗りすぎたかもしれん」

源次は恐縮したようにいい、

「すまん。何だかわしは自己嫌悪に陥ってきた。悪いが今夜は、これで帰らせてもらうからよ。ちょっと喋りすぎた」

ふらっと立ちあがった。

小さな背中を丸めるようにして、店を出ていった。

これが、あの夜の顚末《てんまつ》だった。

あれから忍者という言葉は禁句のようなものになっていて、源次の前では誰もが口には出さない状況になっていた。

「だからというわけでも、ないですけど」

川辺はコーヒーをひとくち含み、

「あの源ジイが忍者だという話、裕さんは本当だと思いますか」

テーブルに身を乗り出してきた。

「そういわれてもなあ」

裕三は口を濁す。

「指で栓を抜いたり王冠を折り曲げたりする人間は、プロレスラーのなかにもけっこういますし、空手で指を鍛えている人間ならビール瓶の口を折ることも可能です」

はっきりした口調でいうが、裕三には川辺が何をいいたいのかわからなかった。取りようによっては、源ジイに反感を抱いているようにも感じられるが。

「見た目はすごい技ですが、はたしてあれが実戦に役立つものなのかどうか。単なる曲芸のようなものだともいえます。ただ」

川辺の目に力がみなぎったような気が——。

「今まで封印してきた技を商店街のために遣うといった源ジイの言葉。あれはよくわかります。納得できます。と、いうのも実は私——」

力のみなぎる目が裕三を睨んだ。

「高校、大学と柔道をやっていまして、腕前は三段なんです。勤めが役所ということもあって、一度も実戦に用いたことはありませんが、自信はあります」

胸を張った。

ようやくわかった。川辺はこれがいいたかったのだ、源次に対抗心を燃やしているのだ。

「用いたことはありませんが、道場では百戦錬磨の猛者《もさ》たちと死物狂いの乱取りを数えきれないほどやっています。源ジイのように小手先の曲芸はできませんが、実際に人をぶん投げるのには自信があります」

そういうことなのだ。源次に誘発されて、川辺も暴れたいと宣言しているのだ。しかし、あのいつも物静かでおとなしかった川辺が柔道三段とは。中学卒業以来、川辺とはほとんどつきあいはなかったものの、それにしても人は見かけによらぬという標本のようなものである。

「よくわかった。川辺も源ジイのように、この商店街を守るために、自分の技を役立てたい――そういいたいわけだな」

単刀直入にいってみた。

「ええ、まあ。私も役所を退職して自由の身。死物狂いで若いころに練習してきた自分の柔道が、どのくらい世間に通用するものなのか、それが知りたくて。年寄りの冷水かもしれませんが」

恥ずかしそうにいった。

源次といい川辺といい、この手の腕自慢の話をするときはどこからともなく、きまり悪さのようなものが湧いてくるようだ。

「ちゃんと聞いたから大丈夫だ。川辺が柔道三段の猛者で、その技を商店街の発展のために遣いたいという旨――それは修ちゃんにも翔太君にも、もちろん、源ジイにも伝えておくから」

笑いながらいうと、

「源ジイのようにみんなの前で発表すればいいんですけど、柔道ではあまりに地味すぎますので。それで裕さんに――いちばん話しやすい気がして」

やはり、照れたようにいった。

「じゃあ、一件落着したところで、そろそろ大竹豆腐店に乗りこむか。あそこは朝が早いから、へたをすると寝てしまう。その前にきちんと話をつけたいからな」

腕時計を見ると八時ちょっと。

裕三は川辺を急かせて喫茶店を出た。


大竹豆腐店の前に行くと入口の戸はすでに閉まっていて、白いカーテンが引かれていた。鍵もかかっているようで戸は開かない。裕三は引戸を右手で叩いた。

すぐに「はあい」という女性の声がして、カーテンが開けられた。仙市の妻の鈴子《すずこ》だ。

「おや、小堀さんに川辺さん。今日もまた、あの話ですか」

苦笑しながら二人を店のなかに招きいれ、

「あんた、推進委員会の小堀さんと川辺さんがいらっしゃったよ」

奥に向かって鈴子は声を張りあげる。年は確か六十七だ。

店の土間につづく障子戸が音をたてて開き、

「例の件なら、何も話すことはねえぞ」

白髪頭を突き出して仙市が吼《ほ》えるようにいった。

「そうかもしれませんが、今日はこれで最後という思いでやって参りました。ですから、何とか話を」

哀願するようにいう裕三に、

「今日が最後だって――そういうことなら聞かねえわけにもいかねえか。わかった。あがんな」

仙市は顎をしゃくり、二人は土間につづく六畳の和室にあがりこむ。すぐに鈴子の手で冷たい麦茶が運ばれてきて卓袱台《ちゃぶだい》の上に置かれる。鈴子はそのまま奥に引っこみ、裕三たちは卓袱台を挟んで白髪頭と対峙《たいじ》することに。

「まあ、飲みなよ。うちはクーラーもなくて扇風機だけだからよ。冷えたお茶でも飲んで、頭の熱を下げるといいよ」

仙市は機嫌よくいって卓袱台の上の茶碗を手に取って、がぶりと飲みこむ。倣って裕三と川辺も茶碗に手を伸ばす。

「さて、それじゃあ、最後の話とやらを聞かせてもらおうか。知っての通り、豆腐屋の朝は早い。九時には寝て、三時前には起きなきゃならねえからな」

腕時計に目を走らせると八時半に近い。

「最後の話というのは、この大竹豆腐店の後継者の問題です」

ずばりといった。

川辺の表情に訝《いぶか》しげなものがまじる。どうやらこの展開は頭になかったようだ。ただ単純に、土下座外交をやるものだと思いこんでいたようである。

「今までの話では、お二人の息子さんはそれぞれが外で家庭をもち会社勤めをされていて、大竹豆腐店は仙市さんの代でおしまいということを聞いていましたが」

じろりと仙市を睨む。

仙市はその目を避けるように外す。

「水仕事がメインの豆腐屋が木枠の戸を使えば、すぐに黴びてきて始末におえないというのが今回の提案の拒否理由でしたが、もうひとつの大きな理由に、この後継者問題があるんじゃないでしょうか。あと十年ほどは頑張ってもらえるものと、私たちは勝手に思いこんでいたんですが、ひょっとしたら店を閉める時期が……」

裕三の目は真直ぐ仙市の顔を見ている。

仙市のほうは——徐々に顔が動いて、その目をまともに受けとめた。こっちも睨むような目だ。

「そうだよ、まさにその通りだ」

低い声でいい放って、仙市は口を一文字に引き結んだ。

そのまま沈黙が流れる。

口を開いたのは仙市のほうだ。

「俺も……」

嗄《しわが》れた声を出した。

「俺も今年で古稀で、もう年だ。知っての通り、豆腐屋は力仕事で、俺の体もそろそろ限界にきて悲鳴をあげ始めている。だから……何とかもってあと三年ぐれえ。それで大竹豆腐店は閉めようと思ってる。悲しい話だが、倅《せがれ》たちが跡を継がねえっていう以上、それしか道はねえ。まったく情けねえ話だがよ」

仙市は両肩を落とした。

やはり、そういうことなのだ。木製の引戸どころではなく、この豆腐店が存続するかどうかが問題なのだ。いくら木製の引戸を入れても、あと三年でこの店がなくなってしまってはどうしようもない。

「でも、ここの手造りの豆腐を楽しみにしているお客さんは大勢いるはずです。それは仙市さんにもわかってるはずで、だからこそ体に鞭《むち》打って今までやってきた。この店の豆腐を買いにくるお客さんのために」

正座した膝の上の両手を握りしめて裕三はいう。

「そんなことはわかってる、けどよ――」

ふいに仙市は口調を荒げた。

「俺は老いぼれ、倅たちは跡を継がねえ。こうなったらもう、店を閉めるしか仕方がねえじゃないか」

叫ぶようにいった。

「仕方がないことはありません。方法はあります。たったひとつだけですが」

裕三は白髪まじりの長髪をかきあげ、はっきりした口調でいった。

「おい、裕さん！」

さすがに心配になったのか、隣の川辺が高い声を出した。

「何だよ。その、たったひとつの方法っていうのは」

仙市の射貫くような目が裕三の顔を見ていた。

「若い人に後を託すことです」

これが今回の裕三の切札だった。

もしこれを仙市がのめば、木枠の問題などは自然と解決に向かうはずだ。

「若い人っていうのは、いってえ、どこのどいつのことだよ」

「それは、これから探します」

「何を寝惚けたことを！」

仙市が怒鳴った。

「いいか。豆腐屋なんてのは決して大きく儲《もう》かる商売じゃねえ。朝早くから汗水たらして働いて、それで手にできる金なんてのはわずかなもんだ」

「でも、仙市さんたちが、それで食べてきたのも確かじゃないですか。お二人の子供も立派に育てあげて」

「それは、まあ、そうだが。けどよ、今の時代のチャラチャラした若い連中に、こんな昔ながらの豆腐屋なんぞが、できるわけがねえだろうが」

「今のこんな乾いた時代だからこそ、昔ながらの面倒な手造りの豆腐づくりに情熱を燃やす若者もいるはずなんです。お願いですから、チャラチャラという言葉で若者たちを括らないでください。いつの時代にも、真直ぐで根性のある若者はいるはずです。昭和の時代だって平成の時代だって。引っ張っていくのは、いつの時代でも若者なんですから」

裕三の持論だった。

どんないいアイデアを出そうが、町に住む多くの人間が年寄りではその地域はすたれる。多くの若者たちの注入——これが実現できなければ単なる延命のみに終ってしまい、地域の活性化などはありえない。鍵を握っているのは若者たちで、年寄りはその手助けをするのみ。裕三はそう思っている。

「むろん、今すぐ、仙市さんの前にそんな若者を連れてくることはできません。ですが、半年ほどの時間をいただければ、必ず仙市さんの前に——」

裕三の頭は目まぐるしく回転する。

まずはネットだ。商店街のウェブサイトで募集をかければ、それなりの反応があるはずだ。そのなかから真面目に豆腐づくりに取りくんでくれる若者を厳選して……むろん、面接を行うのは裕三自身である。商売柄、人を見る目だけは持っているつもりだった。

「もし、そんな若いのがいたとしても、そこは、やっぱり他人だからよ」

仙市がぽつりといった。

やはり出た。どこの商店街でも活性化を進めるときに出るのが、この血脈と土地の問題だ。日本人特有の湿った考え方。もちろん、ここには長所と短所の両方が含まれてはいるが、この際短所のほうは目をつぶってもらわないと。

「仙市さんの店を、他人に明け渡せといっているわけではありません。そのあたりの細々としたことは仙市さんに迷惑が及ばないように、きちんと契約書として残しますし。店のレンタル代として、毎月なにがしかの金銭は入れてもらうつもりです。仙市さんには、その若者が豆腐づくりを覚えるまで、きちんと指導をしていただければ」

念を押すように裕三はいう。

あと、もうひと押しだ。この血脈の問題さえ乗りこえれば。仙市の心は明らかにぐらつきを始めている。あと、もう少し。

「他人だと考えなければいいんです。もちろん、血は繋《つな》がっていないので家族とは、なかなかいい難いでしょうが。そこはどうでしょうか、せめて仲間だと思えば。同じ道を歩んでいく仲間だと」

噛んで含めるように裕三はいう。

「仲間なあ……けど、やっぱり他人に違いはねえからなあ」

そういって仙市は、ちらっと柱にかかっている古い時計を見る。九時を少し過ぎていた。

「おっ、もう時間だ。じゃあ、あんた。この話はまたの機会ということで。何たって豆腐屋は朝が早いからよ」

小さく頭を振った。

仙市は問題を先送りするつもりだ。だが、先送りにして様々なことを考えれば、結論は必ず保守的な方向に傾く。時間がたてばたつほど、その傾向は強くなる。弱いのが人間の常なのだ。自分も含めて、すべての人間が。しかし——。

「時間がこようが何がこようが駄目です。私は仙市さんが首を縦に振るまで、ここに座りつづけるつもりです」

はっきりといった。ここで承諾を得なければ後はないはずだった。正座戦法だ。何といわれようがどうされようが、ここに座りつづけるのだ。

「ここに座りつづけるだと——面白えじゃねえか。なら、明日の朝の三時前まで、俺っちが起きてくるまで正座をつづけるがいい。あと、六時間だ。足が腐るかもしれねえぞ」

怒気を含んだ声だった。

「そうさせて、いただきます」

抑揚《よくよう》のない声でいった。

「上等だ。それならいっそ、こんな畳の上じゃなくて、土間のコンクリートの上で座ったらどうだ。もし、明日の三時前まで座りつづけることができたら、あんたの提案を前向きに考えてやってもいい」

顎をしゃくって土間を指した。

「わかりました」

裕三はふらっと立ちあがり、

「川辺はもう帰れ。ここから先は俺一人の仕事だ。お前がいても邪魔になるだけだ」

大きくうなずいて川辺を見た。

裕三の言葉に従い「年なんですから、ほどほどに」と川辺はささやいてから、仙市に挨拶をして出ていった。

裕三は六畳の和室からゆっくりと下におり、土間の片隅に静かに腰を落して正座する。土間は濡《ぬ》れていた。和室に目をやると仙市の姿はなかった。

腕時計に目をやると、午前一時を少しまわっている。あれから四時間が過ぎていた。そろそろ限界になってきていた。が、ここでやめるわけにはいかない。あと二時間、何が何でも座り抜かなければ。

正座をするときのコツで、足の指を動かしたり組みかえたり。そして、わずかに体を浮かして両方の足の指を立てて反らせてみたり……様々な方法を試みてはいるものの膝から下の感覚はすでになくなって麻痺していた。

額からは脂汗が、ひっきりなしに浮き出てくる。拭《ぬぐ》っても拭っても浮き出てくる。内臓のほうもおかしくなっていて、胃のなかのものをすべて吐きたい気分だ。

裕三は膝の前に両手をつく。

目の前が白く霞《かす》んでぼやけてきた。

心臓の鼓動も異常に速い。

このまま死ぬのではと、ふと思う。

そうなったら、どれだけ楽だろう。

しかし、そんなことはできない。自分は苦しまなければならない人間なのだ。そう、苦しむのが自分の仕事。それだけのことを自分はしている。

あのとき、自分は。

あのとき……。

裕三は唇を噛みしめた。生暖かい味。血だ。口のなかは血でいっぱいだ。これは神の罰だ。耐えなければ……。

膝前の両手に力を入れようとしたとき、

「もう、いいよ、小堀さん」

頭の上から声がかかった。

いったい何時なのか、見上げると仙市が立っていた。

「まさか、本当にやるとは。だから、もうやめてくれないか。あんたのいう通りにするからよ。大人気ないまねをして悪かった。だから、もうやめてくれないか、小堀さん」

泣き出しそうな声で仙市はいった。

同時に裕三はその場に崩れた。

抱きとめたのは仙市だ。

「なあ、小堀さん、教えてくれよ。あんた、何でこんな一円にもならねえ他人事に一生懸命になるんだ。自分の体が壊れるかもしれねえのによ、足が砕けるかもしれねえのによ」

声をつまらせて仙市がいった。

「私は……」

声を絞り出した。

「私は、この商店街が好きだから。それに」

裕三はむせた。胸が苦しかった。

「それに、昭和という時代が好きだから……」

やっといえた。

「昭和か――俺も昭和は好きだ。ろくでもねえ時代だったけど、俺も昭和が大好きだ」

潤んだ声で仙市が叫んだとき、裕三の意識はなくなった。

大豆のにおいだけが鼻に残った。

初デートは映画館で

そろそろ、学校も夏休み。

独り身会の五人は、いつものように商店街の中央にある居酒屋『のんべ』の小あがりに集まっている。おっさんたちはビールか酎ハイで、翔太だけはウーロン茶だ。

「翔太、おめえ。夏休みのバイトはやってるのか」

ビールのコップを手にした源次が野太い声をかける。

「やってますよ。というより、僕はもともと新聞配達のバイトを、中学生のときから学校の許可を得てやってますから」

翔太の答えに、おっさんたち四人から思わずどよめきがあがる。

「中学生のときから、翔太君は新聞配達をやってるのか。それは感心というか何というか。知らなかった、まったく知らなかった。今更ながら驚いたな」

本当に驚いた声を裕三はあげた。

「両親が僕の小さいころに離婚して、母親のほうが家を出て今は駅裏のアパートで僕と二人暮しですから。なるべく自分にかかるお金は自分で稼がないと」

「お母さんは確か、保険の……」

遠慮ぎみに川辺がいった。

「外交員ですけど、なかなか競争の激しい業界のようですから」

「そうですか……妙な話ではあるけれど、翔太君はいつも私たちと一緒にいるから、いろいろと知ったような気になっていましたけど。実はほとんど何も知らなかったんですねえ、私たち」

申しわけなさそうな声を川辺があげたとたん、

「それだけ翔太が、このおっさん軍団に無理なく溶けこんでいる証拠ともいえるんじゃねえか。わしは、そのほうが頭が下がるというか、感服の至りというか、天晴《あっぱ》れというか」

コップのビールをごくりと飲みこみ、源次が大時代的な言葉を口にする。

「何はともあれ、翔太君は偉いよ。うちの桐子なんか、好きなときにバイトだといって、ふらっと店にやってきて、自分の働き以上の金をせしめて帰っていくんだからよ。それに較べたら、翔太君は偉い、文句なしに偉い。頭が下がる」

洞口が手放しで褒《ほ》めた。

「そんなことないですよ」

すぐに翔太が照れたような声をあげる。

「僕のクラスにもいろんな理由で母子家庭の生徒は何人もいますが、みんなどこかで働いてお金を稼いでますよ」

「そんな生徒が何人もいるのか。ぼうっとしている間に、いつのまにか、とんでもない乱世になってしまったんじゃなあ」

感慨深げに源次はいい、

「かくいうわしも、高校生のときにはジイさまの鍼灸の仕事を手伝って、けっこう働いてたんじゃがの」

翔太に向かって大きくうなずいた。

「源ジイの場合は桐ちゃんと同じで、喧嘩をする傍らの、ちょこちょこぐらいの手伝いだったんじゃないのか」

ビールをひとくち飲んでから、面白そうにいう裕三に、

「ちょこちょこじゃなくて、半々ぐれえといってほしいよな」

源次は真面目な顔で答えた。

「しかし、朝夕の配達だと、自分の時間がなくなってしまうんじゃないですか」

川辺も真面目な口調でいう。

「そこのところはちゃんと考えて、僕は朝刊だけにしてもらっています。その代りに、大量に配るということで辻褄は合せて。だから、自分の時間はきちんと確保しています」

幾分恥ずかしそうに翔太はいった。

「けっこう、ちゃっかりしている部分もあるんですね、昭和大好き人間の翔太君も」

いってから川辺はマグロの赤身を無造作に口に放りこみ、満足そうな表情で一気にのみこむ。

「すみません――こういった独り身会の集まりのときも、いつも皆さんにあまえて全部ご馳走になってしまって」

川辺の様子を横目で見て、翔太はぺこりと頭を下げる。

「そんなことは当然のことで、気にしなくていいさ。翔太君は未成年で俺たちは、すでに薹《とう》の立ちすぎた、いい年のおっさんばかりなんだから。遠慮なしで思いっきり、たかってやればいいいさ」

裕三は笑いながらいい、

「なら、そろそろ本題に入ろうか。駅前通り裏の鈴蘭シネマの話に――この話を仕入れてきたのは修ちゃんだったよな」

と洞口をうながす。

「ざっとした話で恐縮なんだが、鈴蘭シネマは客の入りが悪くて、年内にも小屋を閉めたいとオーナーの中居《なかい》さんはいっているらしいんだが、これをどう処理したらいいかと思ってね」

すぐに川辺が洞口のあとを引き継ぎ、

「中居さんはまだ、五十ちょっとですから。やめたくてやめるわけじゃなくて、あくまでも理由は経営不振ということに……そうなると、情がらみの説得や裕さんの土下座外交じゃ何ともならないということになりますね。経営を立て直すことのできる具体策を持っていかないと」

やけに分別くさい顔でいった。

「そういうことだな。となると、これはよほど考えてかからないとな。とにかく、あの映画館をこの商店街からなくすわけにはいかないから。あそこはまさに昭和そのもの、この商店街の象徴みたいなもんだからな」

裕三ははっきりした口調でいって、グラスに残っていたビールを一気に飲みほした。

駅前通りの裏にある『鈴蘭シネマ』は昭和三十年代の終りに建てられた映画館で、築五十年以上がたっていた。ペンキ塗りの木造りの外観はがっしりとはしていたが、素朴さだけが目立って、オシャレな感覚はほとんどない。それだけに年季の入り具合だけは大したもので、昭和生まれの者にとっては不思議な郷愁《きょうしゅう》を感じさせた。

今でも二本立ての興行はしているものの客席の数も少なめで、上映される映画も邦画のみだった。むろん、封切館ではなく、いわゆる二番館と称されるもので入替制もとらず、料金も普通より三割ほど安い。余計なようだが、この映画館の最大の特徴はションベン臭さ——昔の場末の映画館はみんな同じような臭いがした。

「それでどうだ。何かいい考えでもあるのか、裕さん」

洞口が手にしていたビールのグラスを、テーブルの上に置いていった。

「すぐには何も浮ばないが、あそこには息子が一人いたよな。その息子に跡を継ぐ気があるのか。といっても今回は中居さん自身がまだ若いので、それは考えなくてもいいのかもしれんがな」

裕三は焼き鳥の串に手を伸ばす。

「息子の名前は確か裕之《ひろゆき》、年は三十少し前のはずで、仕事はフリーターというか何というか。ついでにいえば跡を継ぐ気はないようだな。もうひとつ、ついでにいえば奥さんの頼子《よりこ》さんは中居さんより三つほど下で、今はこの奥さんと中居さんの二人で小屋のきりもりをしているはずだ」

口をもごもごさせながら洞口がいった。

頬張っているのはこれも焼き鳥で、もごもごさせているのは入歯の調子が悪いからに違いない。

「予備知識はそれぐらいで充分か。あとはとにかく直接、中居さんのところに行って話をしてみるさ。廃業だけはやめてくれるようにな。何たってあそこは、昭和の象徴なんだから」

裕三は口のなかの焼き鳥をのみこんで洞口を見る。

「一人で大丈夫か。誰かと一緒に行くのか」

「わしが行こうかの」と源次がすぐに声をあげた。

「残念ながら源ジイは駄目だ。ここは腕っ節よりも、頭の柔らかさが必要だからな」

裕三の言葉に源次が、わかりやすくしょげた。

「どうせ、わしは……」

何やら、ぶつぶついっているようだが、その言葉を追いやるように、

「翔太君がいいな。彼なら、きっといいアイデアを出してくれると思うから。平成生まれで昭和大好き人間の翔太君ならな」

機嫌よく裕三はいう。

「あっ、はい。お役に立てるかどうかわかりませんが、精一杯頑張ります」

その言葉が終らぬうちに「あっ」と川辺が妙な声をあげた。

「何じゃ、どうした。何かあったのか」

源次が怪訝《けげん》そうな面持ちでいう。

「隣町の半グレがやってきた」

川辺の言葉に五人の目が入口に集中する。

髪を赤く染めた男と、金髪の男。それに坊主頭の三人が入口のところから店内を見回している。三人とも背は高く引きしまった体で、一人は特攻服を着ていた。

三人はどこに座ろうか席を探しているようだったが、視線が一点で止まった。三人の顔には嫌な笑いが浮んでいる。笑いを浮べたまま、奥の席に向かった。

「おい、まずいぞ」

洞口が掠《かす》れた声をあげた。

「奥の席にいるのは、テキヤの山城組の面々だ」

洞口の視線の向こうに目をやると、二人の若い女性と若い男が向きあって食事をしながらビールを飲んでいた。

「あの右側に座っているほうの女性が山城組の看板娘で、確か名前は山城冴子《さえこ》」

「なるほどの。看板娘だけあって、よく目立つ女子じゃのう」

源次が鷹揚《おうよう》な声でいった。

日焼けのためか色は浅黒かったが、冴子の顔は整っていた。が、強い顔立ちではない。かといって優しい顔でもなかった……強いていえば、妙な表現だが素直すぎる顔立ち。そんな言葉しか見当たらない。

三人が冴子たちの前に立った。

何かを話しかけているが、冴子たちは知らん顔だ。どうやら三人は一緒の席に座らせろと強要している様子だ。

「俺の調べでは、あの冴子って娘はけっこうな人気者で、隣町の半グレ連中のなかにも、モノにしようとモーションをかけているやつがいるらしい。このままでは喧嘩になるかも……」

洞口は体をぶるっと震わせた。

それが合図のように源次が低い声を出した。

「暴れても、いいか」

「暴れてもって、源ジイ」

おろおろ声でいう洞口に、

「ここは私に任せてください。あんな三人を相手に、忍者先生の手を煩わせるほどのことは——私ぐらいがちょうどぴったりです」

川辺が口を出した。何となく嫌みたらしい物言いにも聞こえた。

「柔道三段！」

翔太が期待のこもった声をあげた。

「何か事が起これば、表に連れ出して……」

と川辺がいったところで、奥の席に座っていた冴子と若い男が立ちあがった。何か文句をいっているようだ。とたんに若い男の胸倉《むなぐら》を赤毛男がつかんだ。山城組の若い男の顔が蒼白《そうはく》に変った。背はひょろ高いが、どうやらこの男、腕っ節には自信がないようだ。

店中の視線が奥の席に集中した。

従業員たちも息をこらして成行きを窺《うかが》っている。乱闘騒ぎに発展すれば、すぐ警察に連絡を入れるはずだ。

「一緒に飲もうって、いってるだけじゃねえかよ。ええっ、テキヤさんよ」

赤毛男が大声をあげた。

「だから、嫌だっていってるじゃない。さっさと、その手を放しなさいよ」

冴子の声だ。大道売りで鍛えたためか、よく通る声だった。そして……冴子の顔つきが変っているのがはっきりわかった。さっきの素直すぎる顔は消えさって、憤《ふん》怒《ぬ》丸出しの夜叉《やしゃ》の顔になっていた。

「すごいな、あの変りようは。七変化じゃな」

ぼそりと源次がいった。

「なら、私、行ってきます」

川辺の喉仏《のどぼとけ》がごくりと動いた。かなり緊張しているようだが、闘志だけは感じられた。学生時代に鍛えぬいた、柔道三段の誇りだ。川辺はここで男をあげようとしている。自分のイメージを払拭しようとしている。そんな気が裕三はした。

「私も商店街の自警団の一員ですから」

呟《つぶや》くように川辺はいい、小あがりから土間におりて靴をはいた。そろりと一歩前に出た。

「川辺。いくら柔道三段でも、もう年なんだから、できるだけ穏便に……」

背中に声をかけた裕三も土間におりる。あとの三人もそれにつづく。

「おおい、君たち」

いきなり川辺が赤毛男たちに呼びかけた。

呆気にとられた表情で男たちが川辺を見た。

すぐにものすごい顔で睨《にら》みつけた。

川辺の顔に怯《おび》えのようなものが走った。

「何だよ、おっさん。俺たちに何か文句でもあるのかよ。ええっ、しなびたおっさんよ」

嘲笑《あざわら》った。残る二人の顔にも薄ら笑いが浮んだ。

「私はこの商店街の自警団の一人だから。それだから、この場を見過すわけにはいかないというか。とにかく、そこの三人、他のお客さんに迷惑かかるから」

上ずった声をあげて、川辺は右手の指をあげて出入口を指した。指の先が微かに震えている。

「上等じゃねえか。外で俺たちと、やりあおうってことか。自警団のおっさんよ」

赤毛男が若い男の胸倉をつかんでいた手を離した。川辺はぎこちない動きで、出入口のほうに向かう。何だか手と足の動きがちぐはぐになっているような……。

川辺が店の外に消え、男たち三人もその後を追って外に出る。

「大丈夫かいな。えっ、裕さん」

洞口が悲痛な声をあげた。

「とにかく、行ってみよう」

裕三たちが出入口に向かうのを合図のように、それまで静かだった店の客も立ちあがって出入口に殺到した。


鈴蘭シネマの事務室の応接コーナーに座って、オーナーの中居と向きあっているのは裕三と翔太、それに洞口の孫娘の桐子だった。

翔太と『エデン』で待ち合せて一緒に出ようとしたところへ、ちょうど店の手伝いをしていた桐子がやってきて、

「どうせ暇だから、私も行く」

といって、くっついてきたのである。

「じゃあ、できれば閉めたくはないけど、今のままでは借金が嵩《かさ》むだけで身動きがと

れなくなる。そうなる前に映画館を閉めたほうがと、そういうことなんですね」

　裕三が念を押すように中居にいった。

「そうですよ。さっきもいったように、とにかく客が入らなければ、どうすることもできませんからね。いくら推進委員の小堀さんに、ここは昭和の象徴だからといわれても、やっぱり生活がかかってる以上、傷は浅いうちに」

　申しわけなさそうに中居はいう。

　どうやら人は好さそうである。そのせいなのか、まだ五十少しだというのに顔の皺《しわ》がやたら多い。もっとも客の不入りが一番の原因なのだろうけど。

　鈴蘭シネマの席数は百ほどだが、毎日の客の平均数は十五人ほど。これを最低二倍の三十人にしなければ、小屋の経営は成り立っていかないと中居はいった。

　小屋の入場料は大人が千三百円で子供はその半額。ざっとした単純計算でいけば、毎日の収入が四万円ほどなければ小屋は閉鎖ということになる。中居の話では、それでもぎりぎりの数字だという。

「失礼ですが、客を増やすための、何かアイデアといいますか。そういったことを中居さんはしてこられたんでしょうか」

　裕三は思いきって訊いてみた。

「努力はしてきたつもりだけど……たとえば、かける映画を厳選するとか、入館料を下げるとか」

低すぎるほどの声で中居はいった。

「その厳選というのは、どんな基準で決めているのでしょうか。よければ、そのあたりも教えてほしいんですが」

「それは何というか、うちは封切館じゃないので、一年から二年ほど前に流行った作品をピックアップして」

力のない声で中居は答える。

「そのピックアップ映画のターゲットの年齢層は、どれぐらいですか」

「その時々によりますが。大体は十代から三十代で、他には夏休みや冬休みといった季節に限って、小さな子供を対象にした動物ものやアニメもの――そんな企画も立てています」

少し胸を張っていった。

「なるほど、それでもお客は入らない。そういうことですね」

裕三はゆっくりと相槌《あいづち》を打ってから、

「どうでしょうか、中居さん。大変図々しいお願いだとは思いますが、この昭和ときめき商店街のために、何とか一肌だけ脱いでもらえると有難いんですが」

裕三は座ったまま頭を深く下げた。

つられて、隣の翔太と桐子も慌てて頭を下げる。

「一肌だけって、いったいそれは……」

訝《いぶか》しげな声を中居は出した。警戒感が顔にありありと浮んでいる。あとは怯えだ。中居はかなり小心者らしく、人と争うことが嫌いな性格なようだ。そんな相手には――。

「一カ月の間だけ推進委員会のほうに、この小屋の営業をお任せいただけませんか。さっきおっしゃった作品のピックアップやら、この鈴蘭シネマの未来の方向やら。もちろん、一カ月の間に決められた数字が出なければ、我々も諦めます。が、一カ月の間だけは我々独自の方法で。お願いします、中居さん。必ずや満足のいく結果を出してみせます」

裕三は中居の顔を睨みつけた。

有無をいわせぬ表情で中居を見た。

「あっ、一カ月の間だけですか――それなら、私には特段反対する理由も。どっちみち、年内一杯は小屋を閉めるつもりはありませんでしたから」

あっさりと中居は裕三の要求をのんだ。ひょっとしたら、この商店街に対する最後のご奉公――そんな気持が中居の脳裏をよぎったのかもしれない。が、とにかく鈴蘭シネマは、これから一カ月の間、推進委員会の手に委ねられることになった。

「いったい、何をやるつもりです。たとえば夏休みを見こしての、小さな子供をターゲットにした特別なマンガ大会とか」

中居が身を乗り出してきた。何だかんだといっても何十年も映画で飯を食べてきたのだ。興味があって当たり前だった。

「まだ、策を練っている途中で何をやっていくかはいえませんが、子供をターゲットにするつもりはありません」

きっぱりと裕三はいい切る。

「はあ、そういうもんですか」

狐につままれたような表情を中居はした。

話はそれから一時間以上もつづいた。

そのほとんどが映画作品と映画館経営のあれこれで、中居はやはり人が好いのか素人の裕三の質問に何の文句もいわず、懇切丁寧に答えてくれた。

最後に映画館の内部をざっと見て、裕三たちは鈴蘭シネマを後にした。かかっていた映画は夏休み用の子供向けのアニメだったが、客の数は十人にも満たなかった。

鈴蘭シネマを出たとたん、桐子が裕三の上衣の袖を引っ張ってこんなことをいった。

「ねえ、裕さん。どこか、喫茶店にでも寄っていこうよ」

はしゃいだ声だった。

「喫茶店って、エデンか」

怪訝な思いで桐子の顔を見ると、

「うちになんか寄ったってしようがないから。どこか、そのへんの喫茶店とかね」

嬉しそうに首を振った。

「それはいいけどな。映画館再生の件で、翔太君の意見をじっくり聞きたいと思ってたところでもあったし……でも、何か魂胆がありそうなかんじだな、桐ちゃん」

「魂胆は別にないけど。ただ、先日の飲み屋の武勇伝の詳細を訊きたいだけ。翔太もじっちゃんも詳しい話はしてくれないし。人の噂程度しか私は知らないから」

川辺が半グレ三人とやりあった件だ。

好奇心いっぱいの顔で桐子が裕三を見ていた。


桐子のいう通り、三人は鈴蘭シネマ近くの喫茶店に入った。

奥の席に陣取り、裕三と翔太はコーヒー、桐子はアイスカプチーノを頼む。

「で、いったい、あのときの事実はどうなのよ、裕さん」

早速、体を乗り出してきて桐子が訊いた。

「それは飲み物がきてからにしよう。あまり、他の人に聞かれたくないからな」

裕三はたしなめるようにいう。

「えっ、何。それってどういうこと。そのときの武勇伝って、そんなに大変だったの。人に知られたくないくらいの」

ぽかんとした表情を浮べる桐子に、

「ある意味、そういうことでもな。なあ、翔太君」

裕三は白髪混じりの長い髪をかきあげながら、翔太のほうを見る。

「確かに、そういう面があることは事実なんだ、桐ちゃん」

分別くさい顔で翔太がいった。

「そういう面って、どういう面か私にはよくわからないけど。翔太がそういうんなら、そうなんだろうね」

どうやら翔太は桐子からは、かなりの信用を得ているようだ。

そんな話をしているところへウェイトレスが飲み物を運んできて、手際よくテーブルに並べていった。桐子はストローをコップのなかにずぼっと突っこみ、ほんのひとくち飲んでから裕三の顔を見た。

「もう誰もこないよ、裕さん」

興味津々の目を向けた。

「そうだな、じゃあ、話をするか」

裕三もコーヒーをひとくちすすり、

「ところで、先に訊きたいことがあるんだが、町の噂では先日の武勇伝はどう伝わっているのかな」

桐子の顔を妙に真剣な顔で見た。

「隣町の半グレがテキヤの山城組の連中にインネンをつけて、いたぶっているのを川辺のおっさんが見かねて、得意の柔道で一人を投げ飛ばし、一人を絞め落して大活躍をしたって私は聞いてるけど」

目を輝かせていった。

「なるほど――で活躍したのは、川辺だけということになってるのかな」

「ちっさいおっさんの源ジイも、小活躍したことにはなってるけど――ぼこぼこに殴られながらも一人を押えこんだとか」

「ぼこぼこに殴られながらか」

ふっと吐息をもらす裕三に、

「この前の夜。ビールの栓を折ったり、指二本で瓶の首を飛ばしたり、わしは忍者だとかいった割には、その程度なのかって源ジイにはちょっと失望しちゃったけどね」

桐子は本当に気落ちしたようにいう。

「あれから桐ちゃんは、源ジイが忍者だといったことを誰かに話したのかな」

上目遣いに桐子を見た。

「話さないよ。あの夜、妙に源ジイは落ちこんでたし、じっちゃんからは嘘かもしれないから誰にもいうなって釘を刺されてたし――それが何か？」

きょとんとした目を向ける桐子に、

「いや、それならいいんだ。しかし、けっこう桐ちゃんは口が固いんだな。感心したというか、見直したよ」

満足そうに裕三はいった。

「何、それ。私は見かけはパッパラパーかもしれないけど、これでも口は固いというか、身持ちが固いというか」

桐子の言葉に裕三の頬が思わず緩む。

「そうか、桐ちゃんは身持ちが固いか――それなら、あの夜のことを正直に話すか」

裕三は笑いながらうなずいて、コーヒーをひとくち飲んだ。

あのとき――。

川辺は居酒屋のんべの前で、三人の半グレたちと対峙《たいじ》していた。

店の前は見物客でいっぱいだ。

「おい、大丈夫か。いくら柔道三段たって、川辺はもう年だし、それに相手は喧嘩なれした頑丈な若いのが三人だぜ」

見物客の最前列で見守る裕三に、隣の洞口が声をかける。やはり、おろおろ声だ。

「多分、大丈夫とはいえないような……」

歯切れの悪い返事を裕三は口にする。

「じゃあ、どうすんだよ。へたしたら川辺、殺されちまうんじゃねえか。日頃から腰が痛いだの肩が痛いだの尻が痛いだのって、けっこうぼやいてもいたしよ」

切羽つまった声を洞口があげると、

「いざとなったら……」

裕三はちらりと傍らの源次を窺う。

小さく源次はうなずくが、両目は川辺たちのほうに張りついたままだ。

そのとき赤毛男が動いた。

川辺の胸倉を右手でつかんだ。

「度胸だけは褒めてやるぜ、しなびたおっさんよ」

つかんでいる右手に力をいれて揺さぶった。川辺の顔は真青だ。

が、揺さぶられながらも川辺は体を反転させた。背中を赤毛男にぶつけるようにして下から襟《えり》を取った。そのまま肩の上に乗せて思いきり放り投げた。

背負投げがみごとにきまった。

赤毛男は二メートルほど飛んで背中から路上に落ちた。一瞬辺りがしんと静まり返った。すぐに見物人からどよめきがあがった。

「やった！」と洞口が叫んだ。

だが、まだ二人残っている。

「源ジイっ」

傍らの源次を裕三が見ると、

「もう一人ぐれえは、投げさせてやりてえ」

ぼそっといった。

「てめえっ！」

坊主頭が吼《ほ》えた。

右の平手打ちが川辺の横っ面に飛んだ。

ぐらりと川辺の体が揺れた。が、まだ意識はしっかりしている。拳ではなく、素早く出せる張り手だったのが川辺のダメージを押えたようだ。この分なら源次がいうように、何とかあと一人ぐらいはと裕三が思ったとき、

「まずい」

と源次が小さく叫んだ。

「川辺のカツラが浮いている！」

よく見ると川辺が動くたびに髪の毛がぱくぱくしている。川辺はやっぱりカツラをかぶっていたのだ。カツラをぱくぱくさせながら、それでも川辺は何とか坊主頭にむしゃぶりついていった。

「これ以上動くとカツラが取れちまう。ずるっぱげがむき出しになる。そんなことに

なったら、あの野郎、泣くじゃろな――」

いったとたん、源次が動いた。

すっと二人の脇に近づいた。つられて裕三もあとにつづいた。

「てめえ、くたばりやがれ」

坊主頭が川辺に向かって右の拳を振りあげた瞬間、源次の右の貫手《ぬきて》がさりげなく男の脇腹をこねるように突いた。

男は声もあげずにその場に崩れ落ちた。

源次は急所、すなわち経絡上の秘孔を的確に攻撃したようだが、川辺の右手はまだ坊主男の襟を握ったままだ。見ようによっては川辺が男を絞め落したようにも……。

川辺の手が坊主頭の襟からようやく離れた。ぼんやりと突っ立ったままだが、カツラは大丈夫だ。形は変だが、かろうじて頭の上にのっている。ずるっぱげは免れた。泣かずにすむ。

あとは……残った金髪男がくると思ったら、最初に投げられた赤毛男が起きあがって源次に向かってきた。

「てめえら、ぶっ殺したる」

源次の左顎《あご》を右の拳で殴りつけた。

源次はそのまま立ちつくして動こうとしない。

左右の拳が何発も源次の両の顎に襲いかかる。その度に源次の顔は殴られた方向に揺れるが倒れることはない。源次は殴られる度に首を振って、巧妙に打撃の力を流している。つまりは芝居なのだ。いったい何発殴らせるのか。

ふいに、源次の右手が、赤毛男の右上腕の一点を挟むようにつかんだ。男の動きがぴたっと止まって、体がふわりと浮きあがった。親指が秘孔を圧迫したのだ。

源次の左手が赤毛男の右手首にそえられ、ひょいと外側に巻きこんだ。男は小さく一回転して背中から地面に落ちた。源次の左手はまだ男の手首の逆を取っている。無造作に捻《ひね》った。男が低く叫んだ。骨が折れた。

源次は本物の忍者だ。

このとき裕三は確信した。

見物人には源次の地味な動きは見えなかったかもしれないが、すぐ近くの裕三にはよくわかった。この場の主役は正真正銘源次だった。しかし、なぜ源次はこんな地味な動きに徹したのか。それだけが裕三にはわからない。ひょっとしたら……。

源次が残る一人の金髪男を見た。が、男は戦意を喪失しているようで、動こうともしない。

「川辺、頭。それに背活《はいかつ》じゃ」

視線を金髪男から川辺に向けて小さな声でいった。

我に返ったように川辺が動いた。慌てて自分の頭のてっぺんをぎゅっと押えてから、坊主頭のそばにしゃがみこんだ。体を起こし、男の背中に掌《てのひら》を当てて、どんと活をいれた。三度目の背活で坊主頭は意識を戻した。のろのろと起きあがる。顔に浮んでいるのは怯えの表情だ。

男たち三人は互いに顔を見合せ、無言のまま早足でその場を離れていった。

とたんに歓声があがり、拍手がおこった。

見物人のなかから山城組の三人が飛び出してきて、源次と川辺に頭を下げた。

「山城冴子といいます。危いところを助けていただいて、ありがとうございました」

三人は深々と頭を下げた。

「あっ、私たちは商店街の自警団の者ですから、当然のことをしただけで」

照れたように川辺がいった。

どうやら平手打ちのダメージはその場限りで、大したことはないようだ。

「柔道ですよね。みごとすぎるほどの背負投げがきまって」

冴子が感心したようにいうと、川辺の顔が赤くなるのがわかった。

「こんな稼業ですから、女だてらに格闘技には興味があって――」

といって冴子は源次のほうに顔を向けた。

「あの、不思議な技は何なのですか」

ちゃんと見ていたのだ、この娘は。

「あれは……」

源次は言葉につまった。少しの間を置いて、

「あれは、古武術の一種だけんどよ」

ぼそりといった。

「古武術ですか、何という流派の？」

なおも冴子は訊いてきた。

「鬼一法眼流《きいちほうげんりゅう》じゃよ。あんたには多分わからねえだろうけどよ」

ぶっきらぼうにいう源次に、

「鬼一法眼というのは、京八流《きょうはちりゅう》の祖といわれる、あの……」

驚いたことに冴子は、この難解な名前の主を知っているようだ。源次の顔に驚きの表情が浮んだ。

「知ってるのか」

睨みつけるように冴子の顔を見て、

「その鬼一法眼流の体術だよ。今では黴《かび》の生えた武術じゃよ」

真上のアーケードに視線を向けていった。

何やら源次は詳しい話をしたくないような素振りだ。

「まあ、話はそれぐらいにして、ここいらでお開きを。いつまでも話していると見物人がなかなか帰らないし、私たちもそろそろ。何といっても、いい年をしたおっさんばかりだから」

そんな源次の様子を察して裕三は助け船を出した。何しろ、のんべの前ではまだ見物人が大勢こちらを注視している。

「あっ、気がつかなくてすみません。じゃあ、私たちはこれで帰ります。本当にありがとうございました」

冴子は、あの素直すぎる顔をぱっと綻《ほころ》ばせて頭を下げた。惚れぼれするような笑顔だった。まるで花が咲いたような。

帰っていく三人の後ろ姿を見ながら、

「やっぱり、七変化じゃの」

頭を振って源次が呟いた。

そこへ店の者と話をしていた洞口が戻ってきた。

「警察には知らせてないそうだ。こっちが勝つような気配だったから、大事《おおごと》にならんように通報は控えたということだった」

ほっとしたような顔でいった。

頭に手を当てて川辺が大きな吐息をもらした。

これが、あの夜の一部始終だった。

「そういうことだったんだ。あの夜の主役は川辺のおっさんじゃなくて、源ジイだったんだ」

話を聞き終えた桐子が呆気にとられたような表情でいった。

「でも、何で源ジイは、そんな目立たないような振舞いをしたんだろうね。あれだけ暴れたがってたのに。それに、何で源ジイは自分のことを忍者だっていわなかったんだろう。訳のわからない古武術の名前は出したけど」

桐子の言葉に、裕三はこうつけ加えた。

「実はこの話には続きがあってな。あのあと、みんなでエデンに行ったんだよ。ちょっと源ジイに質《ただ》したいことがあって、俺が声をかけたんだけどね」

「えっ。あのあと、うちにきたの。うちにきて、源ジイに何を訊いたの」

桐子がまた身を乗り出した。

洞口の淹《い》れたコーヒーを前に、裕三は単刀直入にこう源次にいったという。

「なあ源ジイ。俺にはちょっと腑《ふ》に落ちんことがあってな――何で源ジイは、あんな目立たない闘い方をしたんだ。あれだけの腕があるんなら、もっと派手な大立回りができただろうに」

裕三のこの問いに源次は、

「わしが大立回りをして忍者だと知れたら、それだけでこの商店街は脚光をあびることになる。じゃが、脚光はあびても個人プレーでは商店街の活性化は達成できん。早い話、わしが死ねば、それで終りで何の役にも立たん。それでは駄目なんじゃと、わしは悪い頭を振り絞って考えてよ」

こんなことをいったという。そして、

「そんな個人プレーのその場しのぎより、わしは裕さんがいつもいってたように、若者が集まる街こそが本物だと思ってよ。若者がいなけりゃ、今は賑わってても次の世代に続くことはなく、早晩すたれてしまうのは目に見えてるからな。じゃからわしは、大勢の目がある前ではなるべく派手なことは避けて地味によ。むろん、忍者という言葉も封印してな。その代り、人目のない所では大暴れするつもりじゃから、そのあたりはよ」

こう話をしめ括《くく》った。

「やっぱりな。そういうことじゃないかとは薄々思ってはいたけど」

裕三の言葉に、

「えらいな、源ジイは。あれだけの腕があれば一躍、時の人になれるだろうによ。そんな自分よりも商店街のことを考えてくれるとはな。本当に頭が下がるよ」

洞口がすぐに賛同し、翔太の言葉があとにつづく。

「だから、とっさに鬼一法眼流の古武術を出して、あの場を収めたんですか」

「あれは満更《まんざら》、嘘じゃあねえんだ。わしたちは修験道の創始者で忍法の祖でもあるといわれる役小角《えんのおづぬ》様の術を引き継ぐと同時に、京八流の鬼一法眼様の技も継承していると先祖代々聞かされていてな」

小さな背中をすっくと伸ばして源次はいった。

京八流の祖といわれる鬼一法眼は加持祈禱《かじきとう》を司る陰陽師であり、また一方では天狗《てんぐ》の化身だったともいわれている。

源平から鎌倉時代の人で京都一条堀川に住み、陰陽道の他に兵法にも卓越した才を持ち一流を起こしたという。法眼は鞍馬山《くらまやま》の八人の僧にその奥義を伝授したといわれ、このなかには源義経の幼きころの牛若丸もいたというが……すべては伝説で詳細は謎である。

「いい伝えでは、木曾谷に流れついた平家の落武者が京八流を伝えたというが、義経に伝授した技を平家方が会得していたというのも妙というか何というか——だがよ、わしたち木曾谷の忍者にこう伝えられているというのは確かなことでな」

源次ははっきりした口調で、自分のことを木曾谷の忍者といった。

鬼一法眼の真偽は定かではないが、源次が忍者であることは事実のようだ。どのような術を源次が遣うのかは不明だが、その術を用いて暴れたいという源次の気持もわからないではない。だが、そのときはすぐにくるはずだと裕三は思った。今夜の一件で、独り身会は隣町の半グレ集団を確実に敵にまわしてしまったのだから。

「ふうん、そんなことがあったんだ」

桐子は、ずずっとストローでカプチーノをすすって鼻声でいい、

「話のなかに出てくる人の名前は牛若丸しかわからなかったけど、源ジイが本物の忍者だってことはよくわかったじゃんね」

今度は感心したようにいった。

「だから、あくまでも源ジイが忍者だってことは内緒にな、桐ちゃん。古武術の達人ということで」

念を押すように裕三がいうと、

「わかった。口が裂けてもいわない。私の口の固さは翔太がよく知ってるはずだから。なあ、翔太」

桐子は隣の翔太に同意を求めた。

「うん。長いつきあいで口だけは固いことは保証する。大丈夫ですよ、小堀さん」

「何、その口だけは固いっていうのは」

すぐに桐子が食ってかかる。

「それはそれとして、問題は隣町の半グレですよね」

桐子の言葉を受け流して翔太はこんなことを口にした。

「そうだな――しかしまあ、それは相手の出方を窺ってみて対処するしかないな。それよりも今はまず、鈴蘭シネマのことだ。それをちょっと話し合おうじゃないか」

真面目な声で裕三はいった。

「単刀直入に訊くが、翔太君はどうしたら鈴蘭シネマが再生できると思う」

真直ぐ翔太を見た。

「じゃあ、僕も単刀直入にいいます。今回はまず、小堀さんがいつもいっているような若者をメインにして考えるのは、やめたほうがと。それよりも当面は鈴蘭シネマをつぶさない策、それを考えたほうがいいような気がします」

珍しく翔太はきっぱりといいきり、

「つまり、当面のお客はシニア層、四十代から六十代ぐらいに絞って、その人たちに受けるような映画を提供していったらと。もちろん、これで生き残れるかどうかはわかりませんけど、アピールの仕方や、作品の選び方によってはかなり、いけるんじゃないかと僕は」

最後は恥ずかしそうにいった。

「要するに若き日の想い出、郷愁を誘う作戦か……それなら、けっこうどこの映画館でもやっているような気がするが」

裕三が異議を唱えるようなことをいうと、

「あっ、それはそうですけど。でも、今いったようにアピールの仕方や作品の選び方によっては、けっこうお客さんがくるような気が」

いつもの翔太に戻ったように弱々しい声が返ってきた。

「どんなアピールの仕方を翔太君は考えてるんだ」

「それは、今はまだ」

蚊の鳴くような翔太の声に、

「こらっ、しっかりしろ、翔太。もっとハキハキせんかい」

桐子が、おっさんのような口調で発破をかけた。

「そんなこと、いわれても……」

「じゃあ、それは後で考えるとして、シニア向きの映画の作品として翔太君はどんなものがいいと思っているんだ」

裕三は柔らかな口調でいった。

「それは、ちゃんときまっています。吉永小百合《よしながさゆり》さんの作品にしたらどうかと」

翔太の口から具体的な名前が出た。

「吉永小百合か――それはまた爽やかというか渋いというか。しかし、翔太君は本当に昭和が好きなんだな」

感嘆の声をあげる裕三に、

「誰、それ。聞いたことはあるような気もするけど、全然知らないじゃんね」

桐子が唇を尖らせた。

「今はもう七十歳をこえてるけど、俺たちにとっては憧れの清純スターで、当時はそのファンをサユリストって呼んだものだよ。それだけ、ファンの数も多かったんだな」

「へえっ、その人、美人なの？」

桐子の問いに、すかさず翔太が答えた。

「美人にきまってるじゃないか」

じろりと桐子が睨んだ。

「じゃあ、藤圭子と、どっちが美人なのよ」

「藤圭子さんは歌手で、吉永小百合さんは映画スター。較べるほうがおかしいよ」

たしなめるようにいう翔太に、

「歌手とスターだって、顔は較べることできるじゃない。馬鹿なんじゃないの、翔太って」

桐子が怒鳴るような声を出した。そんな二人をなだめるように、

「まあまあ、美人談義はそれぐらいにして。で、翔太君は吉永小百合さんの、どんな作品を鈴蘭シネマにかけるつもりなんだ」

裕三はさらに具体的なことを訊いた。

「どんな作品って……小堀さんは僕の案に賛成してくれるんですか」

驚いた口調でいう翔太に、

「実をいうと、俺も今回はそうした案がいいと思ってた。というより、それより他に方法はないだろうと。ただ、小百合ちゃんオンリーでいくか、そこに山口百恵《やまぐちももえ》ちゃんとか酒井和歌子《さかいわかこ》さんとかを加えるかどうかは迷っていたけどな」

笑いながら裕三はいう。

「裕さんて、けっこう人が悪いんだね。いかにも反対しているような口振りで翔太を困らせて」

桐子がじろりと裕三を睨んだ。

「年を取ると、なかなか楽しみがなくてね。それに、反対すれば、より良いアイデアが出るかもしれないと思ってね。いや、すまない」

ぺこりと頭を下げる裕三に、

「小百合さんオンリーのほうが、僕はいいと思います」

叫ぶような声で翔太がいった。

「そうか、オンリーか。じゃあ、その線でいろいろと考えてみよう。何を演《だ》し物にしたらいいのか」

裕三は鷹揚にうなずき、

「他に何か提案したいことがあれば」

というと、思いがけず「はい」といって桐子が手を挙げた。

「とにかく、あそこは汚いんだよね。あれじゃあロマンチックな気分なんて無理」

顔をしかめて鈴蘭シネマ本体のことをいった。

「あそこは汚いか。確かに汚いよな。しかし、綺麗にするとしたらプロの手を借りることになって金のほうがな」

「せめて、観客席だけでも。特にトイレのあの臭いだけは何とかしたほうが」

眉間に皺をよせて桐子はいう。

「ううん。それも今回の大きな課題だな。今度の集まりのとき、みんなで相談することにしよう」

裕三の言葉が終らないうちに、また桐子が「はい」といって手を挙げた。

「さっきの武勇伝のあとの、うちの喫茶店に行ったときの話なんだけど」

桐子はちょっと言葉を切ってから、

「ずるっぱげの川辺のおっさんの話がまるで出てこなかったけど、川辺のおっさんは源ジイのことは何ていってたの」

嬉しそうな表情で訊いてきた。

「川辺はあのとき、終始おとなしかったというか、しぼんでいたというか。だけど最後に源ジイに、こんなことをいってたな」

川辺はあのあとも、ずっと頭に手を置いたままだった。エデンに行っても、みんなが話をしているときも。洞口の淹れたコーヒーにも手をつけず、両肩を落していた。そして帰り際になって、

「源ジイ、いろんな意味で助かったよ。私はもう源ジイをライバル視はしない。格が違うことを今回、つくづく思い知った。これからは源ジイについていくつもりなので、何とぞ、ご指導のほどを……」

頭に手を置いたまま、源次に向かって深々と頭を下げた。これに対して、

「頭なんか下げなくていいよ。わしたちは幼馴染みじゃねえか。水臭いことというなよ、川辺」

源次は照れたような顔でこう答えた。

この話を聞いた桐子は、ストローを持った手で拍手した。

「いいねえ、男同士のロマンだねえ。学園ドラマのワンシーンのようだねえ」

おっさんぽく呟いて、ニヤニヤ笑いを顔に浮べた。

エデンにみんなで集まった。

いつものメンバーに、なんと今夜は桐子もいる。翔太の隣に神妙な顔をして、ちょこんと座っていた。いちばん奥の大人数の座れる席である。

テーブルの上にはビールとつまみ、翔太と桐子の前には冷たいウーロン茶が置かれてある。

「桐ちゃんも、独り身会のメンバーになったのか」

裕三が軽口を飛ばす。

「ならないよ、私は翔太と違って恥ずかしさってのを知ってるから——単なるアドバイザーだよ。みんなが脱線しないように」

真面目くさった顔でいった。

「それは頼もしい。初陣じゃのう、桐ちゃん。それに、そうして翔太と二人で並んでいると、実に絵になるというか何というか」

源次が感心したようにいうと、

「まあ、冗談はそれぐらいにして、そろそろ鈴蘭シネマの議題に移ろうか」

洞口がちらっと桐子を睨んで声を張りあげた。

それが合図のように「すでに知っているとは思うけど」と裕三が口火を切り、鈴蘭シネマの現状をざっと説明して、みんなの意見を求めた。

議題になったのは、鈴蘭シネマのこれからの特色と、そのアピールの仕方だったが、主に発言するのは裕三と翔太の二人で、あとの者はほとんど聞き役だった。

話し合いはそれから一時間ほどつづき、三つの事柄が合意された。

まず、特色はシニア層をターゲットにした、昭和の映画館であるということ。この年代が興味を持つような映画を厳選し、それをさらに低料金で提供するということで、入館料は大人千円、子供五百円ということでまとまった。

さらに入替制はなしで、若者やフリーの中年客も呼びこむために金曜日の夜はオールナイトを復活させて宿泊所を兼ねた、かつての映画館を提供するということに。

アピール方法はまずネット、そして、とりあえず三千枚のチラシをつくり、これを新聞オリコミでこの町の周辺にばらまこうということになった。

この三点が大筋できまったが、

「チラシの印刷代とオリコミ料が、けっこうかかるんじゃないか。その点は大丈夫なのか」

と洞口が心配げな口振りでいった。

「一色刷りの小さな物なら、大して値段はかからないはずだから。オリコミ料と合せても、二万円をこえることはないと思う」

裕三がこう答えると、

「けっこう安いもんだな。で、その金は商店街の振興費から出すのか、それとも館主の中居さんに持ってもらうのか、どっちなんだ」

洞口がさらに訊いてきた。

「まず今日きまったことを中居さんに話して納得してもらい、その上で金銭の話をして、この分は持ってもらう了承を取るつもりだ」

「あの野郎、うんというのかな。けっこう気の小せえ男なんだがよ」

洞口が首を傾げてビールを飲みこむ。

「承諾してくれるはずだ。その点は自信があるから大丈夫だ。ただし、一カ月間に限ってての話だがな——それから、ネット関連とチラシのデザインは翔太君がやってくれるそうだから、パソコンやスマホを駆使して」

裕三がそういうと翔太がこくっとうなずく。

「へえっ、翔太ってデザインもできるんだ。しらっとした顔をして、けっこうやるじゃん」

桐子が感心した声をあげた。

「あのう……」

川辺が遠慮ぎみに声をあげた。どうやらまだ、先日の半グレとの一件から完全に立ち直ってはいないようだ。

「チラシをつくって、新しい鈴蘭シネマをアピールするなら、この際キャッチフレーズぐらいはつくったらどうでしょうか」

恐る恐るといった調子でいった。

「鈴蘭シネマのキャッチフレーズか。いいな、それは。しかし、どんな言葉が……」

考えこむ裕三に、

「実は私、ひとつ案があるんですが」

川辺が、ほんの少し身を乗り出した。

「何だ、具体的な案があるのか。いったい、どんなキャッチなんだ」

催促するように裕三がいうと、

「初デートは映画館で——」

疳高《かんだか》い声でいった。

「初デートは映画館でか。いいなそれは。郷愁を誘って男心をくすぐるな。どうだ桐子、女の立場としては」

洞口が賛同して桐子に意見を求めた。

「いいよ、これは。女の子は初ナントカっていう言葉がけっこう好きだから。川辺のおっさんにしたら出来すぎだよ」

「昔、『カルピスは初恋の味』っていう言葉があったことを思い出して、それで」

照れたような顔をして川辺は頭を掻く。

「カルピスは初恋の味か——あったな、そんな言葉がよ。そうじゃ、そうじゃ、初恋の味じゃ。聞いてるだけで何とのう胸が疼《うず》くのう」

野太い声で源次がいって、しばらくこの話題に花が咲く。

「じゃあ、キャッチは川辺のいった『初デートは映画館で』というのできまりだな。

その言葉もいれて頼むよ、翔太君」

裕三はそういってビールで唇を湿らせ、

「さて最後が、この一カ月間に鈴蘭シネマでかける映画だが、実はこれは翔太君に一任してあってな。むろん、主演は前にみんなにいったように吉永小百合ということで」

翔太に発表するようにうながす。

「はい。いろいろ迷ったあげく、僕なりに三本を選んでみました。これでいいのかどうか、みなさんで検討のほうをお願いします」

翔太の選んだ吉永小百合の作品は『愛と死をみつめて』と『男はつらいよ 寅次郎恋やつれ』、それに『夢千代日記』の三本だった。

「なんで『キューポラのある街』が入ってねえんだ。あれは小百合ちゃんの初映画で代表作でもあるんじゃないのか」

早速、洞口から質問が飛ぶ。

「確かに代表作ではあるけれど、『キューポラのある街』はあまりに文芸色が強すぎて一般向きではないような気がして。それに、あの映画の吉永さんは……」

ぷつんと翔太はここで言葉を切った。

「あの映画の小百合ちゃんがどうした。男ならはっきり、モノ申せ、翔太」

発破をかけるように源次がいう。

「あの映画の吉永さんは、あまりに若さがはちきれすぎて。その何といったらいいのか、顔がパンパンといったらいいのか……」

申しわけなさそうにいった。

「顔パンパン！」

すぐに嬉しそうな声を桐子があげた。

「じゃあ、今回の三本の小百合ちゃんは」

また遠慮ぎみに川辺がいった。

「文句なしに美人です」

「文句なしというのは、余分だろ」

とたんに桐子が男の子のような口調で抗議するが、翔太は知らん顔で受け流す。

「一本だけ異質というか、寅さんの作品が入っているが、小百合ちゃんはマドンナ役かの」

源次がコップのビールを一気に飲んでから、機嫌のいい声でいう。

「マドンナ役です。なぜ寅さんの作品を一本入れたかというと、一種の保険のようなもので。これで少しでもお客の間口を広げようという、そんな思いがあって」

恥ずかしそうに翔太はいった。

「天晴れ——総大将ともあろうもの、それぐらいの気配りがないとのう。それにしても、翔太は昭和のことをよく知ってるのう」

感心したような声を源次があげた。

「あっ、ありがとうございます。ついでにいうと『キューポラのある街』は吉永さんの初映画ではなく、その三年前の昭和三十四年に封切られた、松竹大船撮影所の『朝を呼ぶ口笛』という作品が映画の初出演ということになります。その後、日活に入っての初映画が赤木圭一郎《あかぎけいいちろう》さんと共演した『電光石火の男』という作品です」

翔太は言葉を切って吐息をもらし、

「さっきの三作品の吉永さんの年齢を順にいえば『愛と死をみつめて』が十九歳、『寅次郎恋やつれ』が二十九歳、『夢千代日記』が四十歳ということになります」

一気にあとをつづけた。

「すると、十代、二十代、四十代初めの小百合ちゃんが観られるということか。すごいなそれは。小百合ちゃんの変遷《へんせん》が一目でわかるわけか」

洞口が感嘆の声をあげ、かける映画はこの三本にきまった。

「その三本の映画って、配給元からすんなり借りられるんですか」

川辺が心配そうな口振りでいった。

「その点は大丈夫だ。一部の巨匠の監督作品と市川雷蔵《いちかわらいぞう》さんの主演作品以外は、小百合ちゃんの物だろうが何だろうが、どんな物でも借りられると中居さんが太鼓判を押していたから」

自信満々で裕三は答える。

「へえっ、そういうものですか――じゃあ、鈴蘭シネマの件は、これですべて一件落着ということですね」

ほっとした表情を川辺が浮べると、

「ダメっ。まだ、大事なことがひとつ残ってる」

桐子が待ったをかけた。

みんなの目が一斉に桐子に注がれる。

「トイレの臭いを含めた、館内の掃除はどうすんの。今のままの、あの汚さではお客はみんな引いちゃうよ。あれをクリアしないと鈴蘭シネマは生き残れないと思うよ」

まっとうな意見を桐子は口にした。

「そうなんだ、それがいちばんの問題なんだ」

低い声で裕三はいい、

「桐ちゃんのいう通り、それをクリアしない限り、俺も再生鈴蘭シネマはないと思う。ただ、あの広い館内をきれいにするためには、やっぱりプロの手を借りないと埒《らち》が明かない。そうなると料金のほうが……チラシづくりとは桁がひとつ違うことになるからな」

大きな溜息をついて腕をくんだ。

本当に困っている様子がありありだ。

周りに嫌な空気が流れ始めたとき、

「わしに考えがある。何とかなるような気がする」

源次が太短い手をあげた。


次の日の夕方。

裕三は源次と二人で商店街の裏通りにある、テキヤの山城組の住居を兼ねた事務所のなかにいた。

年季の入った和風の二階屋で天井は高く、太い柱は黒ずみ、すべての造りと雰囲気が昭和そのものの大きな家だった。入口の引戸を開けたところが事務所になっていて、なんと床は三州三和土《さんしゅうたたき》である。事務所というよりは帳場――応接コーナーは、その帳場の隅《すみ》にあった。

「まるで、かつての任侠映画に出てくるような造りじゃないか」

そんなことを思いつつ裕三は出されたお茶を口に含む。次の鈴蘭シネマの特集は高倉健の『昭和残侠伝《ざんきょうでん》』と藤純子《ふじじゅんこ》の『緋牡丹博徒《ひぼたんばくと》』のシリーズでいってもいいなどと考えながら目の前の冴子の顔を眺めると、何となく雰囲気が藤純子に似ているようにも。

「お話の主旨はよくわかりました。つまり、鈴蘭シネマさんの大掃除を私たちに手伝ってほしい。羽生さんはそうおっしゃるんですね。それも無料で」

事務的な口調で冴子はいった。

源次の考えというのはこれだった。

山城組の若い衆を総動員させて、鈴蘭シネマの館内を隅から隅まで磨きぬく。プロに頼めなければ人海戦術。それも体のきびきびした若い連中を集めてということだ。

「厚かましい願いだとは重々承知の上で、お願いします。ここはひとつ、商店街を助けると思って何とか」

裕三は頭を思いきり下げる。

「透《とおる》さんはこの頼み、どう思う」

冴子が自分の隣に座っている若者に声をかけた。先ほどの紹介では若い衆の頭《かしら》で、名前は成宮《なりみや》透。年は二十代のなかばといったところで、背が高く頑丈な体の持主だった。

「俺は姐さんのいう通りに。てっぺんは姐さんで、俺たちがとやかくいえることじゃありませんので」

低い声で成宮はいった。

「そうね。お父さんが病気で入院している間は私がてっぺん。この稼業ではてっぺんの命令は絶対だからね。たとえ死んでこいといわれても」

物騒なことを冴子はいい、

「さて、てっぺんとしたらこの願い、どうしたらいいのか」

腕をくんで宙を睨んだ。そのとたん、

「あんたは受けるよ」

ぽつりと源次がいった。

「それはあれかい。先日私たちが羽生さんに助けられたから、義理返しは当然ということかい」

すぐに冴子が反応して源次を睨んだ。

素直すぎる顔つきに険《けん》がまじった。

「それもあるかもしれんが、それよりも何よりも、あんたは鬼一法眼を知っていた。そういうことじゃよ」

「あっ」と冴子が叫んだ。

「すごいね、羽生さんは。その通りだよ。私は最初からこの頼み受けるつもりでいた。何といっても世話になってる商店街――いい換えれば私たちの庭場《にわば》内のことだからね。そこから頼まれれば何があっても受けるのが筋。でも、これは義理返しじゃなくて商店街への恩返しですからね」

冴子は一気に喋《しゃべ》ってから、

「古武術の達人をちょっと困らせてやろうと思って、意地悪をしてみたかっただけ」

ぺこりと頭を下げた。

鬼一法眼を知っていると、なぜこの頼みを受けることになるのか。そのあたりはよくわからなかったが、とにかく交渉は成功したのだ。

そんなことを考えていると、冴子が下げていた頭をあげてぱっと笑った。

まるで花が咲いたような笑いだった。

素直な顔はどこかに消えうせ、華麗そのものの顔がそこにはあった。そしてその奥にあるのは愛しさだ。こんな顔で見つめられたら男なら誰でも……周りの連中が冴子に夢中になるのがわかったような気がした。

「その顔なんじゃが、七変化とわしは見て取ったが、本当のところはどうなんじゃろう」

ぼそりと源次がいった。

「やっぱり、羽生さんには通用しなかったか」

冴子は照れたような調子でいい、

「これは、はるか江戸の昔から香具師《やし》の血筋に連綿と伝わってきた、愛敬芸《あいきょうげい》っていうもの。つまりは一種の技」

妙な言葉を口にした。

「愛敬芸……」

呟くように裕三がいうと、

「そう、どんなに辛くても悲しくても、ひとたびお客さんと向き合ったら、相手の心を鷲《わし》づかみにする顔をする。これが愛敬芸——古くからの江戸のテキヤの掟。もっとも、羽生さんには通用しなかったようだけど」

そういうことだったのだ。これで半グレたちとやりあった際の、夜叉の顔にも納得がいった。つまり冴子は喜怒哀楽、どんな顔でも自分の意志でつくることができるのだ。

「じゃあ、通用しなかった腹いせに羽生さんに、ひとつ頼みがあります」

神妙な顔で冴子はいい、

「ここにいる透さんと、得意の古武術で闘ってほしい。どっちが負けても勝っても恨みっこなしで」

とんでもないことをいい出した。

「羽生さんが古武術の達人なら、透さんは喧嘩の達人。今日まで喧嘩では一度も負けたことがなし。相手がプロのレスラーだろうがボクサーだろうが、透さんはルールなしの闘いだったら必ず勝ち残る、それこそプロの喧嘩師……だから私は羽生さんと透さんの闘うところが見たい。結果が知りたい」

きらきら光る目で冴子はいった。

隣の成宮を見ると、微動だにしないで静かに視線を落して座っているだけだ。

「透さんは、いいよね。この凄腕の古武術の達人と闘っても」

「俺は姐さんの命令なら、誰とでも」

冴子の言葉に成宮は軽くうなずく。

「わしにはできねえな」

とたんに源次が怒鳴り声をあげた。

「話を聞いてると、勝負をさせてえ理由は、単なるあんたの好奇心じゃねえか。男の勝負ってのは本気でやりあえば、死ぬことになるかもしれねえ。そんなことで命を賭けるなんぞは、まっぴらじゃ。仮にもあんたはこの一家のてっぺんなんじゃろうが、そんな立場の人間が軽々しく、そんな命令を若い衆にくだしちゃいけねえとわしは思うがよ」

噛《か》んで含めるように源次はいった。

沈黙が周囲をつつみこんだ。

「すみません、軽率でした」

源次に向かって冴子は深々と頭を下げた。

「すまねえな。頭の悪いわしが偉そうなことをいってよ。けんど、あんたも含めて若い衆は大切にしねえとな」

源次はちょっと言葉を切ってから、淡々とあとをつづける。

「断ったからというわけじゃねえけど、もしあんたの一家に例の半グレたちが殴りこみをかけてきたら、わしはすぐに駆けつけるからよ。それこそ命を張って、あんたたちを守り抜くからよ」

「命を張ってですか！　命を張って白猟会《はくりょうかい》の連中と闘ってくれるんですか。私たちのために、羽生さんは」

唖然《あぜん》とした顔で冴子は源次を見た。

「あいつら白猟会っていうのか……そうじゃよ命を張って闘い抜くよ。わしは、ちんちくりんの年寄りだけど、嘘だけはいわねえよ」

心なしか冴子の目が潤んでいるように見えた。冴子はまた源次に向かって深く頭をたれた。隣の成宮も大きな体を二つに折った。二人は頭を下げつづけた。

「そんなことされると、照れるからよ」

恥ずかしそうな声を出す源次の言葉を引き継ぐように、

「そうですよ。私たちは同じ商店街の仲間なんですから、そんな水臭いことはやめにして」

裕三が取りなしの言葉をかけ、冴子と成宮は顔をあげた。

「今回助けてもらうのは、私たち商店街のほうなんですから」

裕三はこういってから、

「失礼ですけど、一家の頭数はどれくらいなんでしょうか」

実務的なことを訊いた。

「うちの組は十人ほどですが、心配はいりませんよ、小堀さん。他の組の若いのにも声をかけて三十人は集めますから。昔はワルだった連中も多いですけど、今は改心して仕事だけは呆れるほどしっかりやります。それに、テキヤ修業の第一歩は掃除から。私たちはこういう仕事には慣れてますので」

冴子は力をこめていった。

「それは頼もしい、よろしくお願いします。何といっても、鈴蘭シネマは想像を絶するほど汚いですから。特にトイレに至っては目をそむけるほどの惨状《さんじょう》ですから」

そういって裕三は細々とした掃除の段取りを冴子に向かって話し出す。

日取りは三日後の木曜日。九時に鈴蘭シネマ前に集合となった。

この一日ですべてを磨きあげるのだ。


その日、独り身会の面々と桐子は朝の八時には鈴蘭シネマの事務所に詰めていた。テーブルを挟んで座っているのは館主の中居と妻の頼子、そして今日は息子の裕之も同席していた。仏頂面ではあったけれど。

「じゃあ、中居さん。こちらの出した条件は、くれぐれも守ってくれますように」

念を押すようにいう裕三に、

「わかってますよ、小百合さん特集も料金の件もチラシの件も、それからオールナイトの件も。すべて了解してますから、ご懸念にはおよびません。ただし――」

ちらりと裕三の顔を見た。

「これも約束通り、一カ月だけですから。その間に数字が出なかったときは、申しわけないですけど年内一杯で小屋は閉めさせていただきますので」

珍しくはっきりした調子でいった。

「閉めて、どうするつもりなんだい。何か別の商売でもやるつもりなのか」

洞口が興味津々の表情で訊く。

「私には何の予定もありませんが、こいつが何やらかんやらと」

隣にいる、息子の裕之を顎で指した。

「あっ、マンションだよ。これからはマンション経営だよ。ここにマンションをおっ建てれば必ず儲《もう》かるはずだからさ」

貧乏ゆすりをしながら裕之がいった。

「そうはいうけど、お前。そんな物を建てようとすれば莫大なお金が……」

心配そうな表情で頼子がいう。

「金は心配いらねえよ、お袋。これだけの立地条件なんだから、必ず銀行が何とかしてくれるからさ。あとは大家様で、ふんぞり返っていればさ」

裕之の能天気な言葉に、

「それにしたって借金だろ。この年になってそんな大きな借金を……」

最後の言葉は掠れていた。

「それにしても、本当に三十人もの若い人たちが、わざわざこんなところにまで掃除になどきてくれるもんでしょうか」

半信半疑の口振りで中居はいう。

「くるさ、あいつらは」

ぽつりという源次の言葉にかぶせるように、

「もっとも昨日、成宮という若い男が下調べだといって、館内の隅から隅まで見てまわってはいましたけど」

首を振りながら中居はいう。

「成宮さんが、ここにきましたか。じゃあ、大丈夫ですよ。あの人は、信用できる人間のようだから」

裕三は小さくうなずくが、まさか下調べにくるとは思ってもみなかった。

「それに私たちも商店街のあっちこっちに声をかけて、なるべく清掃に参加してくれるように頼んでおきましたから」

役所勤めをしていた川辺がこういうと、何となくゴミひろい運動の一環のように聞こえてくるから不思議だ。

そんな話をしているうちに九時が近づいてきた。

「私、ちょっと見てくる」

桐子が外に飛び出していって、すぐに戻ってきた。

「きてる。それも沢山」

驚いたような声でいった。

時間を見ると九時十分前。裕三たちはすぐに表に飛び出していった。後に中居たちもつづく。

映画館の前は人でいっぱいだ。ほとんどが若い連中で、目つきの悪い者もかなりいる。冴子が招集した、テキヤ関連の若者たちだ。

すぐに裕三たちの前に冴子と成宮がやってきた。

「きましたよ、約束通り」

冴子が気持のいい笑顔を浮べた。

「これはいったい、何人ぐらい集めてくれたんですか」

上ずった声を裕三があげると、

「五十人以上……六十人ぐらいはいるはずです」

抑揚《よくよう》のない声で成宮が答えた。

「六十人もですか、それは何といったら」

若者たちを見ると、手に手にモップやらタワシやら脚立《きゃたつ》やら……なかには大工が担ぐ道具箱のような物や梯子《はしご》、ペンキの入った缶を地面に置いている者もいる。

「役割分担や段取りはすべてすんでますから、あとは作業にかかるだけ。一日で鈴蘭シネマをぴかぴかにします。皆さん方は足出まといになるだけですから、事務所のなかで座っていてください」

強い口調で冴子はいった。

「すごいな、あんた」

感嘆の声を源次が出した。

「あっ、羽生さん褒めてくれるんですか。達人に褒められるのが、いちばん嬉しいですね」

本当に嬉しそうな顔を冴子はした。が、冴子は愛敬芸の持主でもある……。

「その羽生さんとか達人とかいうのは、やめてくれねえか。わしはただの源ジイ——町内のみんなからは、そう呼ばれてるから、そのほうがよ」

雀《すずめ》の巣のような頭をかきまわしながら、源次はいう。

「源ジイですか——いいですね。じゃあ、これからはそう呼ぶことにします、源ジイ」

冴子はこういってから、

「じゃあ、みんな行くよ。徹底的に磨きぬくよ。命を張ってやり抜くんだよ」

大声で発破をかけた。とたんに「おうっ」という喊声が湧きあがって、目つきの悪い集団は小屋のなかに入っていった。冴子と成宮も軽く裕三たちに目礼をして、そのあとにつづいた。

傍らの桐子が翔太の袖を引っ張った。

「あの、冴子さんていう人。顔は人並みなのに、やけに目立ってる。どう考えても普通じゃないから、近づいたら駄目だよ」

女の勘で何かを感じとったのか、強い口調で翔太に釘を刺している。中居の息子の裕之は放心状態だ。多人数が押しかけたせいもあるだろうが、どうやら冴子の毒気にまともにあてられたようだ。

「小堀さん、あんなに沢山の人が私たちの映画館のために。あんなに沢山の人が」

上ずった声でいう中居に、

「そうですね。この映画館のために、それこそ彼らは命を張って頑張ってくれるはずです」

子供を諭《さと》すように裕三はいう。

そんなところへ今度は商店街の人たちがやってきた。こちらもかなりの人数だ。手にしているのは、ホウキやらバケツやら雑巾の類いだ。

「中居さん、わしらは何をしたらいいんだろうかね」

代表格の大竹豆腐店の仙市がいった。

「あっ、みなさん、お忙しいところを本当にありがとうございます――それなら座席やら壁やらの拭《ふ》き掃除をお願いします。くれぐれも体を労わってお願いします」

中居の言葉に商店街の連中も、ぞろぞろと小屋のなかに消えていく。

「有難いことです、本当に有難いことです」

頼子がぽつりといった。

「それじゃあ、ひとまず私たちは事務所のなかに入りましょうか。ここで突っ立っていても仕方がないですから」

裕三の言葉に独り身会のメンバーと中居の家族は動き出す。

事務所に入ったとたん、頼子はお茶とお菓子の用意だ。といっても、あれだけの大人数……中居は居ても立ってもいられないのか、急ぎ足で館内に向かっていった。裕之だけは、まだ放心状態だ。

一時間ほどがたった。

外に行っていた川辺が戻ってきて、

「なんと若い連中、剝《は》げ落ちた表の壁にペンキを塗ってますよ。色合せもぴったりで、あれは綿密な事前調査の結果でしょうね」

役人じみたことをいった。

そんなところへ中居が戻ってきた。

「小堀さん、ちょっと」

と声をかけて先に立って歩き出した。

連れて行かれたのは問題山積のトイレだ。

なかに入って驚いた。

十人ほどの若い連中が床に這《は》いつくばって、金属製のタワシと雑巾を使って汚れを落していた。そのなかに成宮もいた。

成宮は汚れで変色した大便器に取りついていた。顔を大便器に突っこむようにして、一心不乱に雑巾を使っている。雑巾が入らない部分は手だ。指と爪で汚れを落していた。時には大便器に息を吹きかけながら。

「ご苦労様です。本当にご苦労様です」

思わず礼の言葉が出た。

成宮が裕三を見た。ふわっと笑った。気持のいい笑いだった。心地良さだけを残して成宮はすぐに自分の作業に戻った。

裕三の胸に熱いものがこみあげた。

途方もなく貴いものを見たような気がした。

大袈裟《おおげさ》なようだが生きていて良かったと思った。作業をしている若者たちに、そっと頭を下げた。隣を見ると中居も頭を下げていた。両肩が震えているようにも見えた。

「小堀さん」

泣き出しそうな声を中居はあげた。

「今度の小百合さん特集の数字がもし悪くても、しばらくはこの小屋を何とか維持します。いや、しばらくとはいわず、私の体が動く限り——これだけみんなが一生懸命やってくれているのに、小屋を閉めるなんて、そんなことは」

中居の言葉に裕三は深く頭を下げた。

生きていて良かった。

本当にそう思った。

翔太の初恋

大きく目を見開いた。

店の外からなかを窺《うかが》うと、カウンターの向こうに七海の姿が見えた。

翔太は下腹にぐっと力をいれ、『小泉レコード』の扉をゆっくりと押した。

「あら、翔太君いらっしゃい。今日も昭和のレコード探し？」

微笑みを浮べて七海はいう。

「はい。ちょっと見させてもらっても、いいですか」

恥ずかしそうな表情で翔太は答えて、視線を七海の顔からそらす。

「いいわよ。一時間でも二時間でも、好きなだけ見ていって」

機嫌よくいう七海に翔太はぺこりと頭を下げる。頭をあげながら周囲を見回すが、今日も店主の恵子の姿は見当たらない。外出なのか、それとも奥にいるのか。いずれにしても翔太には関わりのないことではあるが。

「じゃあ、失礼します」

律儀に声をかけて、翔太は中古レコードのコーナーに向かう。

夥《おびただ》しいレコードの数だった。平台の上から天井近くまで、昭和に発売された中古レコードが所狭しと並んでいる。値段の安い物もあれば高い物も……なかには一枚数万円という目を疑うような物もある。

実をいえば小泉レコードの本業は、この中古レコードの販売だといっても過言ではない。持込みの客も多く、そうしたレコードの買取りから業者間での仕入れやネット販売まで、七海は一人できりもりしていた。当然、昭和のレコードにも詳しく、翔太とは話が合うということになる。

三十分ほどレコードジャケットを見て回ったが目当ての物はないようだ。カウンターの前に翔太が戻ると、

「なかったの」と七海が声をかけてきた。

「どんな歌を探してるの」

うなずく翔太に、さらに七海は訊いた。

「小林旭《こばやしあきら》さんの『惜別の唄』を探してたんですけど」

掠《かす》れた声で翔太はいう。

「あれはないわね……でも、相変らず翔太君は渋いなあ。あれは確か、島崎藤村《しまざきとうそん》の詩じゃなかったかしら」

「はい、藤村です。僕はその三番の詩が好きで――」

思わず弾んだ声を出す翔太に、なんと七海が低い声で詩を口ずさみ始めた。『惜別の唄』の、それも三番をだ。

君がさやけき　目の色も
君くれないの　くちびるも
君がみどりの　黒髪も
またいつか見ん　この別れ

「あっ、それです、その歌です」

上ずった声を翔太はあげる。

「そんなに若いのに、島崎藤村って。翔太君は生まれてくるのが半世紀ほど遅かったみたいね。ほんの少し、悲しいかんじ」

こういってから七海は、翔太の顔をじっと見つめた。翔太の胸がどんと鳴った。眩《まぶ》しすぎる目だった。とても正視できなかった。翔太は目を伏せた。

「こういう詩が好きだってことは……翔太君は今、誰かに恋をしてるの」

翔太にしたら拷問《ごうもん》のような言葉を、七海は口にした。

翔太はすぐに首を左右に強く振った。

「違うの！」

七海は小首を傾げる。

「違います。恋じゃないと思います。そんな大それたこと、僕にはとても。もっと、素朴なものといったらいいのか、もう少し純粋なものといったらいいのか」

一気にいった。一気にいわないと言葉が逃げていくような気がした。

「素朴で、純粋なもの？」

七海が体を少し乗り出した。

「いちばんぴったりの言葉は憧憬《しょうけい》……憧れだと思います。だから、恋とは少し違うような気が。僕の根暗な性格では、そこまでが精一杯で、とてもそれ以上のことは。僕は自分の程というか、分をよく知ってますから」

詰まり詰まり口にしたが、決して弁解ではなかった。翔太の本音だった。自分のような人間が、まともな恋などできるはずがない。恋をすれば相手は嫌がって迷惑をかけるだけ。翔太は自分が世間でいう、マイノリティーに属することを痛いほど自覚していた。

「憧れかあ――それならわかる気がする。もっとも、女の子の憧れと男の子の憧れは質が違うけどね」

「質が違うんですか」

思わず翔太が口を挟むと、

「まったく違うわ。男の子の憧れというのは、さっき翔太君がいったように素朴で純粋なものだけど、女の子の場合は……」

七海はそこで口を閉ざした。

翔太は次の七海の言葉を待った。

出てこなかった。

心なしか、七海の顔がいつもとは少し違っているような気がした。沈んでいるようにも歪《ゆが》んでいるようにも、そして微笑んでいるようにも見えた。そしてその顔は、余計に翔太の胸を打った。

「さっき翔太君は分ということをいったけど、翔太君の分なら誰に恋してもいいように私には思えるんだけど」

七海は話題を変えてきた。

「翔太君ってすごく頭がいいって、この界隈《かいわい》じゃ有名じゃない。通っている高校での成績は、いつもトップクラスなんでしょ。それを考えたら、翔太君の分というのは、かなり上に位置するんじゃないかと私は思うんだけど、違う？」

嚙《か》んで含めるように七海はいった。

「違います。頭の良さなんて、人間性と比較したらささいなことですから。ある意味僕は、自分のことを劣等感の塊で落ちこぼれだと思ってますから」

この手の話なら淀《よど》みなく答えられるが、恋とか愛とか情とかが絡むと、まったくのお手上げで体が竦《すく》んだ。脳も心も萎縮して、どうしていいかわからない状態になった。

「落ちこぼれだなんて、そんなはず……」

七海は独り言のようにいい、

「大学は、どこを狙ってるの。やっぱり、東大？」

期待感いっぱいの表情を浮べた。

「大学には行きません。高校を出たら、どこかに就職するつもりでいます」

はっきりした口調でいった。

「ええっ、それってちょっと惜しいんじゃない。せっかく、それだけの頭を持ってるのに」

東大現役合格確実――それぐらい、この界隈では翔太の頭の良さは有名だった。

「うちは貧乏で、とても大学になんか行っている余裕はありませんから。とにかく早く働かないと」

「そんなこと簡単にいっちゃダメ。お金がなくても進学できる方法は、いくつもあるんだから」

七海が声を荒げた。本当に怒っているような口調だった。

翔太は一瞬、呆気にとられた。

自分のような落ちこぼれのために、七海がこれほど真剣になってくれるとは。意外だった。胸の奥がぎゅっと縮んだ。嬉しかった。

「少しだけ考えてみます」

ぼそっといった。

「少しじゃなくて、よくでしょ。翔太君に期待している人間は、町内にけっこういるんだから。それを裏切らないように、よく考えてみないと」

この言葉に翔太の気持が一気に萎えた。七海の気持にしてもその程度なのだ。

「特に私は、翔太君の一番のファンなんだから、ファンは大事にしないと」

七海が自分のファン……またわからなくなった。頭が混乱した。何にしても七海は翔太の大切な憧れの人に変りなく、それ以上でもそれ以下でもなかった。

二十分遅れで待合せ場所の『のんべ』に行くと、奥の小あがりに全員がすでに集まって飲み食いが始まっていた。なんと今夜も桐子がいた。洞口の隣に陣取って鶏の唐揚げを食べながら翔太の顔を見て、ひょいと手をあげた。

「翔太、遅い！」

抗議の声をあげる桐子に、

「桐ちゃん、どうしてここへ。独り身会は退屈だったんじゃなかったのか」

呆れ声を翔太はあげる。

「ここんところ、ちょいちょい一緒に行動してたら、けっこうはまってしまったというか何というか」

にまっと桐子が笑った。

「ようするに、こいつは塾ぐれえしか、特段行くところもないし。まあ、一言でいえば暇つぶしだな」

笑いながら洞口がいう。

「ちょっと、じっちゃん。それは失礼だろ。私だって男の一人や二人ぐらいは――」

「いるのか」

刺身の皿に箸を伸ばす手を止めて、源次がすぐに反応した。

「今はいないけどさ」

桐子は悔しそうにいって、唐揚げを飲みこんだ。

「塾といえば、翔太君はそういったところへ、まったく行ってないんだよな」

裕三がコップのビールを飲みほして、興味深そうな声をあげた。

「そう、私たちの学校は都内でも有数の進学校ということになってるんだけど、翔太は塾にも行ってないし、ろくに勉強もしてないのに成績はいつもトップクラス。これってけっこう、ムカツクんですけど」

ムカツク様子も見せないで桐子がいった。

「要するに、頭の出来だ」

入歯の調子が悪いのか、口をもごもごさせながら洞口が声を出す。

「その代り翔太は他がまるでダメ。スポーツがダメ、喧嘩がダメ、人づきあいがダメ、ファッションがダメ。それから、生命力が希薄、覇気がない、根が暗い、自己主張が苦手、度胸がない——つまり、翔太の長所は頭がいいという一点のみ。だから総合的に見れば、私とどっこい、どっこい。そういうこと」

解説者になったように桐子がいうと、

「何が、どっこい、どっこいだ。せっかく有名進学校に入ったのに、一年で落ちこぼれて。今は下からついていくのが、やっとの状態じゃないか」

首を大きく振りながら洞口がいう。

「だから、こんなに明るく育ってんじゃん。あとはこの美貌を武器に玉の輿《こし》を狙って、じっちゃんを楽にさせてやろうという私の優しさに感謝してもらわないと」

桐子は何度もうなずきを繰り返す。

「そりゃあ、有難えことだがよ——だけどまあ、ここいらでそんな不毛な話はよしにしてよ、そろそろ本題に戻ろうじゃないか。翔太君は好きなものでも食べて、話を聞いててくれるか」

洞口の言葉にみんながうなずいて、話は本筋に戻った。

「商店街の空き家の件じゃよな。さっきの川辺の話では何軒もあるということだけんど、さてどうしたらいいもんかのう」

太い腕をくんで源次が呟《つぶや》く。

「このまま放置しておけば、あと十年ほどで危険家屋になる可能性も出てきます。そうした見地からも誰かに住んでいただいて、なおかつ何か商売をやっていただければ、万々歳なんですが」

川辺が役所の答弁のようないい方をする。

「かといって、すでに廃業した商店主たちにもう一度といっても、首を縦に振ることはないだろうしよ。なあ、源ジイ」

愚痴っぽくいう洞口に、

「わしのように頭の悪い人間には、どうしたらいいのか、さっぱりわからん。ここは頭のいい裕さんの考えを聞いたらどうかの。それから優等生の翔太の意見もよ」

源次の言葉に、みんなの目が裕三の顔に注がれる。

「俺は、解決法はひとつしかないと思っている」

裕三はみんなの顔をぐるっと見回し、

「いつもいうことだが、若い血の注入しかない。縁もゆかりもない、第三者としての若い連中だ。そうした若い連中を探し出して、好きな商売をさせる――それしか方法はない。そのためには、引越していった商店主たちから、店を使ってもいいという承諾を事前に取っておかなければならない。そうした地道な作業を日頃からやっておく必要がある」

噛んで含めるようにいった。

「若い連中を集めるって、どうやって集めたらいいんですか」

川辺が首を捻りながらいった。

「ネット、口コミ、伝手《つて》、広報……あらゆる手段を総動員して、こつこつと地道にやっていくしか方法はないと俺は思う。どうだ、翔太君はどう考える」

裕三が翔太を指名した。

「僕も同感です。あらゆる手段を用いて、若い人を呼びこむしか術はありません。できる限り沢山の、男女を問わない若い人の。それに――」

翔太はひと呼吸おいて、

「いろいろ問題はあると思いますが、外国人の手を借りるのもひとつの方法かと」

手にしていた焼き鳥の串を皿に戻した。

「若い連中に外国人か……」

吐息をもらすようにいう洞口に、

「そういう時代になったんですね、島国日本も」

大袈裟《おおげさ》なことを川辺がいった。

「ネットということになると、これはやっぱり翔太の仕事ということになるのう」

源次が太い首を上下に振る。

「それはもちろん、いいんですが。実は空き家の件で――」

と翔太がいいかけたところで、

「ところで翔太。時間に厳しいお前が今日の集まりに二十分も遅れてきたというのには、何か大変な事でもあったのか、家のほうで。何たって親一人子一人の身じゃからな、翔太の家は」

柄にもなく、心配そうな口ぶりで源次がいった。

「あっ、いえ。家のほうには何にも。ただ、ちょっと中古レコードを見ようと寄り道をした、小泉レコードが長引いてしまって」

申しわけなさそうにいうと、周りが一瞬静寂につつまれた。

「恵子ちゃんのところですか」

ぼそっと川辺がいった。

「じゃあ、仕方がねえか。で、恵子ちゃんは店にいたのか」

身を乗り出すようにして訊く源次に、

「いないようでした。よくはわかりませんが」

すまなそうに翔太は答える。

「近頃留守が多いな、恵子ちゃん。また旅行にでも行ったのかな。ちょっと心配だな」

洞口が首を傾げる。

「ひょっとしたら、奥にいたのかもしれませんけど」

「翔太。おめえ、そういうことは、ちゃんと確かめてこねえとよ」

源次がいったところで桐子が声を出した。

「みんな、変。小泉レコードの話になると、やけに親身というか、仲間意識が強くなるというか、一生懸命というか。やっぱり、みんな変」

怪訝《けげん》な表情を顔一杯に浮べた。

「仕方ないよ桐ちゃん。恵子ちゃんはみんなのマドンナであり、初恋の相手でもあったんだから」

穏やかな声で裕三がいった。

「初恋の相手っていっても、もう五十年も前のことじゃない。それって、けっこうキモいし、ストーカーの一種のような気がする」

本当にそう思っているのか、桐子は顔をしかめた。

「男っていうのは、そういう純情さを持った生き物なんだよ、馬鹿なんだよ。特に昭和の男は」

笑いながら裕三はいう。

「じゃあ、昭和大好き人間の翔太もそうなの。初恋の相手をこれから先、何十年も引きずっていくの」

桐子の視線が翔太に移った。きらきら光る目で翔太の顔をじっと見た。何かを期待しているような目だ。

「僕はまだ、恋をしたことがないから」

ぼそっといった。

「えっ、翔太って今、恋をしてないの」

肩すかしを食ったような表情だ。

「僕のように根暗で、人づきあいも満足にできないような人間に、恋なんかは生意気のような気がして。でも、恋じゃないんだけど憧れの人はいる……」

正直な翔太の気持だった。

「憧れの人か……翔太らしいといえば、そうともいえるか。まあ、それならいいか」

うんうんとうなずいて、桐子が納得したような表情を見せたところで、

「恵子ちゃんといえば、中学二年のときの子犬事件をみんな覚えてますか」

勢いこんで川辺がいった。

「おう、覚えてる。あのときの恵子ちゃんは格好よかった。あんな一面があるとは、あのときまでまったく知らなかった」

源次の言葉に他の三人も大きくうなずいて、すぐに思い出話一色に染まる。

今から五十年ほど前――。

恵子たちのクラスの教室に、小さな野良犬が迷いこんできたことがあったという。雑種の犬だったが、ころっとしたかんじでいかにも可愛く、クラスのみんながその子犬の周りに輪をつくった。そのとき、その子犬の首根っこをつかんだのが、クラスの不良のリーダー格だった大杉《おおすぎ》という生徒だった。

鼻を人差指で、ぴんと弾いた。よほど痛かったのか、子犬は悲しそうな声で鳴いた。

「おう、一人前に痛いのか、それなら」

大杉は何度も子犬の鼻を指で弾き、あげくのはてに、数人の不良仲間と子犬をボール代りにしてバスケットのパスもどきに放り投げ始めた。子犬は教室のなかを、大きな弧を描いて飛び交った。きゃん、きゃん悲しげな鳴き声をあげながら……。

そのとき動いたのが恵子だった。

「やめなさい、あんたたち。かわいそうじゃない」

セーラー服の腰に両手をあてて、恵子は大杉の顔を睨《にら》みつけた。

「何だよ恵子。てめえ、女の分際で俺たちに指図しようっていうのか、生意気にもよ。上等じゃねえか」

子犬を手にしたまま大杉が凄《すご》んだ。女子から文句をいわれたせいなのか、顔が引きつって蒼白《そうはく》になっていた。

大杉は両目を吊りあげて恵子を睨んだ。

恵子も大きな目で大杉を睨みつけた。

睨み合いは数分間つづいた。

先に視線をそらしたのは大杉のほうだ。

ぽんと子犬を床に放り投げ、黙ってその場を離れた。残りの不良もあとにつづいた。

恵子は鬼の形相で立っていた。

怖い顔だったが、妙に凜《りん》としていた。

教室中から拍手が湧きおこった。

「あれは、いい顔だったよな」

当時を鮮明に思い出したのか、洞口が吐息まじりの声を出した。

「あれはセーラームーンですよ。あのころはまだ、テレビではやってなかったけど――溜息が出るほど綺麗で凜々《りり》しかったですよ」

川辺が視線を宙に泳がせていった。

「ところで、あのあと、あの子犬はどうしたんだっけな。よく思い出せんのだが」

「あれは、わしが家に連れて帰って飼うことにしたんじゃよ。一年ほど後にジステンパーに罹って死んでしもうたけどよ」

裕三の問いに掠れた声で源次がいった。

「あの子犬は、源ジイが飼うことにしたのか。ふうん、なるほどな」

と洞口は口に出すが、なぜ連れて帰ったとは訊かない。

「とにかく、そういうことで思い出話は一件落着ということに――」

裕三は大声を出してから視線を翔太に向けた。

「さっき翔太君は空き家の件で何かいいかけたが、あれは何だったんだろう」

「あれは商店街の裏通りにある、廃墟同然の産婦人科医院のことです」

すらすらと翔太は答えた。

「真鍋《まなべ》産婦人科のことだな。七年ほど前に先生が亡くなって、跡を継ぐ者が誰もいず廃業したという。それがどうかしたのか、翔太君」

洞口が不思議そうに訊く。

「その、真鍋産婦人科の空き家なんですが、僕はこれも町おこしのひとつにしようと思って、あるプランを進めているんですが」

「あるプランって、それは……」

川辺が興味津々といった表情を向けた。

「翔太。あんたまた、とんでもないことを考えてるんじゃないだろうね」

口ぶりはきついが、桐子の表情は心配そうだ。

「聞かせてくれないか、その、あるプランというのを」

裕三が身を乗り出してきた。

「実は、あの産婦人科を舞台に、都市伝説をつくってみようと思って」

恥ずかしそうに翔太はいった。


入口にはロープが張ってあるだけで、門扉はない。

翔太たち独り身会の五人と桐子は、たるんだロープをくぐって『真鍋産婦人科』の敷地内に入る。入った左側が診察室と入院棟になっていて、右側は庭だ。かつては芝生が張りめぐらされていたようだが、今は雑草が生い茂っている。広さは大体二十坪ほどだ。

「あれが、問題の像か」

裕三が弾んだ声を出した。

六人の視線が庭の中央に集中する。

子供を抱いた女性の裸体像だ。ブロンズ製のようで色が青くなっていた。

像を支えているのは大理石の台で、それが水のなかに浮いている。つまり、子供を抱いた女性の像は直径三メートルほどの池の中央に立っており、なんと、その池の形は円ではなく、ゆるやかなハート形になっていて周囲には煉瓦《れんが》が敷いてあった。

「これを都市伝説にするのか」

洞口が感心したような声をあげる。

「確かに女性像をローマ神話の恋愛の女神、ヴィーナス。抱かれている子供をキューピッドに見たてれば、恋のパワースポットとしては最適。立派に通用すると思いますが」

川辺がさりげなく知識をひけらかす。

「おまけに池が、ハート形か……」

呟くように桐子はいってから、首を捻った。

「でも、なんで、ここの院長はこんな物を建てたんだろう」

「昭和の男は、ロマンチストなんじゃよ。産婦人科の医院にふさわしい何かロマンチックな物をと考えて、この池とこの像を思いついたんじゃねえのかな。その意味あいからいけば、ここを恋のパワースポットにというのも満更《まんざら》間違いではないような気がするな」

穿《うが》ったことをいって源次は頭を掻いた。

「まあ、中《あた》らずと雖《いえど》も遠からず――大体はそんなところだろう」

笑いながら裕三はうなずき、

「しかし翔太君はすごいな。この像と池を見て、そんなことを思いつくとは。しかも、独り身会に入ってすぐに、そのアイデアを実行に移すとは。まったく頭が下がるよ」

言葉通り頭を下げた。

翔太が、真鍋産婦人科の母子像を恋愛成就のパワースポットにしようと思いついたのは、独り身会のメンバーになってすぐ。遠からず空き家の件が問題になるだろうと考えて商店街のなかの該当する物件を見て回り、真鍋産婦人科の庭を覗《のぞ》きこんだときに、すぐにこのアイデアが閃《ひらめ》いた。

都市伝説の創造——。

翔太はすぐに動いた。所有者の承諾を得てないので場所だけは曖昧《あいまい》にしたが、

『廃墟に埋もれた、奇跡の女神』

売りはこの文句だった。

これをベースに、ここが恋愛成就のパワースポットになりつつあることを意味深な言葉をちりばめてネットに載せた。翔太だけではなく、数少ない友人たちにも頼みこんでネットに拡散してもらった。まだ反応は表れてはいなかったが、地道にやればきっといつか……翔太はそう信じている。

「それで翔太君は、ここにどう手を加えたらいいと思っているんだ」

裕三が母子像を指さしていった。

「特段手を加えることは、何といっても廃墟の女神像ですから——ただ、さっきもいったように都市伝説では池の周囲を三度回ることになってますから、その部分だけは雑草を抜いて煉瓦をむき出しにしたほうがいいとは思っています」

「三度回って、正面の像に向かってコインを投げると効果覿面《てきめん》っていうのが、この像の謳い文句か」

男の子のような口調でいう桐子に、

「ただ、お祈りだけしてもいいし、小銭を投げてもいいし……ちょうどお母さんの手の位置のあたりがくぼんでいるので、そこに投げた小銭が載れば大当たりということに都市伝説ではなってるから」

恥ずかしそうに翔太はいった。

「いずれにしても、池の周囲だけの清掃なら手がかからなくて有難い。雑草を抜いて除草剤をまいておけば、しばらくはそのままにしておいても大丈夫だろ」

洞口がほっとした面持ちでいう。

「ただ、問題がひとつ」

掠れた声を出す翔太に裕三がすぐに反応する。

「左側の医院本体の処理だな」

「はい。何といっても廃院になってから相当たってますから、なかに入りこまれて怪我でもすれば大事になってしまいます。そのあたりを何とかしないと」

小さな吐息をもらす翔太に、

「ロープを張るだけではだめか。乗りこえて、なかに入りこむ輩も出てくるじゃろうからな」

源次が低い声を出した。

「塀か何かで仕切れば、問題ないじゃん」

何でもないことのようにいう桐子の言葉に、裕三が腕をくむ。

「塀なあ……長さは大体十メートル弱か。いったい、いくらぐらいかかるんだろうな」

「十万ぐらいじゃないですかね。私のざっとした見積りでは」

以前、役所の土木課にいたこともある川辺が神妙な顔で答えて、みんなの顔を窺う。

「十万ぐらいか——それなら商店街の振興費から出しても文句は出ねえか。なら、それで行くか」

「きまりですね。それなら、役所時代につきあいのあった業者に、できるだけ安くやってもらえるように頼んでおきますから。塀の形は西欧風のしゃれた鉄柵か何かで組んでくれるように」

洞口の言葉に得意げな表情で川辺がいうと、

「その前に所有者である真鍋さんの奥さんの同意をとらなければならないし、発注はそのあとだ。ちゃんとした同意書をつくっておいたほうがいいからな。早速行ってみるつもりだが、確か真鍋さんの奥さんの住まいは？」

裕三が待ったをかけた。

「このすぐ裏のマンションで、気ままな一人暮しです。年はそろそろ八十になると思いますが」

川辺がこう答えて、詳しい住所を裕三に教えた。

「なら同意書をつくって、今夜にでも訪ねてみるか」

裕三の一言で、この話は一件落着。

このあと、せっかくきたのだから池の周りの草をみんなで抜こうということになり、その場にしゃがみこむことに。桐子は「日焼けどめのクリーム、今日は持ってない」と、ぶつぶついっていたが、池の周囲からは雑草が一本もなくなり、見違えるほど綺麗になった。

テレビの画面から目をそらして、台所の棚の上にある時計を見ると七時ちょっと。今日は定時に終るといっていたから、そろそろ母親の郷子《きょうこ》は帰ってくるはずだ。

定時に帰るときの晩ごはんの仕度は郷子、八時以降になるときは翔太が食事をつくることになっていた。これは翔太が中学生になってからのきまりで、その後、ずっとつづいている。

七時十五分、玄関のドアが開いて郷子が帰ってきた。

「ごめん、今夜はお菜をつくるのが面倒に思えて、丸富さんでメンチカツを買ってきた」

『丸富』は商店街の裏通りにある総菜屋で、ここのメンチカツは安くておいしいという
ことで定評があった。

「うん、いいよ」という翔太の声を背に郷子はすぐに台所に立つ。つくりおきの味噌汁に火を入れ、あとは漬物やら海苔の佃煮やらをテーブルに並べて、ようやく上衣だけ脱いだ。そのあと郷子は冷蔵庫からキャベツを出して千切りにし、買ってきたメンチカツに添えてテーブルの上に置いた。

「じゃあ、着がえてくるから。コンロの上の鍋には注意していて」

そう声をかけて郷子は奥の部屋に消える。

といっても部屋は玄関を入ったところにある板間の食堂兼台所と、奥の六畳の和室だけ。便宜上、新聞配達で朝の早い翔太の寝間兼勉強部屋が板間のほうで、六畳の和室は郷子がメインになって使っていた。

郷子が着がえをしている間に、翔太は温まった味噌汁と飯の碗をテーブルに並べる。

着がえをすませた郷子がやってきて、ようやく夜の食事の始まりだ。

「これ、安売り？」

メンチカツを頬張りながら翔太はいう。

「そう。六時以降はタイムサービスで、半額の一枚六十円だから、かなり助かる。あそこのメンチカツは、けっこうおいしいしね」

嬉しそうに郷子はいう。

郷子は今年四十三歳。十年ほど前に離婚をしてから、翔太と二人きりでこの古ぼけたモルタル造りのアパートに住んでいる。

取り立てて美人というほどではないが、素直な目鼻立ちと贅肉《ぜいにく》のついていない、すっきりした体つきが清潔感を見る者に抱かせる。そんなところは小泉レコードの七海によく似ていると、密かに翔太は思っていた。

食事をしながら、翔太は昼間行ってきた真鍋産婦人科の女神像の話を郷子にした。

「へえっ、そんな母子像があって、それを恋愛成就のパワースポットにするの。でも建てた人が婦人科の先生なら、本当にご利益があるかもしれないね」

機嫌よくいう郷子に、

「像自体もきちんと造ってあって荘厳な感じがしたし、母子の顔も穏やかで優しそうだったし。本物の恋愛スポットになる可能性は充分にあると思う」

翔太は勢いこんでいう。

「本物の恋愛スポットか……じゃあ、私も一度行ってみようかな。有名になる前に行けば、ご利益も一人占めできるかもしれないし」

本気とも冗談ともつかないことを郷子がいった。

「えっ、お母さんが」

翔太の体に動揺が走った。箸がとまった。

「嘘よ。行くわけないじゃない。男の人は翔ちゃんのお父さんだけで、もうこりごり。私は今のままで、充分満足」

ふわっと笑った。

が、翔太は郷子の体から漂う男のにおいを一度だけ感じたことがあった。

翔太が小学六年生の時だ。

夏休みも終ったころ、郷子の言動が妙に荒れたことがあった。言葉が鋭角的になり、動作から柔らかさがなくなった。むやみに大きな音を立てて歩きまわり、流しで洗い物をしているときは食器をよく割った。仕事のせいではないような気が翔太にはした。

そんな状態が十日ほどつづいた夜。

そのころは奥の六畳に布団を二つ敷いて並んで寝ていたが、翔太は深夜妙な気配を感じて目を覚ました。

薄闇《うすやみ》のなか、傍らに目をやると郷子が体を震わせていた。

体を折って嗚咽《おえつ》をもらしていた。

郷子は声を殺して泣いていた。

「お母さん……」

小さな声をあげて起きあがると、郷子が翔太の布団ににじりよった。強い力で抱きしめられた。郷子は翔太を抱きしめて頬ずりし、声を出さずに泣いた。涙が翔太の頬を伝った。涙は次から次へとこぼれて翔太の顔を濡《ぬ》らした。

どれほど抱きすくめられていたのか。

郷子はふいに翔太の体を離した。

「ごめん、翔ちゃん。お母さん、もう大丈夫だから」

そういって郷子は翔太に背を向けた。

お母さんは誰かの代りに僕を抱きしめた。

子供心にもそう感じた。

が、誰かの代りでも翔太は嬉しかった。

たった二人きりの家族だった。

世界中で二人きりの……。

寝間を六畳と台所に郷子が分けたのは、このあとだった。翔太が新聞配達を始めるまで、郷子は台所、翔太は奥の六畳で寝るようになった。

独り身会の招集がまたかかった。

どうやら、真鍋産婦人科の奥さんに同意を求めに行った裕三の報告会のようなものらしいが、本音は酒を飲みながらの与太話。みんなでわいわい楽しい時間を過ごしたいのだ。場所は今夜も、のんべだった。指定された七時ぴったりに店の奥の小あがりに行くと源次を除いて、あとはみんな揃《そろ》っていた。今夜も桐子が同席している。

「おう、翔太。今日は感心に時間ぴったりにきたな」

桐子の乱暴な言葉に迎えられて、翔太がその隣に腰をおろすと、川辺がそっと目顔で斜め前を指した。テーブル席に目つきの悪い若い男が三人座って串揚げを肴《さかな》にビールを飲みながら、ちらちらこちらを見ていた。

「ここに座ってみて初めて気がついたんですが、白猟会の連中ですよ」

川辺の言葉に翔太の全身が竦む。

「白猟会の連中が、なんでここへ」

「やつらのほうが先にきてたから、単なる偶然で、俺たちを狙ってということじゃねえとは思うんだけどよ」

洞口の心配そうな声に、

「こっちには源ジイがついてるんだから、あんなのの二人や三人気にすることなんてないじゃん」

桐子は相変らず威勢がいい。

「その源ジイが顔を見せてねえから、心配してるんじゃねえか」

「あっ、そうか」と桐子が首を竦めたところへ、当の源次がようやく顔を見せた。

「すまねえな、遅くなってよ。今夜に限って、頭痛持ちと腰痛持ちの年寄りが終りがけにきやがってよ。その治療に手間取ってしまってよ」

どかっと座りこむ源次に川辺がまた、目顔で斜め前を指して「白猟会です」と耳打ちすると、

「この前の連中とは違う顔ぶれじゃが、何だってあいつらまた」

意にも介さない口調でいいすてた。

「ここでぶつかったのは偶然だとは思うが、恒例の商店街の盆踊り大会が近づいていることもあって、ちょっと心配をな」

初めて裕三が口を開いた。

「そうか、盆踊り大会か——主催は俺たち商店街だが、すべての仕切りは山城組だったな。野郎たち、そこで何か騒動でもおこすつもりでいるのか」

洞口は眉間に皺《しわ》をよせた。

「それはまずいな、実にまずいな」

源次は独り言のようにいってから、

「なら、ちょっと釘を刺してくるか」

ゆっくりと立ちあがったところへ、川辺が何かを期待するような言葉をかけた。

「源ジイ。連中は瓶ビールを飲んでますよ、瓶ビールを」

小さくうなずいて、源次は三人のテーブルに近づいた。

翔太の胸が騒ぎ出した。頭はよかったが翔太は腕力にはまったく自信がなかった。それだけに強い人間が好きだった。尊敬していた。その強い人間がこれから……。

源次は、半グレたちの席の空いている椅子に腰をおろした。ぎょっとした目で三人が源次の顔を見た。

「おめえたちにひとつだけいっておくがよ。商店街の盆踊り大会に、ちょっかいを出すつもりなら、わしが許さん。本気になって、おめえたちと殺し合いをするからよ。わしは身よりなど一人もおらんから、どこで死のうが誰も悲しまん。それにわしは強い」

源次は半グレたちの目の前に、巨大な松ぼっくりのような拳を突き出した。

「わしの拳は骨を砕き、わしの貫手《ぬきて》は内臓を突き破る。そんなわしと命のやりとりをする覚悟があるのなら、いつでもくるがいい」

源次はすっと手を伸ばして、テーブルの上にあるビールの栓を指でつまんだ。くしゃりと折り曲げた。ちらばっていた四個の栓を次々に折り曲げた。半グレたちの顔に驚愕《きょうがく》の表情が広がった。

その三人の顔をじろりと見て、源次は傍らのビール瓶を手に取った。無造作に二本の指を叩きつけた。瓶の口は折れて転がった。源次はテーブルの上にある四本のビール瓶の首をすべて二本の指で折り飛ばした。

半グレたちの顔は真青だ。

「頭《かしら》にいっとけ。盆踊りには手を出すな。もし手を出せば、殺し合いは全部わしが引き受けるからとな」

源次は凄まじい目で三人を睨みつけた。獣の目だった。それも獲物を前にした。

三人が同時に立ちあがった。つんのめるようにしてレジのほうに向かった。

幸い店は空いていて源次たちのやりとりに気づいた者は一人もいなかったが、凝視していた翔太たち五人の口からは大きな吐息がもれた。翔太は両肩を震わせて息をした。両の拳を力一杯握りしめた。

「源ジイ、ちょっとやりすぎなんじゃないのか」

戻ってきた源次に裕三が心配そうな口調で声をかけた。

「ああいうやつらには、やりすぎぐらいがちょうどいいんじゃよ。何たって、町中のみんなが楽しみにしている盆踊り大会だからよ」

源次は何でもないことのようにいい、

「それより、例の女神様はどうなったんじゃ。ばあさんは、うんといって納得したのか」

催促するようにいって話題を変えた。

「呆気ないほど簡単に同意してくれたな。まるで拍子抜けの状態だったな」

と裕三はそのときの状況を、ざっとみんなに話してくれた。

都市伝説の詳細を話して、その返事を待っている裕三に奥さんはまず、

「あの母子像を恋愛スポットにするんですか。それはまあ何といったらいいのか、面白いというか嬉しいというか。はい、私は大賛成ですよ。そんなことで町内のお役に立つなら、どのように扱ってもらってもけっこうですから。それにあの像は……」

こういってからぴたりと口を閉ざし、さも嬉しそうに笑い出したという。

「笑い出したって、いったいそれはどういうことなんだ」

洞口が訝《いぶか》しげな目で裕三を見た。

「理由は何もいわなかったが、多分あの像のモデルは奥さんだったんじゃないのかな。だからな」

口許を崩して裕三がいうと、すぐに川辺があとを引き継いだ。

「麗《うるわ》しの夫婦愛といったところですか」

「じゃあ、そのばあさんの顔に向かって、恋の悩みのあるやつは拝むということになるのか。じゃから、ばあさんにしたら大賛成っていうことなのか」

源次が溜息をつくようにいった。

「それに、例の塀の件だが、十万ぐらいなら自分が出すとのことだった。何といっても自分の家だからと一歩も譲る様子はなかったから、仕方がないのでそうしてきたよ」

「仕方がないって、それならそれで助かるじゃん」

口を挟んでくる桐子に、

「その代り、この先。取壊しを含めた空き家の処理を、簡単には頼めなくなった」

噛んで含めるように裕三はいう。

「それはそれで、いいじゃないですか。どのみち、それは役所のほうの仕事ですから」

元役所勤めの川辺は簡単にいいきった。

「まあ、そういうことだな。だから翔太君、これからは住所も明確にして、ばんばん都市伝説のほうの宣伝を頼むよ」

「わかりました。頑張ります」

裕三の言葉に翔太は大きくうなずき、この話は一件落着ということに。それからは飲んで食べて雑談になった。むろん、翔太と桐子はウーロン茶だったが。

八時半を過ぎたころ、隣の桐子がこんなことをいった。

「今夜の食事の仕度は翔太なの、それともおばさんなの」

「僕のほう。だから、簡単カレーをつくっておいた。温めればすぐ食べられるように」

簡単カレーとは翔太の得意な料理のひとつで、鍋のなかに野菜やら油揚げやら竹輪やら……残り物や余り物を何でも入れて即席の鰹《かつお》ダシで炒め、それに水を張って煮たったところにカレーのルーを入れたものだ。十五分もあればできるので簡単カレー。和風の味だが、翔太はけっこういけると思っている。

「簡単カレーねえ……」

と桐子は呆れた声を出したものの、それ以上は何もいわず、

「相変らず、おばさん仕事忙しいの。帰ってくるの遅いの」

しんみりとした口調でいった。

「遅いといっても、十時過ぎには帰ってくるから」

「じゃあ、やっぱり忙しいんじゃない。だったらもう少し、ましな物をつくってあげたらどう。あんたのために、おばさんは一生懸命働いてるんだからね」

説教じみたことをいってから、

「何だったら私が、ちゃんとした料理を翔太に教えてやっても……」

視線をそらして掠れた声でいった。

「あっ、それはまあ、機会があったらね。みんな忙しい身でもあるし」

やんわりと断りの言葉を出す翔太の胸に、ひとつの出来事が思い出された。あれは中学一年の夏のことだ。

授業が終って教室の掃除をしているとき、翔太は数人の悪童たちにからまれた。

「翔太。お前の母ちゃんの仕事、保険の外交だってな。知ってるか。外交の女って、保険に入ってもらうかわりにアレをやらせてるってことを。お前の母ちゃんも客としけこんで、家に帰らんことがけっこうあるんじゃねえか」

翔太の胸がどんと鳴った。

顔が歪むのがわかった。そういう噂は翔太も耳にしたことがあった。だがそれは遠い昔の一部の人間たちのことで、今ではそんなことはまったくないと聞いていた。しかし……。

「ヤラセ、ヤラセ」

と翔太の歪んだ顔を見て悪童たちがはやしたてた。翔太の目に涙が滲《にじ》んだ。

「こら、お前ら」

このとき、大声をあげたのが桐子だった。

「いいかげんなことをいうと、張り倒すぞ」

手にしていたモップを桐子が大きく振りあげた。本当に叩きつけるように見えた。

「怖っ！」

悪童たちはその場から逃げさった。

「翔太。あんたも男だったら、もう少し毅然とした態度をとったらどう。めそめそしてて、どうすんの」

怒鳴りつけて桐子はさっと背中を見せた。

翔太は唇を噛みしめた。そして、このときこう思った。

遅くなってもいい、家に帰ってきてくれれば……それがちゃんと仕事をしている母親の証しのように思えた。大雑把すぎる論理だったが、これは今でもしっかり翔太の頭のなかに刻みこまれて離れない。

「遅くなってもいい、帰ってくれれば……」

胸のなかの郷子の顔に向かって、哀願するように呟いた。

「えっ、何ていったの。よく聞こえなかったけど」

怪訝な表情で隣の桐子がいった。

「あっ、何でもない。都市伝説の展開の仕方を考えていただけ」

そのとき、胸のなかの郷子の顔がふいに七海の顔に変った。なぜだかわからなかったが泣いているような顔だった。急に胸騒ぎがした。

ちらりと時計に目をやると、八時五十分。まだ小泉レコードは開いているはずだ。何の根拠もなかったが行ってみようと思った。

翔太は勢いよく立ちあがった。

息を切らして小泉レコードの前に走りこんだ。

シャッターを降ろすためか、七海がちょうど店の外に出てきたところにぶつかった。目が合った。肩で息をしている翔太を見て、七海はちょっと驚いた表情をしてから、泣き出しそうな目で笑った。

ざわっと胸が騒いだ。

「どうしたの翔太君。そんなに慌てた様子をして。何かあったの」

普段の調子で訊いてきた。表情は元に戻っている。

「いえ、僕のほうは何も……」

慌てて声を出した。

「そう……そうなんだ」

独り言のように七海はいい、

「レコード、見ていく」

首を傾げていった。

「えっ、いいんですか。シャッター、閉めかけていたんじゃないですか」

恐縮した声を翔太が出すと、

「いいわよ、大好きな翔太君のことだもの。少しぐらい、店を閉めるのが遅くなっても」

大好きな翔太君と七海はいった。胸の騒めきがさらに大きくなった。

「それなら、少しだけ」

翔太は軽く頭を下げて店のなかに入った。

「私はここにいるから、気がすむまで見ていって」

カウンターのなかに戻った七海は翔太の顔を見つめて、こくっとうなずいた。

うながされるまま、翔太は昭和歌謡の置いてある奥のスペースに足を踏みいれる。並べられているレコードジャケットに目をやるが、頭のなかには入ってこない。どう考えても今夜の七海は変だった。あの胸騒ぎは本当だったのかも……そんなことを考えながら目だけでレコードジャケットのタイトルを追っていると、後ろに人の気配を感じた。

振り向くと七海が立っていた。

潤んだ目で翔太を見ていた。

「七海さん……」

上ずった声を翔太は出した。

その声が終らないうちに、七海が翔太にぶつかってきた。しがみついた。七海は翔太にしがみつきながら嗚咽をもらした。嗚咽は徐々に大きくなり、七海は肩を震わせて泣いた。翔太にしがみついて泣いた。

翔太の手がおずおずと七海の背中にまわった。そっと抱きしめた。胸は早鐘《はやがね》を打ったように騒いでいたが、頭のほうは冷静だった。何があったかわからなかったが、七海を慰めてやりたかった。

そう思ったとたん、翔太の鼻の奥がじんわりと熱くなった。翔太は涙をこらえ、声を出さずに泣いた。七海の悲しさが流れこんできたかのように翔太は静かに泣いた。七海の悲しさを全部受けとめてやりたかった。すべての悲しみを何もかも……。

「七海さんは誰かの代りに、僕を抱きしめている」

あの、母親のときと同じだと思った。

が、誰かの代りでも翔太は嬉しかった。

七海は翔太の憧れの人だった。

幸せになってほしかった。

そのとき、しがみついていた七海の両手が翔太の首にまわった。七海の顔が目の前にあった。翔太の唇が湿ったものにおおわれた。七海の唇だ。七海の唇が翔太の唇に密着していた。こすりつけた。七海のにおいが翔太の顔を押しつつんだ。それまで冷静だった翔太の頭がかっと熱くなった。

翔太にとって初めてのキスだった。

合せた唇の間から熱くて柔らかなものが入りこんできた。柔らかなものは翔太の口のなかを動きまわった。翔太の体は硬直していた。どうしていいかわからなかった。そのとき翔太の全身を途方もない悲しさがおおった。何の悲しさかわからなかったが、悲しくて仕方がなかった。大粒の涙が次から次へとこぼれて落ちた。

ふいに七海が唇を離した。

急いで手の甲で自分の唇を拭《ぬぐ》った。

「ごめん、私……」

喉につまった声をあげた。

「忘れて、全部忘れて。私、どうかしてた。ごめん、翔太君」

七海はそれだけいって、さっと背中を向け、カウンターのほうに戻っていった。

手の甲で翔太は涙を拭った。涙はまだとまらなかった。思い出したように、ポケットからハンカチを出して何度も何度も顔をふいた。涙がとまるまでふきつづけた。

レコード売場から入口のほうに行くと、カウンターのなかに七海がいた。背筋を伸ばして立っていた。

「これにこりずに、またきて、翔太君」

やけに明るい声で七海はいった。

「はい、またきます」

思いきり頭を下げた。

ふわりと七海が笑った。

また悲しさがこみあげた。

唇を引き結んで店の外に出た。

翔太は七海が大好きだった。

お盆が明日に迫っていた。

新聞配達を終えた翔太は、自転車に乗ったまま駅に向かう。早朝だというのに駅前のロータリーでは、盆踊りの櫓《やぐら》づくりが忙しい。作業の指揮をしているのは山城組の冴子だ。

しばらくその様子を見ていたら目が合った。目礼をしてきたので慌てて翔太も頭を下げる。笑顔を見せてから冴子はすぐに仕事に戻ったが、やっぱり目立っていた。どこをどう見ても普通の容姿なのに、その理由がまるでわからない。

わからないことを考えていても無駄なので、翔太は自転車を降りて駅の待合室に入る。改札口の脇にある木製の椅子にそっと腰をおろして、正面の壁を凝視する。

視線の先にあるのは、黒板型の伝言板である。町おこしの話し合いをしているとき、昭和の雰囲気を少しでも出すためにと翔太が提案して、置いてもらったものだ。最初は利用する者などいないのではと危惧《きぐ》していたが、こうして改めて見てみるとかなりの文字で埋まっている。もっとも、ほとんどが落書きのようなものだったが。

その伝言板の左の片隅に、きちんとした小さな文字が書いてあった。

『七つの海は心のやすらぎ』

七海のことだった。むろん、書いたのは翔太だ。伝言板が設置された直後、人目のないときを見計らって急いで書いた。どこかに自分の気持を表しておきたいという衝動に駆られて書いたものだったが、翔太の本音でもあった。

その本音が少し変りつつあった。

あの、キスのせいだ。

翔太はあのとき、七海のにおいを嗅ぎ、七海の体を全身で感じた。リアルすぎた。翔太の頭のなかで七海は神聖な偶像から、生身の人間に変化した。しかし、これが昇格なのか降格にあたるのか、そこのところが翔太にはさっぱりわからない。心があっちこっちに揺れ動いていた。ただひとつはっきりしていることは、七海は翔太にとって大切な人――これだけは確信できた。

「七海さん……」

口のなかだけで呟いてみた。

とたんに唇が熱くなるのがわかった。七海の唇が触れたところ。そして、もっと熱くて柔らかなものが入りこんできて、動きまわったところ。翔太の知らない、どこかの誰かの代りとして。

あれから翔太は三度、小泉レコードに顔を出していた。

「あら、翔太君。いらっしゃい」

そのたびに七海はこんな言葉を口にして歓迎してくれるのだが、それ以上のことは何もいわない。まるで、あの夜のことはなかったかのように、その件に関しては一言の釈明も説明も口にしなかった。それが翔太には理解できなく歯痒《はがゆ》かった。

どれぐらい物思いに耽《ふけ》っていたのか……。

よっこらしょと、年寄りのような掛け声を出して翔太は椅子から立ちあがる。停めてあった自転車に跨《また》がり、商店街の裏通りに向かってペダルをこぐ。目指しているのは空き家になっている真鍋産婦人科だ。女神像の様子が見たかった。

驚いた。あれから十日ほどしかたっていないのに、鉄製の柵ができていた。高さ二メートル弱ほどの黒くペンキを塗った欧米風のデザインで、かなり頑丈そうに見えた。これなら見場もいいし、誰かが侵入することもない。子供を抱いた女神像も一段と引き立って見える。

翔太はその女神像を見つめながら、どうしようかと考える。自分で創った都市伝説ながら、何となくご利益があるようにも感じられる。それならそれで……しかし。

ぐずぐずと考えつづけていると、誰かが敷地内に入ってくるのがわかった。見たこともない、若い女の子の二人連れだ。翔太の胸がどきっと鳴った。もしかしたら。

二人の女の子は翔太にちらっと視線を向けてから、そっと女神像の前に立つ。軽く頭を下げてから、ハート形の池の周りを歩き出した。きっちり三度回って女神像の正面にひざまずいた。何やら熱心に両手を合せている。真剣そのものだ。すっと立ちあがったときには、手に硬貨を持っていた。二人は女神像のくぼんでいる部分に向かって慎重に硬貨を投げた。百円硬貨だった。残念ながら硬貨は二枚とも女神像の胸のあたりに当たって池のなかに落ちた。

「まっ、いいか。今度またきたときに、命中させればいいから」

二人はうなずきながら女神像に頭を下げて、その場を離れていった。

翔太は小さな感動を覚えていた。

都市伝説の効果が出始めているのだ。

「やった!」と口のなかだけで小さな叫び声をあげ、女神像の周りを翔太も回り始めた。きっちり三度回って女神像の正面にひざまずいてから、さて、誰を対象にして何を念じたらいいのか翔太は迷う。素直に考えれば、七海のことを願えばいいのだが翔太の心は複雑だ。何といってもここは恋愛成就の聖地なのだ。七海は翔太の大切な人ではあっても、恋愛の対象者ではないはずだ。

ううんと翔太は唸《うな》ってから、

「七海さんが幸せになれますように」

呟くようにいって立ちあがった。

ポケットに手を入れて硬貨を探る。取り出したのは十円硬貨だ。慎重に狙って、ひょいと投げる。外れた。硬貨は女神像の腕の部分に当たって池のなかに落ちた。

「今度きたときに命中させれば」

若い女の子と同じような言葉を口のなかで呟き、翔太はぺこりと女神像に頭を下げて外に出る。

自転車を押して裏通りをゆるゆると歩いていくと、見知った顔にぶつかった。源次だ。小さな体を丸めるようにして歩いてくる。

「おう、翔太か。新聞配達の帰りか。それにしては遅いじゃねえか」

腕時計に目をやると八時を回っていた。寄り道をしていて時間の経過に気がつかなかった。

「女神像を見てきましたから、それで遅くなったようです」

と、二人連れの若い女の子がきていたことを翔太は源次に話す。

「なんと、もうきているやつがいるのか。そりゃあ何といったらいいのか。いよいよ本物になるな、あの女神様は」

感心したようにいってから、

「すごいな、翔太。おめえはよ」

太い腕をくんで翔太の顔をしみじみと見た。

「いえ、運です。僕は世の中の半分以上は運できまると思ってますから」

頭を掻きながらいった。

「運なあ。頭のいいおめえが、そういうんだからそうかもしれねえな」

独り言のように源次は呟いて、あとをつづける。

「そうじゃ、翔太。おめえ、わしと一緒にきてくれねえか」

「一緒にって、どこへですか」

「駅前の広場だよ。山城組が櫓を組んでるじゃろう。姐さんの山城冴子と若頭にちょっと話があってな」

「話というのは？」

怪訝な表情を浮べる翔太に、

「あの、いかにも真直ぐ生きている二人に、嘘をついているのが申しわけないように思えてよ。だからな」

しょぼくれた目で翔太を見た。

「嘘って――ひょっとして、源次さんが忍者だという」

「そこじゃよ。少なくとも、あの二人にだけは嘘はいいたくねえ気がしてよ。けど、わしはどうにも、あの山城冴子という女が苦手でよ。若いのにやけにしっかりしていて、おまけに両目がキラキラ輝いててよ」

吐息まじりに源次はいう。

「へえっ、源次さんにも苦手なものがあったんですね。そういうものには、まったく縁のない、豪傑のような人だと思ってましたけど」

「豪傑にだって苦手なものはあるし、怖いものだってあるさ」

ぽつりといった。

「怖いものがって——何ですか、それって。あんなに強いのに、怖いものがあるなんて、とても」

翔太は心底驚いた。にわかには信じられないことだった。

「今はまだいえねえな。何たって、わしの最大の弱点じゃからよ。そのうち、おいおいとよ」

情けなさそうな顔で源次はいった。

「わかりました。それはそれとして、冴子さんのところに一緒に行くのはオーケーです。お供します」

実をいえば、源次が忍者だと告白したとき冴子と成宮がどんな顔をするのか、翔太はむしょうに見たかった。それに多分、源次は二人にうながされて何か術を披露する羽目になるに違いない。それも見たかった。強さとは対極の位置にいる翔太にとって、源次は現代のヒーローそのものだった。

源次と翔太、それに冴子と成宮の四人は駅裏にある喫茶店の奥にいた。

「何ですか。源ジイがわざわざ私たちを呼び出して、大事な話があるっていうのは」

冴子が興味津々の表情でいった。

四人の前にはアイスコーヒーが置かれていたが、まだ誰もそれには手をつけていない。何となく緊張した空気が周りには漂っている。

源次が小さな咳《せき》をひとつした。

「実は、わし忍者なんじゃよ」

前置きなしに口にした。

翔太の視線が冴子と成宮の顔に張りつく。

二人は一瞬ぽかんとした表情を浮べ、そのあと互いに顔を見合せた。

「忍者って、あの忍者ですか」

冴子が困った顔をしていった。

「そうじゃよ、あの忍者だよ」

源次はそういって、真直ぐ生きている二人に嘘をついているのは申しわけがないという話と、木曾谷に生まれついたときから祖父の手によって忍者の修行をしてきたことを、冴子と成宮にざっと説明した。

「ああ、そういうことだったんですね」

うなずいてはみせるが、冴子の顔には戸惑いの表情がまだ広がっている。それはそうだ。翔太たちにしても、いわれただけでは誰も納得しなかった。何らかの術を実際にその目で見るまでは。

「何か、技を見せてもらえますか」

成宮が低い声でいった。翔太が想像した通りの展開だった。

「何か技を の……」

低い声で源次はいい、テーブルの上を見回すが、ここには瓶の類いは一切ない。瓶の首を指で飛ばすことはできない。

「十円玉を持ってるかの、姐さん」

源次の言葉に冴子は小銭入れを出し、十円硬貨を一枚取り出してテーブルの上に置いた。

源次は小さく息を吸いこんで背筋をぴんと伸ばした。腹の上で両手をくんで印《いん》を結んだ。こんな源次を見るのは初めてだ。源次は本気になっている。

源次の口から低い言葉がもれた。

「臨、兵、闘、者、皆、陣、烈、在、前……」

それはこんなふうに聞こえた。

唱え終えた源次は無造作に手を伸ばして、テーブルの上の十円硬貨を人差指と中指で挟んだ。指の上に硬貨を立てて真中に親指をそえた。何の気負いも見せず、三本の指に力をいれた。信じられないことがおきた。

指先の十円硬貨が二つに折れ曲がった。

声にならない悲鳴があがった。

誰も何もいわなかった。

冴子が肩で大きく息をした。

「それは技ではなく、術なんですね」

ようやく言葉を出した。

「術じゃな。精神を統一して一点に力をこめれば、そこに信じられないほどの力が生まれる。簡単にいえば、気というものじゃな。もっと簡単にいえば、わしたち忍者は火事場の馬鹿力を自在に出すことができるということでな」

仏頂面で源次がいった。

「火事場の馬鹿力を自在に……」

独り言のように成宮がいった。

「わしが忍者だということを知ってるのは、ここにいる翔太を始めとする町おこしのメンバーと、あんたたちだけじゃから、何分よろしゅうに」

源次は冴子と成宮に頭を下げる。

「わかりました。でも──」

キラキラ光る目で冴子は源次を見た。

「源ジイって、律儀な人なんですね」

「律儀というより、馬鹿なんじゃろうな……そんなことより、明日からの盆祭り。よろしく頼むよ。何たって、町内のみんなが楽しみにしている一大イベントじゃからよ」

「もちろん。そっちのほうは、ぬかりなく仕切ってみせますから。商店街のみなさんに、ご恩返しをする最大の催しですから」

冴子はきっぱりといいきる。

「もし、万が一、白猟会の連中が何か事をおこしたら。そのときは若頭とわしが死ぬ気になって防いでみせるからよ。なあ、若頭」

源次の言葉に成宮が無言でうなずく。

射貫くような目で源次を見ながら……あれはライバル意識を駆り立てられた男の目だ。成宮は源次に対して闘争心を燃やしているのだ。おそらく喧嘩師としての闘争心を。

「なら、仕事もあるじゃろうから、ちゃっちゃっと飲んで帰ろうかいの」

源次の言葉に、翔太はアイスコーヒーの入ったグラスに左手を伸ばす。

ストローで一気にすすりこみ、さっきからポケットに突っこんでいた右手の感触を確かめる。指に触れているのは十円硬貨だ。源次のように折り曲げてみたかった。無理なのはわかっていた。わかってはいたけれど……翔太の体を男としての劣等感が、ゆっくりとつつみこんでいった。

櫓を中心に、踊りの輪がゆっくりと動いている。

盆祭りに入って三日目、最終日だった。幸いなことに白猟会の襲撃もなく、祭りは順調に終りを告げようとしていた。踊りの輪の外側には三十軒ほどの屋台がずらりと並び、あたりには揚げ物やソースのにおい、それに蜜などの甘い香りが漂っている。

屋台のなかには冴子と成宮の顔も見えた。冴子はタコ焼を引っくり返すのに忙しく、成宮がヘラですくっているのは焼そばだ。二人は隣同士の屋台で時々声をかけあいながら、手を動かしていた。

翔太が手にしているのはタコ焼のつつみで、隣にいる桐子はワタアメを持っている。翔太は一人できたかったのだが、強引に桐子がくっついてきた。どうやら桐子は浴衣姿を翔太に見せたかったようだ。

「こら、翔太。何をぼうっとしてんだ。食うなら食う、踊るなら踊る。男なら自分の行動をはっきりさせろ」

発破をかけるように桐子はいうが、翔太の目は人込みのなかをあっちこっち動き回る。捜しているのは七海の姿だ。昨日、一昨日と七海は踊りの場に姿を見せなかった。いくら何でも最終日の今夜にはと——翔太は期待をもってここにきているのだが。

　翔太が最後のタコ焼を口のなかに放りこんだとき、踊りの輪のなかにいた七海の姿を目の端がとらえた。紺地に、白抜きの花のようなものをあしらった浴衣姿だった。

「翔太、私たちも踊ろうか」

　ワタアメを食べ終えた桐子が翔太に叫ぶようにいう。叫ぶようにしないと、踊りのお囃子《はやし》と人の騒めきに声が消されてしまう。

「いや、僕は踊りのほうは。ちょっと恥ずかしいというか、何というか」

　顔の前で翔太は手を振って答える。

　賑やかなことや、目立つことは苦手だった。人目に立たないところで、じっとしているのが翔太は好きだった。

「せっかくきたんだから、踊らないと」

　桐子は浴衣の袖を両手でつまんで、ぴんと張る。白地に朝鮮朝顔を染めぬいた浴衣だった。はっきりした顔の桐子によく似合っていたが、翔太にしたら……このままずっと七海の踊る姿を見ていたかった。翔太はむろん、普段着姿である。

「おおい、お二人さん」

　後ろから声がかかった。

　振り向くと独り身会の四人が立っている。声をかけたのは、どうやら源次のようだ。

　自警団の見回りだ。人が多いので今夜は二人ではなく全員参加のようだ。

「何事もなくすみそうなので、ほっとしてるよ」

裕三が白髪頭をかきあげて大声でいった。顔には実際、安堵の表情が広がっている。三人は翔太と同じように普段着姿だったが、なんと川辺だけは黒地に格子柄《こうしがら》の浴衣を着て団扇《うちわ》を手にしていた。

「一緒に踊ろうっていってるのに、翔太の野郎が恥ずかしいからっていいやがってさ」

頬を膨らます桐子に、

「男は踊りなんてえものには、あんまり興味がねえもんなんだよ」

ぶすっとした面持ちで洞口がいった。

追従するようにうなずく源次の前に川辺が出てきた。

「それなら私が、お姫様のお供を――」

団扇をぱんと叩き、返事も聞かずに桐子の背中を押した。

「あっ、それは、川辺のおっさん」

抗議の言葉をあげようとする桐子の背中を強く押して、川辺は踊りの輪に向かって歩き出した。

「あの野郎、やっぱり踊りたかったんだ。だから浴衣なんぞを着てきたんだ」

洞口が呆れ声を出すが、これで翔太は桐子から解放された。ほっとした表情を浮べながら、目の端は七海の姿をしっかりととらえている。

「なら、翔太、励めよ」

源次の言葉に、あとの二人もその場を離れようとするが、そのとき裕三の目が翔太の視線の先をとらえたような気がした。

「翔太君、ほどほどにな」

意味不明の言葉を出して裕三は翔太の肩をぽんと叩き、三人は人込みのなかに消えていった。

そのとき、視線の先の七海が妙な動きを見せた。

踊りの輪からすっと離れ、懐《ふところ》から何かを取り出した。ケータイだ。七海はケータイを耳に押しあてて、うなずきを繰り返している。翔太の胸が嫌な音を立てた。七海が動いた。人込みをかきわけて、商店街の裏通りの方向に歩いていった。翔太もすぐに七海のあとを追った。

七海は商店街の裏通りを抜けて、狭い路地に入りこんでいった。街灯はあるものの、けっこう薄暗い。そこに誰かがいた。男だ。翔太は物陰から、その様子を凝視する。

七海が小走りに駆けるのが見えた。

立っていた男に抱きついた。

薄暗いなかでの男の人相は定かではなかったが若くはない。中年に見えた。不倫という言葉が翔太の胸に湧きあがった。

すぐに二人は唇を合せた。

翔太のときと同じ状況だった。

だが翔太は誰かの代り。おそらく、七海を抱きしめている、この男の。翔太は両の拳を力一杯握りしめた。

翔太の胸に七海の唇の感触とにおいが蘇った。そして、口のなかを動きまわる熱くて柔らかなもの。それを今、あの中年の男と七海が……翔太の全身を途方もない悲しさが、また押しつつんだ。悲しみの根元は嫉妬《しっと》だ。ようやくわかった。翔太は、あの男に嫉妬していたのだ。大粒の涙が頬を伝った。翔太は声を出さずに泣いた。両肩を震わせて泣いた。

七海の両手が男の首に回された。

この瞬間、翔太は恋に落ちた。

七海への本当の思いに気がついた。

七海が好きで好きでたまらなかった。

愛しかった、恋しかった。

成就することのない恋だった。

でも、七海が好きだった。

男の右手が浴衣のなかに滑りこんだ。

七海が体をよじった。

あえぎ声が聞こえたような気がした。

翔太の全身に痛みが走った。

一瞬にして翔太の恋は壊れた。

壊れたけれど、七海が好きだった。

翔太はそっと、その場を離れた。

力なく歩き出した。駅のほうに向かって、とぼとぼと歩いた。待合室の伝言板だ。あれを消さなくては。それが七海に対する義務だと思った。伝言板の文字を消すために翔太は歩いた。

でも、七海が好きだった。

十月の精霊流し

店内はごった返している。

裕三たち独り身会の面々と翔太と桐子の六人は、店の奥の一画に陣取って肴《さかな》をつつき、酒を飲んでいた。翔太と桐子の二人はウーロン茶だ。

「たまには、こういうところもいいな。のんびりとはできないけれど、何といっても、酒にしろ肴にしろ値段が安い」

裕三が軽く頭を振っていうと、

「そうでしょ、そうでしょう。誰が何をいおうが、我々おっさん連には安いのがいちばん。ここなら値段を気にせず、いくらでも飲むことができますから」

胸を張って川辺が答えた。

裕三たちがいるのは商店街の裏通りにある『八代酒店』の奥のスペースで、いわゆる角打《かくう》ち酒場と称されるところだ。面倒な料理はできないが、焼き鳥もあれば炒め物もある。専門店ではないので絶品というわけにはいかないものの、そこそこの味は出している。もちろん、乾き物や缶づめの種類は多く、それで飲んでいる客も多い。

裕三たちが今日飲んでいるのは焼酎のホッピー割りで、源次だけはビールを飲んでいた。壁から突き出た、小さなテーブルの上には焼き鳥やらウインナーの炒めたものやら、鰯《いわし》の丸干しやら、刺身の盛合せやら……様々なものが並んでいる。

「ところでみなさん。何でこういうところを角打ちっていうのか知ってますか」

板山葵《いたわさ》を頰張りながら、川辺がみんなの顔を順番に見回す。

「そうだよなあ――立ち飲み酒場で充分なのに、何で角打ちなんぞという訳のわからん呼び名があるんだろうなあ」

洞口が首を傾げると、あとの者もそれに倣《なら》うように同じ仕草をする。

「それはですね」

川辺の顔の全部に嬉しそうな表情が広がる。

「ここは小皿の上に酒の入ったコップをのせたものを出しますが、本来は枡酒が基本だったということで、その形から角打ち。まあ、諸説あるようですが――」

川辺の角打ち酒場に対する蘊蓄《うんちく》披露が始まった。穿《うが》った見方をすれば、これがいいたいがために、川辺はみんなをこの店に連れてきたともとれる喋《しゃべ》り方だ。

「川辺、おめえの物知りはいいんだけどよ。このテーブルは、わしのように背の低い人間には、ちょっと辛いよな」

川辺の言葉に待ったをかけるように、源次がいった。

「確かに立ち飲み用のテーブルですから、背の低い人にはきつい部分も……」

口をもごもごさせて川辺がいったところへ、

「それに、俺たち年寄りには、立ちっぱなしというのもな」

洞口が追い討ちをかけるようにいう。

「それはそれとして、源ジイの飲む酒はいつもビールなんだな。他の酒を飲んでいるところを見たことがないよな」

助け船を出すように裕三が話題を変えた。

「いや、それはだな」

今度は源次が口をもごもごさせると、

「そうなんです。それは僕も不思議に思っていました。あれだけ強く頑丈な源次さんなんだから、もっと強い酒を飲んでもおかしくないのに、いつもビール……」

それまで黙って炒めたウインナーを食べていた翔太が、口を開いた。

「それは翔太、おめえよ。わしは何というか、健康志向というか、体にいいものが好きというか、ビールが口に合ってるというか。まあ、そんなとこじゃ」

妙ないいわけを源次はした。

「不可解です……十円玉を二つに折り曲げるようなすごい人が」

ぽつりと翔太がいうと、

「それよ、それ。その十円玉の折り曲げを私は見たかったんだ。翔太から話は聞いたけど、いまいち、リアリティがなくってさ。ちょうどいいから、ここでやってみせてよ、源ジイ」

焼き鳥の串を手に桐子が身を乗り出してきた。

「そりゃあ、ダメじゃよ桐ちゃん。術というのは、そう簡単に人に見せるもんじゃねえからよ。何といっても、忍びは闇に潜むが本分。じゃからよ、そればっかりはよ」

真面目腐った顔で源次がいった。

「源ジイって、案外ケチなんですね」

頭を振りながら川辺がいったところへ、女性の声が響いた。

「ちょっと、川辺さん」

声のしたほうを見ると、この店の女将が、腰に手を当てて立っていた。

「あっ、これは初子《はつこ》さん。いつもお元気そうで、よろしいですね」

当たり障りのない声を川辺があげると、

「いったい、あの話はどうなってるのさ。まったく、いい返事が聞けないんだけどね。あんたに相談してから、もう半年以上がたつんだけどね」

初子は、カツラをのせた顔をじろりと睨《にら》んだ。

「あっ、あれは。あのときもいいましたように、道路交通法というのがありましてですね――それがある以上は、ちょっとですね、そう簡単にはですね」

しどろもどろで川辺はいう。

「あの話っていうのは?」

何となく町おこしに関係があるようなにおいを感じ、すぐに裕三は口を挟む。

「店の前の道路に、縁台を二つ三つ置かしてもらえないかという話ですよ」

叫ぶように初子がいった。

そうすれば、お客をそれほど待たせることもなくなるし、縁台の前に七輪を置けば魚や肉を客に焼いてもらうこともできて、一石二鳥だと初子はいった。

いわれてみれば、店の前には順番を待つ客の行列ができていた。縁台を置けば、あと十人ほどは客を入れることができる。初子のいうことももっともだが、川辺のいうように道路交通法の問題も理解できた。裕三はううんと唸《うな》ってから、しかし、この不景気にこの店はよく流行ると感心する。

理由は簡単だ。特にうまいものを出すわけではないが、そこそこのものを極めて安い単価で提供する――この一言に尽きる。庶民の懐《ふところ》は決して楽ではないのだ。

「それは、それとして」

また、初子が川辺を睨んだ。

「外国人たちの、いざこざは何とかできないもんだろうかね」

「外国人！」と桐子が素頓狂《すっとんきょう》な声をあげた。

「そういえば、おばさんの店。外国人のお客さんが多いよね」

店内をぐるりと見回すと、今まで気がつかなかったが、客の三分の一は外国人である。数人のグループになって、それぞれがテーブルを囲んで飲み食いをして話に夢中になっている。

「うちは安いからね。外国人は安さに敏感だから、噂が噂を呼んでね。今ではこんな状態になってんだよ」

外国人の客が増えたのは、ここ二、三年の間だという。観光客もいるが、多くはこの近辺に住んでいる者たちで、大雑把ではあるが南米系と欧米系とに分けられると初子はいった。おとなしく飲んでいてくれればいいが、時には二つの若者たちのグループがぶつかって諍《いさか》いをおこすこともあるという。

「欧米系は体が大きいし、南米系は鼻っ柱が強いし……私はいつ血の雨が降るか心配で心配で。欧米系のなかには兵隊さんもいるようだしね。ほら、今もね」

初子は吐息まじりでいって、二つのグループを目顔で指した。

近くの席に南米系と見られる若者が四人ほどいて、その斜め向こうには欧米系が、これも四人いた。二つのグループが互いを意識しているのは一目でわかった。両方ともガンを飛ばしながら飲んでいる。いつ争いがおきても不思議ではない状態だ。

「何だか、日本じゃないみたい。映画で見る外国の酒場ってかんじ」

ぼそっという桐子の言葉にかぶせるように、

「と、いわれましても、その手の問題は行政のほうではちょっと」

頭を下げながら川辺はいい、

「それに私、役所を退職してからの出向先である、教育委員会のほうも昨年辞めていまして。今は、イチ民間人といいますか、何といいますか。そんな状態なので」

情けなさそうに弁解じみた言葉を出した。

「ああ、役人はそうやって、すぐに逃げにかかるんだから。ああ、嫌だ、嫌だ」

本当に嫌そうに初子は顔をしかめ、その場を離れていった。

「日本人の半グレも困ったもんだが、外国人にも半グレがいようとはな。まったくあいつら、他人様の国へきて、何やってんだ」

洞口が呆れたようにいう。

「あっ、まずいですよ」

川辺が怯《おび》えた声をあげた。

欧米系のグループのなかから、一人の男がのそりと出てきて南米系の前に立った。百九十センチ近くはある、大きな黒人だった。体つきも筋骨隆々に見えた。

黒人が声高に何かをいった。

南米系の若者たちの表情に緊張が走った。

「何をいってんだ、あの大男」

洞口が苛《いら》ついた声をあげると、

「大きな顔をしてると、ぶっ殺すって」

抑揚《よくよう》のない声で翔太がいった。

「えっ、翔太って英会話がわかるのか。駅前留学もしてないのに」

桐子が心底驚いた表情で翔太を見た。

「少しぐらいなら……」

照れた表情を浮べる翔太の顔をみんなが見つめる。

「すごいな翔太、おめえってやつは。東大現役合格確実は、やっぱり違うな」

羨《うらや》ましそうな口調で源次はいってから、

「おい、南米系の後ろの野郎がポケットに手を入れやがった。力じゃ太刀打ちできねえからと、刃物かなんかを出すんじゃねえのか」

物騒なことを口にした。

「翔太君は、話すこともできるのか」

裕三は翔太の顔を真直ぐ見る。

「はい、日常会話ぐらいなら」

翔太の答えにみんなから、どよめきがあがる。

「理屈だけでは外国人には通らんだろうな、実行力が伴わないとな……」

裕三は独り言のように呟《つぶや》き、

「なら、あの連中に、こういってやってくれ。この店で勝手なことをするやつは、日本の忍者が許さんと」

今度は、はっきりした口調でいった。

「忍者っていう言葉を出してもいいんですか。伏せておくはずじゃなかったんですか」

「外国人相手ならかまわんさ。どっちみち、英語のわかる日本人なんぞ、ここいらにそうはいないだろうし。それに外国人は日本の忍者に弱いだろうから。うまくすれば、その一言でこの場は収まるはずだ」

「なるほど。すると、また源ジイの活躍が見られるかもしれないわけですか」

期待感一杯の顔で川辺はいってから、

「だけど、あのいかにも強そうな大男に源ジイの術が……」

心配そうな表情を浮べた。

みんなの視線が翔太から源ジイに移る。

「店のなかで大立回りはできねえから、何か他の方法を考えねえとな。何といっても、わしたちはこの町の自警団じゃからな」

ぼそっと源次はいった。

「よし、きまりだ。血の雨が降らないうちに、翔太君。それに源ジイも一緒に——いざというときには、及ばずながら俺も命を張るから」

物騒なことを裕三はいうが本音だった。本当に死んでもいい気持だった。

あれが迫っていた……。

「承知——」

源次は短く呟いて翔太の前に立ち、二つのグループのほうに向かった。

「合せて八人ですよ。大丈夫ですかね、源ジイ……」

川辺が喉をごくりと鳴らした。


自宅兼教室のドアを開けると、冷気が体を包みこんだ。

そろそろ秋も真直中。火の気のまったくない部屋のなかは薄ら寒い。特に裕三にとってこの季節は辛さが身にしみた。源次と二人で『小泉レコード』に寄った帰りだった。

教室を通り抜けて、裕三は住居につづくドアを開けて入りこむ。お茶が飲みたかったので台所に入ろうとしたが面倒な気がして、そのまま居間のソファーに倒れこむように座る。


死んだ娘の命日が迫っていた。

名前は秋穂《あきほ》。

秋にできた子だから秋穂――生まれてくるなら女の子がいいと、貴美子《きみこ》と相談して裕三がつけた名前だった。そして、秋穂を殺したのも裕三自身だった。

「ごめん、秋穂」

呟くように口に出したとたん、裕三の目から涙があふれた。涙は次から次へとあふれ、肩を震わせて裕三は泣いた。

今から二十三年前……。

裕三は十年間連れそった妻の貴美子と諍いを繰り返していた。貴美子は裕三と五つ違いの三十八歳だった。原因は特になかったが、強いていえばバブルの崩壊とともに、裕三の勤めていた工作機械の会社が倒産したことだった。

「どこでもいいから、早く勤め先を見つけて安心させて」

という貴美子に裕三はなかなか行動をおこさなかった。

一流とはいえないものの、裕三は勤めていた会社の主要エンジニアだった。生半可な会社に勤める気はなかった。不況のなか、当然仕事は見つからず、裕三は荒れた。

そんなときに貴美子がこんな提案をした。

「子供ができたら私たち、やり直せるかもしれない……」

それまでは、互いの自由な生活を維持するために子供はつくらない方針だったが、貴美子はこのとき、その考えをすてたようだ。拒む理由が見つからなかった。どうなるかはわからなかったが、裕三はその提案を受け入れた。

そんなとき裕三は商店街を歩いていて、小泉レコードの恵子と偶然出会った。恵子は裕三を喫茶店に誘った。

恵子の家もうまくいっていなかった。恵子の夫の勇治《ゆうじ》は浮気の常習犯だった。勇治はアパレルメーカーに勤めていて、そのために職場には女性が多く、その女性たちに勇治は次々に手を出していた。勇治は長身で誰が見ても二枚目だった。

「もう限界みたい。離婚しようと考えている……」

と恵子はいった。

恵子の顔は疲労感を滲《にじ》ませ、両目は潤んでいた。愛しいと裕三は思った。恵子は裕三の初恋の相手だった。

どちらから誘うというでもなく、その夜二人は結ばれた。そんな関係が二カ月ほどつづいたころ、

「妊娠したみたい」

と妻の貴美子が裕三に告げた。

そして同時に恵子も「妊娠した」という衝撃的な事実を裕三に告げた。

「妊娠はしたけれど、これが裕三さんの子供なのか、あの人の子供なのかは正直なところわからない」

恵子はいつも行くラブホテルのベッドの上で呟くようにいってから、

「あの人、仲が悪くなっても私の体だけは求めてきたから」

こうつけ加えた。

「産むのか……」

喉につまった声を裕三が出すと、

「産むわ——もっとも、あの人と離婚することに変りはないけど」

きっぱりした調子で恵子はいった。

一度いい出したことは絶対に曲げない。幼馴染みである恵子の性格は知りつくしていた。裕三の心は揺れた。いったいどうしたらいいのか。

「じゃあ、俺と結婚するか。俺も貴美子と別れるから」

恐る恐るいった。

「しない。他の人を不幸にしてまで、私は幸せになりたいとは思わない」

これもきっぱりといいきったが、裕三は恵子のこの言葉だけは信じなかった。いざとなったら、いくら恵子でも……そんな思いで裕三は貴美子に離婚を迫った。

「子供が生まれたとしても、やっぱり溝は埋まらない。よく考えてみたけど、離婚するしかない」

裕三の言い分だった。

「離婚って、じゃあ、子供はどうするの。どうしたらいいのよ」

叫ぶ貴美子に、

「堕《お》ろしたほうがいい。君はまだ若い。そのほうが、第二の人生もやりやすくなる。俺のようなぐうたらと一緒にいるより、新しい相手を探して一緒になったほうがいい」

勝手な言い分なのはわかっていたが、裕三の本音でもあった。自分と一緒にいるより、他の人間と一緒になったほうが貴美子は幸せになれる。むろん、その裏には恵子との結婚という打算があったのも確かだった。

修羅場を繰り返した末、貴美子は子供を堕ろすことに同意し裕三と離婚した。恵子も勇治と別れることになったが、裕三の思い通りにはいかなかった。

恵子は言葉通り裕三との結婚を拒否した。

そして、七海が生まれた。

裕三と貴美子の子供は闇に葬りさられた。

殺したのは裕三自身だった。

命日は十月の二十五日、貴美子が秋穂を堕胎《だたい》した日だった。

恵子とはそれ以来、体の関係はない。元のような普通の幼馴染みに戻った。裕三は一人きりになり、このあと落ちこぼれの子供たちを相手にした、『小堀塾』を開いた。裕三の贖罪《しょくざい》のようなものだった。

裕三はあのとき鬼だった。

自分のことしか考えていなかった。

生きている価値のない人間だった。

裕三はのろのろとソファーから体をおこし、部屋の隅《すみ》に歩いて床に尻を落す。段ボールの箱のなかに何かが納まっていた。橙色《だいだい》の植物の束だ。

茅《かや》だった。

小さな舟を茅で手作りし、そのなかに贖罪の言葉を入れて夜の川へ流す。秋穂の命日に必ず行う、裕三の儀式だった。こんなことぐらいしか、裕三にできることはなかった。

裕三はそっと手を伸ばして茅の束に触れる。

いつもの手触りだった。

目頭がまた熱くなった。

茅を見つめながら、裕三は涙を流しつづけた。

昼過ぎに珍しく翔太から連絡が入り、裕三は待合せの喫茶店に向かった。

『ジロー』という店の扉を押すと、翔太はすでにきていて裕三を待っていた。

「どうした、何かあったのか」

運ばれてきたホットコーヒーを一口すすり、裕三は話を切り出した。

「はいっ、実は源次さんのことで――」

くぐもった声でいって、翔太は眉を曇《くも》らせる。

「源ジイのことというと、先日の角打ち酒場でのことか」

裕三は声をひそめていい、小さな吐息をもらした。

「実は俺も、あの件に関してはちょっと心配してたんだが」

「でしょう。あれは、どう考えても変です。何か理由があって、故意にあんな態度をとったのか。それとも本当に自然に、ああなったのか。そんなことを考えていたら、どうにも心配になってしまって」

一気にいう翔太に、

「そうか。翔太君は源ジイのファンだったもんな――しかし、故意とは驚いたな。翔太君がそこまで深く考えていたとはな。いや、びっくりした」

感心したように裕三はいった。

「そこまで深くって――普通は、そういうことは考えないんですか」

呆気にとられた表情を翔太は浮べた。

「そんな深読みはしないなあ。普通の人間は状況だけ見て判断するから、それを素直に信じてしまう」

裕三は独り言のように口に出す。

「僕は意地悪で、嫌な人間なんでしょうか」

「いや——」

すぐに裕三は頭を振る。

「翔太君は源ジイのファンだから、そして翔太君は俺たち普通の人間より、ずっと頭がいいから。だから、そこまで物事を深く掘り下げてしまうんだと思うよ。それで——」

真直ぐ翔太の顔を見た。

「翔太君はどっちだと思うんだ。故意なのか、それとも本当なのか」

「わかりません。でも、あと四日すれば、それもわかるんじゃないでしょうか。源次さんの本音が」

きっぱりした調子で翔太はいう。

「なるほどなあ。そういうことなんだろうな。すごいな翔太君の物を見る目は」

そういうことなのだ。もしあれが故意ではなかったら、源次は四日後に角打ち酒場に顔を出すはずなのだ。そしてその場合は……。

あのとき――。

源次は睨み合っている二つの外国人の席に無造作に近づき、裕三と翔太もその後ろに従った。

二つのグループの目が先頭にいる源次の顔に注がれた。どちらのグループの顔にも訝《いぶか》しげな表情が浮んでいる。それもそのはずだ。雀《すずめ》の巣のような、ぼさぼさ頭の源次の身長は百六十センチほどで、外国人の目から見れば子供同然。その小さな男が神妙な顔をして近づいてきたのだ。

二つのグループの中間の位置で源次はぴたりと止まって、うながすように裕三の顔を見た。

「じゃあ翔太君、こういってやってくれ。酒を飲むなら、おとなしく飲め。周りに迷惑をかけるな。この店のなかで争い事をする者は、日本の忍者が許さんと」

裕三の言葉をすぐに翔太が英訳して、二つのグループにいって聞かせる。淀《よど》みのない、流暢《りゅうちょう》な英語だった。

とたんに二つのグループの間から、笑い声がもれた。南米グループのほうは失笑で、欧米グループのほうは嘲笑《ちょうしょう》だった。すぐに欧米グループの一人が口を開いて、何かをまくしたてた。翔太が口を開いた。

「馬鹿なことをいうな。その、しなびた小男が忍者なら、俺たちはみんな、スパイダーマンだ——といっています」

翔太の通訳が終るか終らないうちに、黒人の大男が一歩前に出た。源次の顔を睨みつけるようにして、何かをがなりたてた。

裕三の顔を見ながら、すぐに翔太が通訳する。

「俺の名前はボビー・ウィルソン。その、しなびた小男と違って正真正銘、アメリカ海兵隊のヘビー級ボクシングのチャンピオンだ。そんな俺と命のやりとりをする度胸があるのなら、いつでもかかってこい。そういっています」

「兵隊なのか、こいつらは——じゃが、何だろうがかんだろうが、迷惑をかけるやつは金玉握りつぶすぞ、馬鹿野郎どもが——そう、いってやれ」

源次が叫ぶようにいった。が、様子が少し変だった。ぎゅっと歯を食いしばって、体が小刻みに揺れている。そんな源次を見ながら、翔太がいわれた通りの言葉をボビーと名乗った男に伝える。

大男の顔に怒気が走るのがわかった。

ボビーが一歩、源次に近づいた。

そのときそれが、おきたのだ。

源次の体がぐらりと揺れ、その場に崩れるようにして片膝をついた。両目を固く閉じている。体を二つに折って、両肩で大きく息をした。

おどけた様子でボビーが肩をすくめた。

どうやら自称忍者の源次は無視することにきめたようで、ゆっくりと首を回して南米グループに人差指をつきつけた。何かをまくしたてた。分厚い胸を張ったボビーを先頭に、悠々と欧米グループはその場を離れていった。

「翔太っ……」

嗄《しわが》れた声を、うずくまっている源次があげた。

「あの、クソ野郎は今、なんていったんだ」

皺《しわ》だらけの顔が下から見ていた。

「俺たちと命のやりとりをする気があるなら、六日後の同じ時間にここへこいって、南米グループを指さして」

翔太も嗄れた声をあげ、

「それで、源次さんは大丈夫なんですか。いったい、どうしたんですか」

声が泣き出しそうなものに変った。

「ちょっと立ち眩《くら》みがしただけじゃから、大丈夫だ。しばらくこうしていれば、よくなるはずじゃからよ、しばらくよ」

苦しげな声で源次はいった。

「じゃから、お客さんにも席に戻ってもらってよ。もう、何もおこらねえからよ」

源次の言葉に裕三が後ろを振り返ると、店中の客が集まってきて、この場の様子を眺めていた。

「すみません。ちょっと目眩《めまい》がして、しゃがみこんでいるだけですから。何がおきたわけでもありませんから、みなさんは自分の席に戻ってください」

頭を下げながらいう裕三の言葉に、店の客たちもその場を離れる。源次がよろよろと立ちあがったのは、それから五分ほどがたったころだった。

「すまん、ちょっと体の調子が悪いようじゃから、今夜はこれでご無礼させてもらう。明日になれば、いつも通りの体に戻るはずじゃからよ」

源次はそういって返事も聞かずに体を揺らしながら、裕三たちの前から姿を消した。

そのあと南米グループも店を出ていき、裕三たちも表に出て解散した。


これが、あの夜のすべてだった。

そして、あれから二日が過ぎていた。

あと四日すれば、あのボビーという男がいった六日後になる。もし、源次のあの行動が仮病でなかったら、翔太のいうように角打ち酒場に姿を見せるはずだった。あの、大男のボビーと決着をつけるために。しかし、そうだとしたら——。

「源次さんは、何かの病気を持っている。そういうことになりますよね」

裕三の考えを見透かしたようなことを、翔太がいった。

「そうだな。あれが、あの大男を怖れた仮病でなかったとしたら、源ジイは何かの病気に罹《かか》っているといえるな」

「それも、かなりの大病に――」

ぽつりという翔太に、

「なぜ、そこまで、はっきりいい切れるんだ、翔太君は」

裕三は怪訝《けげん》な面持ちで訊く。

「以前、自分にも怖いものはある。ただ、それは自分の最大の弱点だから、今はまだいえない――そんなことを源次さんから聞いたことがありますから」

「最大の弱点か――それが事実としたら、翔太君のいう通り、大病ともいえるな。だから、飲むのはいつもビールか」

独り言のように最後の部分をいい、

「もし、そうなら、先日の立ち眩みは事実ということになって、妙ないい方になるが源ジイファンの翔太君にしたら、ほっとするんじゃないか」

複雑な面持ちで口にした。

「でも、その最大の弱点というのが、本当に強そうな相手を前にしたときの恐怖感……そうとも考えられますから」

重い声で翔太がいう。

「なるほどな、その考えにも一理はあるな」

腕をくむ裕三に、

「あれから、源次さんには？」

翔太が恐る恐るといった口調で訊いた。

「会ってないな。よし、そろそろ招集をかけてみるか。どうせ、みんな心配してるだろうから。あと四日たてばわかることかもしれんが、それではちょっと悠長すぎるからな」

「はいっ」と翔太がすぐに声を張りあげる。

「翔太君は、よっぽど源ジイのことが好きなんだな」

ちょっと羨ましそうな声をあげると、

「何といっても、僕とは正反対の人ですから。尊敬というか、憧れというか。文句なしに素晴らしい人ですから」

弾んだ声で翔太は答え、手にしたアイスコーヒーをごくっと飲んだ。

その声を聞きながら、『こぼれ塾』でいつもいがみあっている、不良候補生の隆之と弘樹の二人に源次を会わせてみるのも、ひとつの手かと裕三はふと思う。源次の強さをその目で見れば、あの二人の心も少しは真っ当な方向に向くのでは。そんなことを考えていると……。

「あの、僕にはもうひとつ、疑問点があるんですが」

翔太の声に裕三は我に返る。

「あのボビーという大男がいった言葉なんですけど。ちょっと、引っかかる点があるんです」

「あの、大男の言葉？」

「はい。あの大男はこういったんです。命のやりとりをする気があるなら、六日後の同じ時間にここへこいって――これってちょっと変だと思いませんか」

「変って、どこが」

翔太の言葉が理解できなかった。

「普通、日時をいうときには三日後とか五日後とか一週間後とか、そんな数字を出しませんか。それをあの大男は六日後っていったんです。僕にはいかにも中途半端な数字のように思えて」

いわれてみればそうだ。六日後というのは翔太のいう通り、中途半端な数字といえた。しかし、その理由はと訊かれると、さっぱりわからなかった。

「中途半端なのはわかったが、理由は見当もつかない。逆に翔太君は、この数字をどう考えたんだ。何か答えは出ているのか」

「単なる憶測ですが、たったひとつ」

ぼそっといった。

「それでいいから、聞かせてくれないか」

「七日目ぐらいに、あの大男たちは自分の所属する部隊に帰って、すぐに日本を離れるんじゃないかと」

簡単明瞭に翔太はいうが、裕三にはその真意がわからない。

「つまり、日本を離れる身であるのなら、相当のことをしても構わないというような」

ようやくわかった。そういうことなのだ。

「要するに相手を半殺しの目にあわせてもということか。もっと極端にいえば、相手を殴り殺してもということになるのか」

驚いた口調でいう裕三に、

「僕にはそう思えてならないんですけど。むろん、思いすごしなら、けっこうなことなんですが」

神妙な顔で翔太はいった。

「いや、中《あた》らずと雖《いえど》も遠からず。案外、翔太君の説は的中しているような気がする。しかし、そうなると、かなり物騒なことになるな。いずれにしても」

最後の部分で裕三は声を荒げ、

「今夜、みんなで会うことにしよう。あの角打ち酒場で」

自分にいい聞かせるようにいった。

あのとき、大男のボビーのいった六日後というのは、十月の二十五日に当たった。つまり、秋穂の命日だった。そんな日に、身近で凶悪な事件をおこさせたくなかった。静かな日にしたかった。では、どうすればいいのか……。

その夜、八代酒店に集まったのはいつもの六人。桐子もいたし、そして源次もいた。裕三たちは焼酎のホッピー割りで、翔太と桐子はウーロン茶、源次はいつものようにビールを頼んだ。源次は元気そうだった。

「源次さん、すっかり元気そうで、何よりですね」

嬉しそうに翔太がいった。

「おう、元気そのものじゃな。先だっては、とんだ醜態《しゅうたい》をみんなに見せてしもうたがの。今では、ほれ」

部厚い胸を源次は張る。

「確かに元気そうだな。となると、あの立ち眩みはいったい何だったんだろうな」

持って回ったいい方を裕三はする。

「あれは、おめえ、あれだよ。いわば子供の知恵熱のようなもんでな。体を苛《いじ》め抜いてきたがためにおきる、一種の発作のようなものじゃな」

むにゃむにゃと源次はいう。

「知恵熱の発作なあ」

とぼけた調子で裕三はいい、

「ところで源ジイ。四日後はやっぱり、ここへ顔を出すのか、先日の諍いのつづきをするために」

核心を衝《つ》くことを口にして、源次をじろりと睨んだ。

「くるよ——もっとも南米組は、びびってこねえかもしれねえがよ」

一瞬の間を置いてから、源次ははっきりした口調でいった。とたんに翔太の顔に嬉しそうな表情が浮び、それはすぐに心配げなものに変った。

「すると、やっぱり源ジイは病気。そういうことになるのか」

断定したいい方を裕三はした。

「おいおい、何だよ。さっきから二人で妙なやりとりをしてよ。源ジイのあれは、知恵熱のようなもので一件落着というわけにはいかねえのか。こんなに元気なのによ」

串揚げを手にした洞口が能天気なことをいった。

「なかなか、そういうわけにはな」

ぼそっと裕三はいい、

「なあ源ジイ。水臭いことはよしにして、何もかも正直に話そうじゃないか。何たって俺たちは幼馴染みなんだから。苦しいときも辛いときもな」

源次の顔を真直ぐ見つめた。

その目を避けるように、源次は視線を床に落した。

「翔太君だって随分、心配しているんだぞ、源ジイのことを」

と裕三はいってから今日の昼間、翔太に会って相談された件の一部始終を正直にみんなに話して聞かせた。

「そんなことを翔太が！」

桐子が感心したような声をあげた。手にはこれも串揚げを持っている。

「病気なんですか、源ジイ。それも、かなり重い？」

川辺が心配そうな口調でいった。頬張っているのは板山葵《いたわさ》だ。

「それは……」

苦しげな声を源次があげた。

「それは何だ──はっきりいえ、源ジイ。何度もいうようだが、俺たちは幼馴染みだ。どんなことになっても、みんな源ジイの味方なんだからな」

労《いたわ》るような声をあげる裕三に、

「すまん。もう少し待ってくれ。わしにも心の準備っていうもんがあるからよ。じゃから、もうしばらくよ。心が落ちつけば、何もかも正直に話すからよ」

源次はこういって、深々と頭を下げた。

「心の準備か。そうだよな。いくら強い人間だって、病にゃ勝てねえよな。どんな病かわからねえが、心の準備はいるよな」

しみじみとした調子で洞口がいい、

「じゃあ、しばらく待つから。心の準備ができたら必ず話せよ、源ジイ。力になれることなら、何でもするから」

柔らかな口調で裕三はいった。

「約束する」と源次はこくっとうなずき、

「悪かったな、翔太。おめえにまで心配かけてよ」

雀の巣のような頭をかき回した。

「僕は源次さんのファンだから。源次さんが、この世からいなくなると僕は困るから。本当に困るから、本当に」

つかえつかえ、翔太はいった。

「わしは死なねえから、大丈夫じゃ。わしは忍者だからよ、そう簡単にこの世から、おさらばすることはねえからよ」

いつも豪放な源次の口調に湿り気がまじった。

周りが一瞬、静まり返った。

「よし、このへんで一件落着にしよう」

素頓狂な声をあげたのは桐子だ。

「それから翔太。あんたにひとつ訊きたいことがあるんだけど」

視線を翔太に向けた。

「塾も行ってないあんたが、なんであんなにうまく英語が話せんのよ。いったい、どこで勉強してきたんだよ」

怒ったような声でいった。

「それは、簡単なことというか、何というか……」

翔太は申しわけなさそうな口調でいい、

「BSテレビの、洋画だよ。いっている言葉と字幕スーパーを見てたら、自然というか何というか、ごく普通に頭に入ってきて喋ることができるように」

これも縮こまったような声を出した。

周りがまた静まり返った。

「字幕スーパーの映画を観てたら、ごく普通に会話ができるようになったんですか。それはまあ！」

川辺が喉につまった声をあげた。

「特段の努力なしで、そんなことが」

啞然《あぜん》とした表情で洞口がいう。

「努力はしましたよ。意識を最大限に目と耳に集中させて」

ぼそりと翔太はいった。

「すげえな、翔太。おめえはよ」

感嘆の声を源次があげた。

「意識を最大限に目と耳に集中させて洋画を観れば、誰でも英語を話せるようになるのか。私でも」

思わず体を乗り出す桐子に、

「やめとけ、無駄な抵抗だ」

独り言のように洞口がいう。

「だって、じっちゃん！」

抗議するように桐子がいうと、

「翔太君は、語学の才能が人の何倍もあるっていうか。普通の人間が翔太君のまねをしても、決して同じような結果が出るとは……」

噛《か》んで含めるように裕三はいう。

「そんなこと、やってみないと」

桐子は、まだぐちゃぐちゃいっていたが、突然、

「この前、源ジイは金玉って叫んでいたけど。翔太、あんた、そんな言葉まで英語で

いえるって、どういうことよ」

　とんでもないことをいい出した。

「アメリカ映画のセリフには、スラングがよく使われるから、それで自然に頭に叩きこまれて」

　恐る恐るといった調子で翔太が答えると、

「じゃあ、金玉って英語で何ていうか教えてよ、翔太」

　唇を尖らせていう桐子に、洞口がぱかっと口を開けた。

「それは単なる、ボールっていうか……」

　恥ずかしそうに翔太は口に出す。

「そんなの、スラングぽくない。ちゃんとした言葉を教えてよ、金玉の」

　桐子がむきになったように金玉と叫んだとき、

「あっ！」と川辺が声をあげて入口を凝視した。

　その声にみんなが視線をそちらに向けると、見知った顔が入ってきた。先日、欧米グループともめていた、南米グループの面々だ。肩で風を切るようにして歩いてくる。南米グループとおっさんグループの目が、ぴたりと合った。

　南米グループがにまっと笑った。

　どうやら覚えていたようだ。

笑いを浮べて裕三たちの前を通った。

こちらを見ながら、手をひらひらさせている者もいた。愛敬《あいきょう》があるといえばそうもいえるし、舐《な》めきっているといえば、そうもいえた。

南米グループの面々は奥の席に納まった。

もう一度こちらを見て、にまっと笑った。


店の女将の初子が、またやってきた。

「川辺さん、例の話なんだけど、本当に何とかならないものかねえ」

表に客用の縁台を出すという、あの話だ。初子は、まだ諦めていないのだ。

「ですから、あれは、前にもいいましたように道路交通法というのがありまして。それに抵触する以上は何とも」

頬張っていた豚の串焼きを、ごくりと喉の奥にのみこんで川辺は、しどろもどろになって答える。

「その言葉は聞きあきたよ。その、何ともならないのを何とかするのが、町おこし推進委員会の仕事じゃないのかね」

初子の目が裕三の顔に移り、洞口、源次、桐子、翔太と順番に見ていく。

「たった縁台、一つ分だよ。一つ分でも道路に並べられれば、お客さんも店も助かるし、活気だって出るはずだよ」

初子は小さな吐息をもらしてから、

「うちだけじゃないよ。他の飲食店だって、それができれば助かるはずだよ。いや、飲食店に限らずどんな店だって、それができれば大歓迎のはずだよ」

声高にそういって、川辺たちに背中を向けた。

裕三の胸がざわっと鳴った。初子のいうことは正論だった。確かに店先に縁台やら商品の棚が並べば、それだけで活気が出るはずだった。しかし、道路交通法をどうクリアすればいいのか。わからなかった。見当もつかなかった、だが。

「川辺、何とかできんのか。初子さんのいうことはもっともだ。魅力的な提案だ。あの、昭和の闇市といったら大袈裟《おおげさ》だが、確か今でも浅草にはそんな一画があるじゃないか。ビニールテント張りで縁台を出して、大勢の客が座りこんで」

「裕さん、無茶をいうなよ。法律を曲げて路上占拠するなんて、土台無理な話だよ。役所も警察も黙っちゃいないよ」

情けなさそうな声を川辺が出す。

「無理は承知だ。しかし、町おこし推進委員会として放っておくことはできん。すべてはこの商店街のためだ。役所で培ったノウハウをすべて絞り出せ、何とかしろ」

「そうだ。法律なんてものは、どこかに抜け穴があるはずだ。お前、定年まで役所にいながら、そんな抜け穴も思いつかねえのか。しっかりしろ」

発破をかけたのは洞口だ。

「みんなで、そんなことをいったって……」

川辺は溜息まじりの声をあげ、

「そうだ、こういうときは困ったときの翔太君頼み——といっても、いくら翔太君でもこればっかりは無理ですか」

ちらりと翔太の顔を見て弱々しく首を振った。

「ありますよ、いい考えが」

何でもないことのように翔太がいった。

「えっ、あるのか」

怒鳴るような声が裕三の口から出た。

「法律なんて、無視すればいいんです」

大胆なことを、あっさり翔太はいった。

「店の前の道路はけっこう幅があります。だから、縁台一つ分といわずに、ついでにテーブルも出して路上店のようにしてしまえばいいんです。百二十センチまでぐらいなら、支障はないと思いますよ」

「法律を無視するのか！」

裕三は唸り声をあげる。

「もちろん、八代酒店さんだけでは駄目です。他の店も一緒になって、一斉にやらないと。しかも、さりげなく、大袈裟にならないように。そして、役所が気づいたころを見計らって交渉に入るんです。町の人を味方につけて」

淡々と翔太は答える。

「いいな、それは大賛成じゃな。法律なんてくそ食らえ。どんどん破ればいい。破れば破るだけ、いい気持になれるからよ」

奇声をあげたのは源次だ。

「いえ、源次さん。そういうことじゃなくてですね」

思わず制する翔太の声にかぶせるように、

「いや、いい方法だ。その方向でアイデアを練って商店街の連中と話し合おう。実現すれば、昭和ときめき商店街そのものの出来あがりだ。黄昏商店街からの脱却だ。昭和三十年代の町並だ」

興奮ぎみの裕三の声が響いた。

「じゃあ、それできまりですね」

川辺が上ずった声をあげ、

「私、早速、初子さんに、このことを話してきます」

いそいそと厨房に向かった。

「相変らず、現金なやつだ」

苦笑しながらいう洞口の声を追いやるように、

「翔太、あんたって本当にすごいね。まさか、翔太の口から法律を無視しろなんて。あのいつも、へなへなだった翔太の口から。少しは見直してやるから有難く思えよ」

桐子が感嘆の声をあげた。

「独り身会に入ってから、僕も何だかちょっと成長して大人になったような気がするよ」

翔太はちょっと得意そうな声でいい、

「それから桐ちゃん。さっき桐ちゃんが詳しく知りたがっていた金玉の件なんだけど、あれを英語のスラングでいうと、単にボールっていうのも間違いじゃないんだ。でも、他にもいい方があって、ナッツとかエッグとか――」

機嫌よくあとをつづけた。

とたんに桐子が吼《ほ》えた。

顔が赤く染まっている。

「誰が金玉のことなんて訊いたのよ。私はそんなことといった覚えはないわよ。何いってんのよ、翔太は」

「だって、さっき桐ちゃんが……」

おろおろ声を翔太があげた。

「だから、そんなこと、いってないっていってるじゃない。女子《じょし》の私がそんな下品な言葉を、口に出すわけないじゃない。翔太って、本当は馬鹿なんじゃないの」

両頬をぷっと膨らませた。

そんなところへ川辺が戻ってきた。後ろには初子の姿もある。

「あれ、何かあったんですか？」

桐子の顔を見て声をあげる川辺に、

「何でもねえよ。単なる男と女のすれ違いだよ。子供の喧嘩だよ」

うんざりした口調で洞口がいった。

「それならいいんですが。初子さんのほうから一言、みんなにお礼がいいたいっていうので、ここへ……」

胸を張って川辺はいう。

「いい方法を本当にありがとうございます。縁台ひとつじゃなくて、テーブルごと出して大っぴらに料理を並べるなんて。なかなか、普通の人間に考えられることじゃありません。川辺さんの頭の良さというか大胆さには本当に脱帽です。もちろん、みなさんのご尽力にも。本当にありがとうございました」

初子は満面に笑みを浮べ、頭を大きく下げて裕三たちの前を離れていった。

「川辺、お前よ——」

じろりと洞口が睨みつけた。

「まあ、その、いいじゃないですか。少しぐらい、私に花を持たせてやっても。何たって、根はいい年寄りなんですから。少しぐらいは」

はははと、乾いた笑い声をあげた。

「まあ、いいけどよ」

野太い声で助け船を出したのは源次だ。

「この件はこれで一件落着として、あとはあいつらをどうするかだがよ」

顎《あご》で南米グループを指した。

「どうするかって、どういう意味よ、源ジイ」

ようやく機嫌を直したのか、桐子が何かを期待するような声を出した。

「いや、何かこの町のために、あいつらを使えねえかと、ふと思ってよ」

「何だ、そんなことか」

がっかりするような桐子の声につづいて、

「さあ、それだ。実は俺も、それは考えていた」

裕三は力強い声を出した。

「ちょっと軽薄なかんじはするが、性根はそれほど悪くはないようだし。このさい、こっちに取りこんで、外国人誘致のために役立てるという方法もあるような気がするんだが」

「こっち側っていうのは、町おこしの側っていうことですか」

川辺の怪訝そうな言葉に、

「たとえば、外国人専用の角打ち酒場をあの人たちにやらせるとか、あの人たちの国の料理を出す店をやってもらうとか。外国人用のＰＲの仕事に頑張ってもらうとか──見たところ、ちゃんとした仕事をやっているようにも思えませんし」

翔太がすらすらと答える。

「よし、きまりじゃ。あの馬鹿どもを取りこもう。じゃが、そのためには、あいつらの性根を、もう少し叩き直してやらねえとな。曲りなりにも、まっとうな暮しができるようにな。行くぞ、翔太」

低く叫んで源次が動いた。

ゆっくりと南米組の席に向かう。

裕三と翔太が後につづく。

南米組四人の前に三人が立つと、好奇な目がすぐに注がれた。四人の顔に緊張感はまるでなく、完全に裕三たちを舐めきっている様子だ。

「こいつらに、あの大男との約束は守るのかどうか、訊いてくれ」

ぼそっと源次がいった。

「いいですけど。この人たちは多分、ブラジル人ですから、母国語は英語ではなくポルトガル語ですよ。先日の様子から英語も少しはできるような気もしますが」

「何じゃと、こいつらの話す言葉は英語ではなく、ポルトガル語なのか」

「そういうことだよ、ポルトガル語だよ。そして、英語よりは日本語のほうが得意だよ。何たって俺たちは日系だからよ」

かなり流暢な日本語で若者の一人がいった。髪を金髪に染めた、がっちりした体格の男で、どうやらこれがリーダー格のようだ。

「何だ、おめえら。日本語が話せるのか。馬鹿らしい――それなら、さっきの質問の意味もわかるじゃろう。どうするんじゃ」

「くるわけねえだろう。あんな化物と闘っても、勝てるはずがねえからよ」

源次の問いに金髪男が答える。

「なんとまあ、情けねえこった。おめえたち、それでも日系人か。ご先祖様に恥ずかしいと思わねえか。馬鹿野郎が」

源次が男たちを睨みつけるが、四人はまだ余裕綽々《しゃくしゃく》の様子だ。

「てめえにそんなこといわれる、いわれはねえよ。ええっ、インチキ野郎のチビッコ・ニンジャよ」

源次の顳顬《こめかみ》に太い血管が浮きあがった。どうやら源次は自分の背丈に対して、かなりの劣等感を持っているようだ。そんなことは一度も口にしたことはないが。

「こいよ。こねえ野郎はわしが許さん。日本中、どこへ逃げてもわしが息の根を止める」

押し殺した声で源次がいった。

「だから、てめえにそんなことをいわれる、いわれはねえって、はっきりいってるだろうがよ。チビッコ・ニンジャ」

金髪男の言葉に源次がすぐに反応した。胸前で両指をくみ、印を結んだ。

「臨、兵、闘、者、皆、陣、烈、在、前……」

唱え終えた源次の視線が男たちの飲み食いしていた、テーブルの上に注がれた。無造作に空になったビール瓶を左手で取った。例のビール瓶の首切りかと裕三が思った瞬間、源次は右手でビール瓶の首をつかんだ。ぐいと力をいれた。瓶の首が折れた。

そう、へし折ったのだ。

折れるはずのない、ビール瓶の首を源次はへし折ったのである。おそらく、十円硬貨を折り曲げたという、気の力……。

男たちの顔色がすうっと変った。四人の男たち全部が、源次の前から半歩、後ろに退った。ずいと源次が前に出た。男たちの顔に怯えの色が走った。

源次の手が伸びた。金髪男の手首をがっちりとつかんで引きよせ、有無をいわせぬ勢いで掌《てのひら》をテーブルに押しつけた。次の男も手首をつかんで掌をテーブルの上に。そして次の男も……源次は四人すべての男の掌をテーブルに押しつけた。

「連行金縛りの法――」

ぼそっといった。

「動いてみるがいい」

源次の言葉に、男たちは掌をテーブルの上から外して動こうとするが無理だった。まるで吸いついたように掌はテーブルに密着して、離すことができなかった。いくら力をいれようが、びくともしなかった。

「わしが術をとくまで、その掌はテーブルからは離れん。つまり、おめえたちは一生、そのテーブルに掌をくっつけて暮さなければならんということになる」

厳《おごそ》かな声で源次はいった。

男たちの顔は泣き出しそうだ。

「術をといてほしかったら、大男との約束の夜にここへくると誓え。誓えば自由にしてやるがよ」

男たちが首を横に強く振った。

「臆病者の根性だけは持っているようだが、情けない話じゃのう」

源次はにやりと笑って、

「あの大男と闘えとはいわん。あのアメリカ野郎たちと闘うのはわしの役目じゃ。おめえたちはそれを見てるだけでいい。これならどうじゃ、これるか」

一斉に男たちは首を縦に振った。

「現金なやつじゃの。じゃが、正直でいい。そこのところだけは気にいった」

いうなり源次はテーブルにくっついている男たちの掌の上を、ぽんぽんと叩いた。掌がテーブルから離れた。大きな吐息が男たちの口からもれた。

「それなら、おめえたちはもう帰れ。そして、約束の夜、必ずここへ顔を見せろ。それから、帰る前に順番に名前をいっておけ」

リーダー格を先頭に、ヒロシ、コウタロウ、ヒトシ、ツネフミと男たちは肩を竦《すく》めながら名乗った。漢字で書くより、カタカナのほうが似合う発音だった。四人の男たちは項《うな》だれて裕三たちの前から立ち去った。

「すごいじゃん、源ジイ。あれはいったい、どうやったの」

興味津々の表情で桐子が訊いた。

「幻法といって一種の催眠術じゃな。睨みつけるわしの目と視線が合った瞬間、敵はすでに術にかかっておる。あとは、こっちのいうがままに反応することになっておるな」

鷹揚《おうよう》に答える源次に、

「どんな人でも、かかるの」

たたみかけるように桐子はいう。

「残念ながら、全部というわけにはいかんの。桐ちゃんのような頑固な人間には、なかなかかかりづらいのう」

「私のような頑固な人間って、何よそれ」

唇を尖らす桐子に、

「冗談じゃよ、冗談——まったく桐ちゃんは可愛い女子じゃの」

源次は顔中をくしゃくしゃにして笑い出した。


その夜、裕三は茅束の前にいた。

秋穂の舟づくりだ。

ていねいに茅の束をくみ、まず最初に舟底をつくる。茅と茅をくっつけるのは細くて強い絹糸だ。それを一本一本の茅の間に針で通し、離れないように結んでいく。

底の次は舷《げん》。そして、舳先《へさき》と艫《とも》の調整だ。

何隻つくっても、素人の裕三にとっては難しい作業だった。少しでもバランスが崩れれば舟の形は歪《ゆが》んでしまう。歪めば水の上に浮ばず、舟はひっくり返る。また、糸が緩んでいると、そこから浸水して舟は沈むことになる。いくらていねいにつくっても、何度かに一度は船は沈む。それだけは避けたかったが、どうしようもなかった。

運としかいいようがなかった。

「秋穂が怒っている……」

そんなとき裕三はこう思う。何をしようが、どんな供養をしようが、秋穂は非情な父親に対して、時々悲しみと怒りをぶつけてくるのだ。沈んでいく舟を見ながら裕三の心は責められ苛《さいな》まれる。いいようのない悲しさと苦しみが体のすべてをおおい、裕三は大粒の涙を流す。

「すまない、秋穂。すまない、秋穂……」

裕三は何度も頭をたれる。

それでも収まらないときは地面を叩く。

拳が破れて血が流れ出すまで叩きつづける。

体を苛みつづけるのが、自分の責務だと思った。そうしなければいけないと思った。自分は人殺しなのだ。腹のなかの赤子を闇から闇に葬り去った、殺人者なのだ。勝手な自分の欲のために……。

そんな思いを、ひとつひとつ胸に刻みこみながら裕三は舟をつくる。少しでも気に入らない部分があれば納得のいくまで、やり直しをする。手を抜くことは許されなかった。これは裕三にとっての贖罪《しょくざい》なのだ。罪人の証しなのだ。一点の間違いがあっても許されない、大事な作業なのだ。

「人非人《にんぴにん》の父親を許してくれ……」

何度も何度も呟きながら、裕三はぼんやりとした手元灯のなか、絹糸で一本ずつ茅を留めて束ねていく。聞こえてくるのは茅の摩れる音だけで、あとは無音。まるで暗い海の底にいるような気持だ。

糸を通した針が裕三の指を刺した。

ちくりとした痛みが走り、指に赤黒い血が滲《にじ》む。罰だった。心地よかった。針が指を貫くたびに裕三の心は和んだ。

俺はこのまま、狂っていくのでは。

そんな気持が時折、裕三の心を襲う。

それならそれで、よかった。

何もかも忘れることができる。

また、針が裕三の指を刺した。

いい気持だった。

「秋穂……」

涙が膝にこぼれ落ちた。

裕三の全身を途方もない淋しさがつつみこんだ。

大男との約束の日がきた。

裕三は迷っている。

「俺たちと命のやりとりをする気があるなら、六日後の同じ時間にここへこい――」

大男はこういったのだ。

あのとき、すでに時間は十時半を回っていた。これが問題だった。

精霊舟《しょうりょう》を流すのは夜の十二時まで。その時刻を過ぎれば次の日になってしまい、秋穂の命日を過ぎてしまう。大男たちと源次の対決が早く終ればいいが、長引いてしまうと……。

裕三は対決の場に茅舟を持っていくかどうか、迷っていた。持っていけば詮索されるのは間違いない。しかし、対決の場から家に茅舟を取りに戻り、それから川に行くのには、余りに時間がかかりすぎた。間に合わない恐れがあった。

かといって、対決の前に川に流しに行くのも嫌だった。流したあとは真直ぐ家に帰り、秋穂の冥福《めいふく》を静かに祈りたかった。それが今までの常でもあった。裕三は迷いに迷った末、茅舟を持っていくことにきめた。どう考えてもそのほうが無難だった。

角打ち酒場への集合時間は十時。

店の前まで行くと、なんと三脚の縁台が並んでいて、その横には火の入った七輪が置かれ網の上で秋刀魚《さんま》がいいにおいをあげていた。

団扇《うちわ》を手にして秋刀魚の焼きかげんを見ているのは初子だ。

「すみません。もう、置いてしまいました。さすがにテーブルまでは手が回りませんでしたけど」

にまっと笑って初子がいった。

「それはよかったですね。それにしてもいいにおいですね」

鼻をひくつかせて大きく息を吸いこんだ。

「秋刀魚は七輪に限ります。これに勝る味はありませんよ」

初子は胸を張って答え、

「ところで、それは何なんですか」

視線を裕三の手元に向けた。

茅舟を包みこんだ風呂敷だった。

茅舟の全長は三十センチちょっと。高さは提灯を下げるための把手《とって》がついているため、これも三十センチほどになった。これを風呂敷で包みこんできたのだから、どうしても目につく。

「これは、舟です。手作りの……」

いっていることに嘘はない。

「はあ、舟ですか。小堀さんの手作りの。それはまあ」

訝しげな表情を浮べる初子に、

「あっ、秋刀魚の煙が。焼きすぎじゃないんですか」

取っておきの言葉を投げかける。

煙はあがってないがこれも方便――慌てて七輪に向かう初子を後にして、裕三は店のなかにさっと入る。

奥に進むと、すでに独り身会の面々は揃《そろ》っていた。ただ、桐子だけはいない。いくら何でも対決の場に女子高生を連れて行くのはまずいと、きたがる桐子を何とかみんなで説得をして今夜は留守番ということにしたのだ。

「何じゃ、その大きな風呂敷包みは」

早速、源次が訊いてきた。

「これは舟だ。俺が自分でつくった」

初子にいったのと同じような言葉を裕三は口に乗せる。

「裕さん、そんな趣味があったんですか。模型の船づくりなんていう」

興味津々の表情で川辺がいう。

「舟は舟でも、精霊舟だ。今夜、川に流そうと思ってな」

さすがに幼馴染みに大きな嘘はつけない。

「精霊舟って、今はもう十月だぜ。季節違いだぜ」

洞口が不審げな面持ちでいった。

「悪いが詳しいことは訊かないでくれるか。源ジイの病気と一緒で、これにはいろいろ子細があってな。話せるときがきたら、必ずみんなには話すからな」

すまなそうにいって頭を下げた。

「おっ、それなら仕方がねえよな。なら、詮索はよしにしようぜ。人にはそれぞれ、いろんな事情があるじゃろうからよ」

すぐに源ジイがこういって、これはいちおう一件落着ということに。

ほっとした思いで左手の奥を見ると、すでに南米組もきていてビールを飲んでいた。四人が一斉に神妙な顔をして頭を下げた。

「えらく、素直じゃないか」

感心したようにいうと、

「やっぱり、リアル忍者のネームバリューは絶大だったみたいですね。源次さんの遺った術もすごかったですし」

嬉しそうに翔太がいった。

「肝心の欧米組だけが、まだか」

呟くように口に出すと、

「律儀に十時半ぴったりに顔を出すんじゃねえのか。何たって、神聖な決闘の場だからよ。中世の騎士気取りでよ」

洞口が穿ったことをいい、裕三は厨房前に飲み物と肴を取りに行く。

酎ハイを口に運びながら、いらいらした思いで裕三は大男たちの現れるのを待つがなかなかこない。結局姿を見せたのは洞口がいった通り、十時半ぴったりの時刻だった。

大男のボビーを先頭に、裕三たちをじろりと見てから左側の奥に進む。神妙な顔の四人を睨みつけて、表に出ろというように顎をしゃくった。

南米組がゆっくりと動き始める。その前を欧米組が歩く。裕三たちは、その後ろにつづいて表に出た。

胡乱《うろん》な目で大男が裕三たちを見て、何かを怒鳴った。

「お前たちはいったい、何のためについてくるんだ。そういっています」

すぐに翔太が通訳する。

「今夜の相手は南米組じゃなく、俺たち日本の忍者グループだ。そのつもりでかかってこいといってやれ」

裕三の指示通り、翔太は大男に伝える。

とたんに大男の顔つきが変るのがわかった。何かを喚《わめ》きたてた。

「一人残らず、ぶっ殺してやるって。特に、ちっさい男は覚悟しとけって……」

申しわけなさそうに翔太はいう。

源次はやはり、どこへ行ってもちっさいおっさんである。

「ここでやると人目について、まずいから。俺たちについてこいっていってやれ、翔太君」

翔太がそれを英訳し、今度は裕三たちが先頭に立ち、次に南米組、最後に欧米組がついてぞろぞろと商店街を歩いた。

裕三がみんなを連れていったのは、隣町との境にある稲荷神社だった。ここの境内なら広い。源次も自由に闘えるはずだった。が、本当に大丈夫なのか、源次は。裕三の胸に一抹《いちまつ》の不安がよぎる。それに時間だ。ちらりと腕時計を見ると十一時近かった。はたして精霊流しに間に合うのか。

境内の真中に三つのグループが立った。

「てめえら、男の闘いというのをじっくり見ておけ。そして、おめえたちのご先祖様の技である忍者の術をよ。わかったか」

押し殺した声を南米組にぶつけた。

南米組は源次に向かって、ぺこぺこと頭を下げた。

「すごいですね。やっぱり忍者の威力は」

疳高《かんだか》い声でいう川辺に、

「このあと、あいつらは町おこしのあれこれに、こき使われることになるんだがな。源ジイにしごかれてよ、だけどよ」

洞口がごくりと唾をのみこんだ。

「本当に大丈夫なんだろうな。あんなでかいのを四人も相手にして、源ジイは」

やはり、洞口も不安なのだ。

そのとき欧米組の一人が歩いてきて裕三の前に立ち、何かをまくしたてた。翔太のほうを見ると、

「その包みは何だ。爆弾でも入ってるんじゃないだろうなって」

上ずった声でいう。

さすがに兵隊は考えることが違うと妙なことに感心していると、その兵隊の足が裕三の持つ風呂敷包みに飛んだ。風呂敷包みは裕三の手から離れて地面に転がり、なかの茅舟が飛び出した。一瞬、裕三の体が固まった。胸の鼓動が速くなった。

裕三の動きより速く、その男のほうが茅舟に近づき、大きな足で踏みつけた。茅舟は男の足の下で呆気なくつぶれた。

「ああっ――」

裕三の口から悲鳴があがった。

思わず、その男に武者ぶりついた。

顔を殴られた。軟骨が折れたのか、鼻のあたりに激痛を感じた。さらに左膝の部分を大きな靴の先で蹴られて、裕三はその場に崩れ落ちた。

「裕さん、大丈夫か」

すぐに源次が飛んできた。

男の拳が源次の顔面を襲った。

拳をかわした源次の右の貫手《ぬきて》が、男の肋《あばら》に食いこんだ。男は物もいわずに倒れこんだ。どよめきのような声が、残りの欧米組の間からあがった。

「大丈夫だけど、茅舟が」

裕三はのろのろと起きあがった。全身が激痛に襲われていた。

茅舟は……平たくつぶされて、提灯も破れていた。

「とにかく、後でな裕さん」

源次はそういい、残る三人に向かってゆっくりと歩を進めた。大男の黒人が顎をしゃくった。二人の白人が胸元に拳を置いて源次の前に立った。二人ともボクシングの構えだ。ステップを踏みながら源次に近づいた。間境《まざかい》をこえた。

一人の男の突きをかわした源次の右手が、その男の喉元をつかんだ。ぐいと押しあげて仏骨《ぶっこつ》を捻った。瞬間、男は一回転して背中から地面に落ちた。後ろから、もう一人の男のフックが源次の脇腹を襲った。が、源次はかわしもしない。源次の防御は顔面と金的のみ。あとはすべて鋼鉄の筋肉が防いでくれる。

源次の蹴りが倒れている男の脇腹に飛ぶ。男はすぐに静かになる。ゆっくりと源次が振り向き、後ろから攻撃した男の前に立つ。

皺《しわ》だらけの顔が、にまっと笑った。

男の顔に怯えが走った。

源次が動いた。男の懐に飛びこんだと思った瞬間、男は崩れ落ちていた。どうやら、巨大な松ぼっくりのような源次の右拳が、水月《ストマック》を突いたらしい。ぴくりとも動かなかった。

残るはボビーという黒人の大男のみ。

大男は仁王立ちで源次を睨んでいる。

信じられないという、驚愕《きょうがく》の表情がしっかり顔に張りついている。無理もなかった。屈強な白人の戦闘員が三人、呆気なく目の前の小男に倒されたのだ。おそらく、頭のなかはかなりの混乱に陥っているはずだ。

五メートルの距離を置いて、源次と大男は向かいあった。大男の背丈は百九十センチ近く、源次のほうは百六十センチそこそこ。まるで大人と子供の闘いだった。

大男は胸元に両の拳を構え、じりっじりっと源次に近づいた。両目に狂気があった。怒りは頂点に達しているようだ。それでも慎重に大男は源次に近づく。闘いのセオリーだけは忘れてはいない。

が、源次はそんなものはお構いなしだ。

ふいに大男に向かって突進した。

頭から大男の懐のなかに飛びこんだ。

それこそ、すっぽりと。

とたんに、百九十センチ近い大男の体が宙に舞った。信じられない光景だった。懐に飛びこんだ源次が、首を梃子《てこ》代りに全身のバネを使って大男をはねあげたのだ。

宙を舞った大男は背中から地面に落ちた。

さすがに気絶はしないで、手足をばたつかせている。大男の脇に源次が立った。ゆっくりとその場に腰を落とした。左手で大男の手首を持ち、右膝を大男の肘に当てた。ぐいと力をいれた。嫌な音が響いた。

一瞬で大男の手首と肘の骨が折れた。激痛で大男は失神した。

南米組から大歓声が湧きおこった。

よほど嬉しかったのか、四人はその場で体をくねらせながら踊り出した。

裕三の横には心配そうな表情の洞口と翔太がよりそい、両脇を支えて立っている。

「裕さん！」

源次が走りよった。

「どうやら、膝のあたりの骨に罅《ひび》でも入ったようだ」

「わかった。すぐに病院に行こう」

叫ぶようにいう源次に、裕三は慌てて首を振る。

「俺には、行かなければならないところがある。病院はそのあとだ」

「行かなきゃならねえところって。いったいどこへ行くつもりなんだよ」

源次の顔に困惑の表情が浮ぶ。

「荒川につづく川だってよ。そこへ行ってこの茅舟を流すんだって。それも一人で行くんだってよ。誰の手も借りずに一人で」

洞口が首を振りながらいった。

「一人でって、その体で一人で行くのか。歩けるのか」

「歩けるさ。歩かなきゃいけないんだ。一人で行って、一人で舟を流す。一生の願いだから誰もついてきてくれるな。頼むから」

裕三はゆっくりと洞口と翔太の腕を両脇から抜いた。とたんに体中に激痛が走った。腕時計に目をやると十一時半を回っていた。はたして、十二時までに行けるものなのか。ぎりぎりの時間だった。

それに行きついたとしても、踏みつぶされた茅舟が浮んでくれるかどうか。これも大きな疑問だった。しかし、行かなければならなかった。

裕三はゆっくりと歩き出した。

足を引きずりながら、ゆっくりと。

歩くたびに全身が軋《きし》んだ。

秋穂が怒っている。そう思った。これは天の罰だ。人非人の父親に対する罰なのだ。

「ごめんよ、秋穂……」

呟きながら裕三は歩いた。

どうやら、涙も出てきたようだ。

裕三は、懸命に足を出した。

七海の苦悩

時計に目を走らせると五時少し前。

あと一時間余りで、いよいよ歌声喫茶の始まりだ。七海は軽く下腹に力を入れ、店のなかをゆっくりと見回す。

店に備えつけの椅子だけでは既定の人数が確保できないため、丸椅子を二十脚ほど用意して空いている空間に配置した。これで収容人数は五十人ほどに増え、赤字を出すことは避けられることになるのだが、これも客の入りによっては……。

「いよいよですね、七海さん」

隣から声がかかり、顔を向けると羞《はにか》んだような顔をした翔太が立っていた。

「あっ、おかげさまで。今回は翔太君を始め、商店街の推進委員会の人たちにはお世話になりっぱなしで、本当にありがとう」

　七海は翔太に向かって頭を下げる。

「いえ、僕なんか。精々ツイッターなんかを使った宣伝と、ビラづくりをやったぐらいですから。そんなに頭を下げられると」

　照れたようにいう翔太の目の奥に熱いものがあるのを、七海は感じとっていた。

　あのせいだ。

　あの翔太とのキス。

　いくら死にたいぐらい淋しかったからといって、あれはやってはいけないことだった。翔太が自分に好意を寄せていることは、前から知っていた。自分はその翔太の思いを利用した。まだ高校生のあの子に。だが、あのときは――しかし、どんな理由があるにしろ、あれは決して許されることではない。あの後、とっさの判断で、あれはなかったことにしてしまい、二人の間ではあの件に関する会話は、これまで一切出さないようにしてきたが。

「そのつくったビラを、翔太君は何百枚もこの界隈《かいわい》の人たちや道行く人に一枚一枚、配ってくれたんじゃない。簡単にできることじゃないってことは、よくわかってる。本当に感謝してるわ」

　七海はまた頭を下げる。

「僕だけじゃなく、小堀さんや川辺さんたちもビラ配りには奔走してくれました」

「そうね。本当に、みんなにはお世話になってしまって。この場を快く提供してくれた、エデンのマスターの洞口さんには足を向けて寝られないし、源次さんは――」

といって七海はちらっと厨房のなかに視線を移す。

厨房のなかにいる人間は三人。一人は洞口で、あとの二人は日本人との混血っぽい外国人である。神妙な顔をして突っ立って、こっちを見ている。

「あの二人は料理が得意だっていうことで、源次さんが了解して厨房に――」

「そうね。この連中は俺の子分だから、何でもいいからこき使ってやってくれといって、源次さんが四人のブラジル人を連れてきて。そうしたら、料理のほうも任せてくれっていう要望が二人から出てきて」

翔太の言葉に、ちょっと戸惑いぎみの口調で七海はいう。

厨房のなかにいるのは、以前アメリカの海兵隊員に喧嘩を売られて源次に助けられた四人のうちの、ヒロシとコウタロウで、あとのヒトシとツネフミは裏方に回されていた。つまり、今回の催しのメニューにはブラジル料理もあるということで、普通の料理の担当は洞口である。

「本当に、あの二人のブラジルの若者は料理が得意なのかどうなのか。そこのところが今ひとつわからなくて、少し心配してるのは確かだけどね」

本音をぽつりという。

「あっ、それは僕にもちょっと……」

困ったような顔をする翔太に、

「でも、力仕事はみんな、あの人たちがやってくれたから感謝しないと。うちのレコード店から音響機器の類《るい》や電子ピアノなど、いろんな重い物を全部運んでくれてセッティングもしてくれたし。でも、料理の腕のほうは……」

なおも七海が心配げな口調でいうと、傍らから声がかかった。

「七海ちゃんの心配もわかるけどよ。本人たちが腕に自信があるって自分からいってるんじゃから、あとは信用してやらねえとな。なあに、傍らには修ちゃんもいるんじゃから何とかなるだろうよ」

源次である。隣には裕三と川辺、それに桐子も立っている。

「あっ、そうですね。手伝ってくれる人を疑ったりしたら駄目ですね。信頼して任せておくのがいちばんですね」

慌てて七海がいうと、源次が厨房に近づいてダミ声をあげた。

「おめえらよ。へたな料理なんぞ出したら金縛りの術で、一生そこのガスコンロから離れられなくしてやるから覚悟しとけよ」

とたんに二人の背筋がぴんと伸びた。

「はいっ——でも、俺たち名コックだから、多分大丈夫」

おろおろ声でいった。

「頼んだぞ、修ちゃん」

と洞口にも声をかけて戻ってくる源次に、

「あの、金縛りの術って……それに源次さんと、あのブラジルの若い人たちとはどういう関係なんですか」

七海は怪訝《けげん》な表情を浮べる。当の四人の若者たちに訊いても「源次さんは、俺たちの先生です」というだけで、あとは何も話してくれない状況になっていて七海には何がどうなっているのか、さっぱり見当もつかない。

「簡単にいえば、わしはあいつらの命の恩人というところじゃな。祖父様直伝の、古武術でちょこちょこっとな。金縛りというのもその類《たぐ》いじゃから、何の心配もないな」

訳のわからない答えに「はあっ」としか七海にはいいようがない。

「いずれにしても、厨房のほうは何とでもなるはずだから心配はいらないと思うよ。それよりも、司会をしてくれる溝口《みぞぐち》さんという人が、まだ顔を見せてないけど、そっちのほうは」

裕三が心配そうな口振りでいった。

「そうそう。ピアノを弾くのが七海ちゃんで、司会は大手レコード会社に勤めていて、こういうことには慣れている溝口という人とは聞いてましたが、私たちはまだ一度も会ったこともありませんし」

川辺の目が壁にかかっている時計を見る。時間は五時半になろうとしていた。

「それは、さっきケータイに電話があって、少し遅れるとのことでした。打ちあわせはすでにすんでますから、ギリギリに顔を見せても大丈夫ですので」

ケータイでの話では、別の仕事の打ちあわせが長引いているため少し遅れるかもしれないとのことだったが、溝口は全体的に大雑把な性格で、ルーズなところがあった。

「新人歌手も一人連れてきて途中で、その人の紹介と歌もあるんでしょ。いったい、どんな人を連れてくるんだろ。ちょっと楽しみじゃんね」

「桐ちゃん、それは期待しないほうが――溝口さんの担当は、ほとんどが若い人に縁のない演歌の人だから」

申しわけなさそうに七海は桐子にいう。

「会の進行の要点は、飲み物や料理を頼んでくれたお客さんに歌詞見本とリクエストカードを渡し、そのなかから司会の溝口さんという人が曲を選んで、みんなで七海さんのピアノに合せて歌うということでしたよね」

念を押すように翔太が口にする。

「そう。飲んで食べて歌うというのが、昭和の歌声喫茶の醍醐味《だいごみ》だから。みんなでというところが、カラオケとはいちばん違うところで、そのために知らない人との一体感というか仲間意識というか、そういったものが段々芽生えてきて――」

歌うようにいう七海に、裕三がすぐに口を開く。

「孤独さは解消されるかもしれないな。都会のなかの、独りぼっち感は。昭和の日本人はシャイな人間が多かったから、それで癒《いや》される若者も沢山いたんだろうなあ――というか、ちょうど俺たちの年代が、いちばんその恩恵にあずかったんだろうけど」

「裕さんも、その恩恵にあずかった口なのか」

ずけずけと訊く桐子に、

「数回、新宿の歌声喫茶に行ったことがあるな。しかし、みんなで歌うということがなかなか。エイヤの気持で大声を出してしまえば何とでもなるんだろうけど、そのエイヤがなかなかなかなあ」

昔を思い出すように、しみじみした口調で裕三はいう。

「私はすぐに溶けこみましたよ。時には隣の人と肩をくみながら歌ったことも。それが若い女性で美人だったりすると、すごく得をした気持になったりしましたね」

嬉しそうに、ただでさえ垂れぎみの目尻をさらに下げる川辺に、

「お前は昔から調子だけはよかったからよ。じゃから、癒しというよりは肩をくむのが目的で通ってたんじゃねえのか」

茶化すように源次がいった。

「そういう源ジイは、どうだったんですか。けっこう通ってたんじゃないですか。隣に座る若い子を目当てに」

「馬鹿いえ。わしは修行のさまたげになるような歌舞音曲の類いは、一切シャットアウトしてたわい。じゃから、そういう場所へは一度も足を踏みいれたことはねえよ」

源次はぼそっといってから、口をへの字に曲げた。

「ところで、みなさんの思い出ともいえるような曲は何ですか。よかったら教えてくれますか」

興味深そうな口調で七海はいった。

「私は、そうですね……『希望』という曲ですね。ちょっと暗いですけどね」

しんみりした口調で川辺がいった。

「フォー・セインツというグループも歌っていますが、ヒットしたのは岸洋子《きしようこ》さんの歌ですね。確かこのとき岸さんはお祖母さんを亡くした直後で、その悲しみから三番の歌詞に馴染めず、作詞家の藤田敏雄《ふじたとしお》先生に詞を直してもらって歌っているはずです。胸にしみる、いい歌です。私も大好きです」

昭和歌謡の専門家らしいことを七海は口にした。

「俺は何だろう」と、裕三が天井を見上げて何かを考える素振りを見せた。

「やっぱり、あれだ。ヒデとロザンナの『愛の奇跡』だな。あの二番の歌詞が俺は大好きでな、胸にジーンと響くというか、情景がすぐに浮んでくるというか」

少年のような表情を見せる裕三の顔を見て、七海は歌を口ずさみ出した。

たそがれを　ひとり歩く君の
横顔が　とても好きだった
別れても　私は信じたい
いつの日か　あなたに
愛される　愛の奇跡……

『愛の奇跡』の一節だった。

「そう、それだよ。その横顔云々のくだりが妙に胸を打ってね」

高い声でいう裕三に、

「その、小堀のおじさんの胸のなかにある、横顔の主って誰なんですか。よかったら教えてくれますか」

はっきりした口調で七海はいって、真直ぐ裕三の顔を見た。

「それは……」

裕三がいい淀《よど》んでいると、突然厨房のなかから叫び声が飛んだ。

「俺たちの思い出の一曲は『故郷《ふるさと》』だよ――兎《うさぎ》追いし、かの山だよ」

日系ブラジル人のヒロシだった。

「そうだよ。じいちゃんや、ばあちゃんがよく歌っていた曲だよ。それこそ耳にタコができるぐらいに」

これはコウタロウだ。

何だか泣き出しそうな声に聞こえた。

辺りが一瞬静かになり、それを打ち破って七海が声をあげた。

「歌おうよ。あとで絶対に歌おう。みんなで力一杯声を張りあげて歌おうよ」

これも叫ぶような声だった。

二人のブラジル人の口から歓声があがった。

周囲から拍手が湧きおこった。

すでに客が入りかけているのだ。

「七海さん。溝口さんって人、本当にきてくれるんですよね」

切羽つまった声を翔太があげた。

「大雑把な人だけど、約束だけは守るはずだから――それよりまず、お客さんの対応をしないと。みなさん、お願いします」

七海の声に推進委員会の面々が客席に散った。客から注文を取って飲み物と料理を運び、出されたリクエストカードをまとめるのは強面《こわもて》の源次を除いた、推進委員会の四人の仕事なのだ。

店のなかに騒めきが走り、ホールと厨房は大忙しになった。開演まであと十五分だった。今のところ客の入りは六分、このまま順調に増えつづけてくれれば。

七海は大きく深呼吸して、店の奥にある電子ピアノの前にそっと座った。ピアノの脇にはマイクロフォンが立っていて、ここで溝口が司会をし、リクエストカードにそってマイクの前で声をあげたい客には、リーダーとなってこの場で歌ってもらうはずだった。

開演十分前。

溝口はまだこない。

さすがに七海の心も不安になる。

もし溝口が遅れるようなことになれば、いったい誰が司会をやればいいのか。推進委員会の年寄りたちには無理だ。素人に歌声喫茶の司会はつとまらない。七海はピアノを弾かなければならないから、むろん無理。そうなると……。

翔太という名前が七海の胸に浮んだ。

あの子なら並の歌好きよりも昭和歌謡には詳しいし、そして何よりも、ずば抜けた頭脳の持主なのだ。会の流れやシステムは、これまでの打ちあわせでわかっているはずだった。何とかしてくれるはずだ。しかし、また私はあの子を利用しようとしている。さっき反省したばかりの私が、性懲《しょうこ》りもなく、またあの子に。しかし、それしか方法が……。

開演五分前になった。

七海は心配そうな表情で店内を動きまわる翔太を手招きして、ピアノ脇に呼んだ。

「もし、溝口さんが遅れるようなことになったら、悪いけど翔太君、司会をしてくれる。このなかで頼めるのは翔太君しかいないから。お願い」

手を合せた。

「いいですよ。僕で役に立つなら、どんなことでもしますよ。七海さんの夢だった、この歌声喫茶の企画をつぶすわけにはいきませんから、絶対に」

即座に答えが返ってきた。

何の迷いもない、力強い口調だった。

溝口が若い女性を連れて姿を現したのは、その直後だった。

新人歌手らしき若い女性を入口に残したまま、溝口はすぐにピアノ脇に飛んできた。

「ごめん、七海ちゃん。遅くなっちゃったけど、すぐにかかるから。時間通りに、ちゃんと会は進めるから」

謝りながらも自信満々の表情でいった。

「助かったわ。溝口さんが遅くなる場合を考えて、この翔太君に代役を今頼んでいたところ。でも、間にあってよかった」

と、ほっとした思いで翔太の顔を見ると変だった。

顔色が蒼《あお》ざめていた。

表情も険しくなっている。

七海の胸がざわっと騒いだ。

ひょっとしたら、この子は溝口と自分の関係を知っているのでは。どこかで決定的な場面を見ているのでは。もしかしたら、あの盆踊りの夜……。

しかし、今はそんなことに構ってはいられない。とにかく、この歌声喫茶を成功させなければならないのだ。考えるのはそのあとだ。この子には悪いけど、ここは目をつぶってもらうしか仕方がない。七海は腹を括《くく》った。

「翔太君、ごめん。溝口さん、間にあったから、司会の件はなしということで。本当にごめん。埋め合せは何かでするから」

七海はまた、翔太に向かって手を合せた。

同時に溝口も翔太に向かって頭を下げた。

息の合いすぎる動きだった。

「わかりました」

低い声で翔太はいい、泣き出しそうな目で七海を見た。

直視できなかった。

「翔太君は、何か気にいった昭和歌謡とか、そんなリクエストはないの」

こんな言葉が口から出た。

「別に、ありません」

ぽつりといった。

昭和歌謡が大好きな翔太に、気にいった歌がないはずがなかった。

「あっ、あれはどう。小堀のおじさんがいっていた――」

思いもよらない言葉が口から飛び出して、七海は自分でも驚いた。なぜこんなことを自分は……。

「『愛の奇跡』ですか……たそがれを、ひとり歩く君の、横顔が、とても好きだった、ですか」

抑揚《よくよう》のない声でいった。

七海に返す言葉はなかった。

「いいですよ。七海さんが、その歌がいいというのなら、それで」

翔太の両目は潤んでいた。

「そんなことより、早く会を始めよう。開演時間を五分過ぎてしまった」

隣で腕時計を睨《にら》んでいた溝口が、早口で叫ぶようにいった。

「失礼します――」

同時に頭を下げた翔太が背中を向けた。

肩を落して、その場を離れていった。

「みなさん、お待たせしました」

マイクの前に立った溝口が声を張りあげ、客席に向かって大きくうなずいた。

「昭和ときめき商店街、第一回の記念すべき、歌声喫茶の会。いよいよこれから始まりです」

満面を笑みにして威勢のいい声を溝口があげた。同時に拍手が湧きおこった。溝口が両手をあげて大きく振った。さらに拍手が強くなった。


歌声喫茶の会から三日が過ぎた。

会は大成功だった。

七海が密かに期待していた、ある一点さえ除けば。

『小泉レコード』のカウンターのなかに腰をおろして、七海はあのときのことをぼんやり頭に浮べる。

集まってくれた人は六十人をこえ、採算の面からみても黒字となって、会場を貸してくれた『エデン』を始め、支援をしてくれた人たちに支払いをしてもまだ余裕があった。裕三たち独り身会のメンバーも大喜びで、客が帰ったあと、関係者全員が居残って飲み会ということになった。

乾杯の音頭を取ったのは、エデンのマスターの洞口だ。

「思った以上に人がきてくれて、ほっとしました。でもこれは、一回目の御祝儀相場のようなものかもしれません。七海ちゃんの話では月に一回ほどは、この歌声喫茶の会を開きたいということなので、次はよほど褌《ふんどし》を締めてかからないと——」

といったとたん、傍らの桐子が声を張りあげた。

「じっちゃん、下品すぎ」

「茶々が入ったようなので、固い話はこれぐらいにして」

洞口は座の一点に目をやり、

「それから、レコード会社からわざわざ参加してくれた溝口さんと演歌の堀北忍《ほりきたしのぶ》さん、本当にありがとうございました」

頭を深々と下げてから「乾杯」と怒鳴って、みんながグラスを高くかかげた。

そのあとは無礼講になった。

「けどよ、あのおとなしそうというか真面目そうというか、大竹豆腐店の奥さんがリクエスト曲を出して、マイクの前で音頭を取って歌うとは思わなかったよな」

源次が感心したような声でいった。

「そうそう。鈴子さん、ちょっと涙ぐんで歌っていましたよ。あの奥さんにも、青春の思い出というのが、いろいろあったんでしょうね」

しみじみした調子で川辺がいうと、

「確か、リクエスト曲は、多摩幸子《たまゆきこ》さんとマヒナスターズの『北上夜曲』でしたね」

七海があとを引き継いだ。

「いい歌だよな、あれは。映画にもなったんだよな、純愛ものの」

遠くを見るような目でいう裕三に、

「他の曲でも涙ぐんでいる人が、けっこういたような気がするな。青山和子《あおやまかずこ》の『愛と死をみつめて』とか、ペギー葉山《はやま》の『学生時代』とかな。舟木一夫《ふなきかずお》の『高校三年生』で、泣いているおばさんがいたのには驚いたがな」

相槌《あいづち》を打ちながら洞口がいった。

「ところで、俺のリクエストした『愛の奇跡』は出てこなかったけど」

裕三が七海を見つめる。

「あっ、すみません。けっこう、リクエストが多くて忘れちゃいました」

七海は軽く頭を下げるが、決して忘れたわけではない。翔太のことを考えると、出すわけにはいかなかったというのが本音だった。『愛の奇跡』の最後のフレーズは――別れても、私は信じたい、いつの日か、あなたに、愛される、愛の奇跡――こんな曲を歌えるはずがなかった。

その翔太のほうに目をやると、テーブルに視線を落して黙ってウーロン茶を飲んでいる。やはり、この子は自分と溝口のことを……そんなことを考えていると、かなり癖のある日本語が耳を打った。

「でも、俺たちの思い出の曲だった『故郷』は、ちゃんと流れたけどな」

日系ブラジル人のヒロシだ。

「あれは、けっこう感動したな。ばあちゃんたちが歌ってた曲を、みんなで大合唱だもんな。胸にじんじんきたな」

コウタロウが後をつづけた。

『故郷』が流れたのは会の一番最後だった。この曲をフィナーレとして、歌声喫茶の会は幕を閉じたのだ。

「ところで、お前らの料理。けっこういい味を出してたようで、よく売れてたみたいじゃねえか」

源次が大声でいった。

意外なことにこの二人のつくった、ブラジルの家庭料理は好評で、かなりの数の注文があった。特によく出たのが、ブラジル風の餃子ともいえる「パステウ」という料理で、ひき肉や野菜を炒めた具を小麦粉を練った薄皮で包み、油で揚げたものだった。

「すげえな、おめえらよ」と顔を綻《ほころ》ばせる源次に、

「俺たちは日本にくる前はワルにも染まらず、向こうで真面目にこつこつ、コック見習いをやってたから」

本当か嘘かわからないことを、さらっとヒロシがいった。

「申しわけないですが、私たちはそろそろ。まだ、仕事がありますので」

溝口が声をあげたのは、こんなときだ。

会が始まって、まだ十五分ほどしかたっていなかった。

「えっ、もう帰っちゃうんですか、溝口さん」

驚いた声をあげて立ちあがる七海に、

「明日から地方のイベント場とレコード店巡りだから、その打ちあわせもあるし」

弁解じみたことを溝口はいった。

「でも……」と引き止めの言葉を出す七海に「じゃあ」と溝口は手をあげ、みんなに軽く頭を下げてからさっと背中を向けた。すぐに堀北忍がそのあとにつづく。

溝口は苛立《いらだ》っているように見えた。

会が終ってから溝口は忍のＣＤをエデンの扉の前で販売にかかったのだが、それが

思うように売れなかった。だから——しかし、ＣＤが売れなかったのは自分のせいではない。自分は少しでも溝口のためになるようにと、この歌声喫茶の会を利用して販売の場を設けたのだ。

もちろん、七海が今回の催しを開こうとしたのは溝口のためだけではない。歌声喫茶は昭和歌謡のファンだった七海の、夢ともいえるものだった。そのために、新宿にある業界の草分けともいえる店に何度も足を運んで、そのノウハウを学んだり、小さなところからやっていて、一時中断していたピアノの稽古を数年前から復活させたりもした。七海は昭和歌謡が大好きだった。

そして今回、ようやく歌声喫茶の開催にこぎつけた。それなら、新人歌手のプロデュースをしている溝口に声をかけて少しでも力になろうと考えたのだが、それが、どうやら裏目に出たようだった。喜んでもらえるはずが、苛立ちの原因をつくっただけで、七海の期待はみごとに外れた。

七海は溝口が好きだった。

その溝口との仲が壊れかけていた。今回の催しは溝口と縒《よ》りを戻す、いいチャンスのように思えたのだが、それもどうやら空回りに終ったようだ。

七海は溝口の消えたエデンの扉を、まだ見つづけている。ぼんやりと突っ立ったまま小さな吐息をもらしたとき、ふと誰かの視線を感じて目をそちらに向けた。

裕三だ。裕三が心配そうな表情で七海を見ていた。そして、もう一人、源次が不審げな視線を七海に向けていた。ひょっとしたら、溝口との仲を悟られたのかもしれないと思ったが、それならそれでいいとも思った。捨て鉢な気持が七海の胸を一瞬つつみこんだ。二人に目礼をして、そっと腰をおろした。

「七海さん――」

カウンターの向こうで声がして七海は我に返り、慌てて視線を上に向ける。笑顔を浮べた翔太が立っていた。

「何だか自分の世界に入りこんでいるようで、なかなか声が、かけづらくって」

羞んだような表情で翔太はいった。

「あっ、この前の歌声喫茶の会のことを考えていて、それでね」

早口でいってから、その場に立ちあがった。

「大成功で良かったですね。あんなにみんなが喜んでくれるなんて、予想以上の結果で僕も嬉しくなりました」

本当に嬉しそうに翔太はいう。

「翔太君は、昭和歌謡が大好きだもんね」

七海はそう口にしてから、

「私も、そうなんだけどね」

ほんの少し笑みを浮べた。

「二回目が楽しみですね。というより、勝負ですね、どれだけの人がきてくれるのか。心配でもありますけど」

妙に真剣な表情で翔太はいうが、いっていることは正論だった。一回目は御祝儀相場だったが、それが二回目ともなると。そして、そのとき溝口がきてくれるのかどうか。

溝口には次の日の昼、ケータイに電話して礼はいっておいたが、

「大盛況で、おめでとう。二度目もああなるといいね」

という言葉が返ってきて、そのあと二言三言ほど言葉をかわしただけで電話は切れた。前夜の苛立ちは消えているようだったが、素気ないといえば、そうもいえた。

「ところで翔太君は――今日も、いつものレコード漁りかな」

胸のうちを悟られないように、ゆっくりした口調で七海はいう。

「はい、何か掘出し物はないかと思って、きてみたんですが」

「何か、お目当てのレコードはあるの？」

何気なく訊く七海に、

「あっ、それは特段――」

妙に慌てた様子の言葉が口から出た。

「それよりも、おばさんは今日も留守のようですね」

奥のほうを窺《うかが》うような素振りで、翔太は話題を変えるようにいった。

「そう、いないの。お母さんは今、オーストラリア。格安航空の飛行機に乗って五日前に出かけたわ」

首を振りながら七海はいう。

「オーストラリアですか？」

呆気にとられたような表情の翔太に、

「ここ何年か、お母さんはあっちへ行ったりこっちへ行ったりの、貧乏旅行三昧。普段は国内が多いんだけど、今はオーストラリアの友達んところ。いったい、どこでそんな友達を見つけてくるのやら。あの人は、今も昔も謎の人」

さらに首を振って七海はいう。

「オーストラリアの友達ですか。それはまあ、何といったらいいのか、謎の人ですね。じゃあ、僕はちょっと、奥のレコード売場を覗《のぞ》かせてもらいますので」

そういって奥に向かう翔太の背中を見ながら、七海はまた首を振る。

母親の恵子から突然、

「この店は七海に譲るから、あなたの好きなようにやってくれる。私はこれから、気ままに生きるから」

こういわれたのは、七海が成人式を迎えてから十日ほどがたったときだった。

小さなころから店の手伝いをして、この業界のあれこれは大体わかってはいたものの、それにしても、このころの七海はまだ都内の短大の二年生で、就職もすでに流通関係の会社に決まっていた。

「手におえなければ、つぶしてもいいから。でも、七海ならできるような気がする。何たって、ほんの小さなころから、歌の大好きだった子なんだから、大丈夫よ」

何が大丈夫かわからないまま、こんなやりとりが親子の間であって小泉レコードは七海が継ぐことになった。話し合いではなく、一方的な母からの押しつけだったが、不思議に七海は恵子に対して逆らう気はおきなかった。理由は簡単だ。自分は恵子がいったように、歌が大好きだったから、それしかなかった。

そして、素朴な疑問がもうひとつあった。

なぜ、あのとき母は、もう店は閉めるからといわずに自分に継げといったのか——これも推測ではあるけれど、答えはすぐに見つかった。母自身も歌が大好きだったから。その点だけは、似たもの親子だと七海は思う。

この日を境に、恵子は家を空ける日が多くなった。ボストンバッグをひとつ手にして、予定も告げずに日本中のあちらこちらへと旅行に出るようになった。

もっとも恵子にいわせると、

「旅行じゃなくて、これは旅。私は旅に出かけるの」

ということになるらしいが、その違いが七海にはよくわからない。

十五年ほど前から小泉レコードは昭和の中古レコードに目をつけ、その買いつけやら情報収集で恵子には日本中を飛び回っていた時期があったが、その際に知り合った人の家に恵子はどうやら転がりこんで、居候をきめこんでいるらしい。居候先の住人が男なのか女なのかは、まったくわからなかったが。

元々恵子はさっぱりとした筋の一本通った裏表のない性格で、それに反発する人間もいたが、好かれるとなると、とことん気に入られるところがあった。それに、年は取ったといっても、あの容姿である。それが大いにプラスになっているのは確かといえた。

いずれにしても、恵子はわからない部分の多い人間だった。それは娘の七海から見ても同様で恵子は今も昔も、

「お母さんは、謎の人」

やはり、こういうことになってしまう。

「今頃、オーストラリアで、いったい何をしてるのやら」

独り言のように呟《つぶや》く七海の脳裏に、そのとき何の脈絡もなく、オーストラリアの大平原で、カンガルーと四つに組んで、相撲を取っている母親の姿が浮んだ。突拍子もない絵柄だったが、あの母ならやりかねない。

とたんにおかしくなって、七海の顔がくしゃりと崩れた。顔中が笑いになった。声を出すのを必死になってこらえた。何しろ、カンガルーと相撲を取る恵子なのだ。

「機嫌よさそうですね」

突然、傍らから声がかかった。

翔太が、これも嬉しそうな顔をして立っていた。

「歌声喫茶の夜は、随分ふさぎこんでいるようで心配だったんですけど、その顔を見て安心しました。七海さんは、まだまだ大丈夫なんだって」

ほっとしたような口調でいった。

「私は大丈夫よ。ちっとやそっとのことでは、へこたれないからね。これでも、小泉レコードの主《あるじ》なんだからね」

おどけたようにいって翔太の手元を見ると、レコードジャケットを持っている。四十五回転のドーナツ盤だ。

「あっ、何か気に入ったものがあったんだ。いったい、何を見つけてきたの」

手を伸ばすと、翔太はそのドーナツ盤を七海に差し出した。ジャケットには男と女の二人の姿が印刷されていて、タイトルはデザイン文字で読みづらかったが……どきっとした。ヒデとロザンナの『愛の奇跡』だ。

「翔太君は、このレコードを探しにきたの？」

恐る恐る訊いた。

「はい。小堀さんが、いい歌だって推奨してましたし。七海さんも、この曲をリクエストしたらと、あのときいってましたから」

教科書を読むように、すらすらと答えた。

「あれは言葉の綾《あや》というか、成りゆきというか。ただ、それだけのことで、深い意味なんてないから」

「深い意味はなくても、七海さんの口から出た言葉であるのは確かですから。それで一度、じっくり聴いてみようと思って」

言葉を嚙《か》みしめるように、ゆっくりと口にした。

「じっくり聴かなくていい。翔太君の感性には合わない歌だと思うから」

叫ぶようにいう七海に、翔太は悲しそうな表情で首を横に振った。

「最後の詩がよくないわ……別れても、私は信じたい、いつの日か、あなたに、愛される、愛の奇跡なんて嘘ばっかり。そんなこと、あるはずないから」

口にしながら七海は、この詩は自分のことを歌っていると思った。そして翔太にしたら、この詩は……七海は手にしていたレコード盤を押しつけるようにして、カウンターに置いた。

「一度壊れてしまったら、愛なんて、もう二度と戻らない、もう二度と」

掠《かす》れた声でいうと、

「別れたほうがいいと思います」

ぽつりと翔太はいった。

最初は何をいわれたかわからなかったが、やがて、それが自分と溝口のことをいっているのだと気がついた。

「翔太君は、あの人のことを……」

翔太の顔を正面から見ると、翔太もまともに見返してきた。

「知っています。盆踊りの夜、七海さんとあの男が逢っているのを見ました。駅裏の横町で……」

ああっと七海の口から吐息がもれた。

やはりこの子は知っていたのだ。あの濡《ぬ》れ場を、この子は自分の目で見ていたのだ。やはり、そうなのだ。七海は翔太の顔から視線をさっとそらした。

「あの、溝口さんという人には、奥さんや子供がいるんじゃないですか。そんな人とつきあっていても不幸になるだけで、得るものは何もありません。だから――」

声を荒げて翔太はいい、

「だから、あの人とは別れてください」

今度は泣き出しそうな声でいった。

「奥さんや子供があっても、得られるものはちゃんとあるわ」

七海の目が再び翔太の顔を見た。

「いったい、何が得られるっていうんですか、あの人から」

「それは……」

七海は言葉につまった。すぐに出てくると思った言葉が出てこなかった。いや、出せなかった。何か他の言葉をと探してみたが何も見つからなかった。

「残念ですけど、あの人に、愛はありません」

七海の心を見透かしたような言葉を翔太は出した。

あの人に愛はない。そんなことは最初からわかっていた。わかっていて、私は溝口と逢っていた。私のほうに愛があれば、それで充分だと。いや違う。その自分の愛がいつか溝口を――。

「あの人に愛がなくても、私のほうには充分すぎるほどの愛があるわ。私はそれでいいと思っているから」

低い声でいった。

「一方的な愛なんか、愛とはいいません。それは狂信、妄信の類いで、そこから得るものは何もありません。七海さんは、あの人に騙《だま》されてるんです」

翔太の顔が歪《ゆが》んだ。

「騙されてたって、心地いい愛はあるわ。翔太君はまだ子供だから、それがわからないだけ。もう少し大人になればわかるわ。世の中には負の愛だってあることが」

七海が叫んだ。

「負の愛なんて、そんなこと……」

翔太の両肩がすとんと落ちた。

「ごめん、翔太君。今日はもう、何もいわずに帰って。お願いだから、今日はもう」

哀願《あいがん》するようにいった。

「七海さんが、そういうのなら」

翔太はぼそっとした声を出し、項《うな》だれたまま七海に背中を向けた。

「私はまだ、あの人のことをかばっている」

そう思った。とたんに、涙が両目にあふれた。七海は声を殺して泣いた。途方もない淋しさが体中をおおっていた。


七海が溝口と知り合ったのは二年ほど前。小泉レコードの新しい担当ということで、前任の中年女性と入れ替って店にやってきたのが始まりだった。

溝口の第一印象は優しさと頼もしさ。

大きくて締まった体の持主だったが、その上に乗っている顔は丸っぽく、笑うと目が糸のように細くなった。口調も柔らかく声を荒げることは皆無で、性格もおっとりしていた。むろん結婚していて年は四十五歳、子供も二人いた。

そんな溝口に七海は好感を持った。

七海は父を知らない娘だった。物心がついたころから母親と二人暮しで、父というものの感触をまったく知らないまま成長した。そんな環境が溝口に好意の思いを抱かせたのかもしれない。

母親の恵子は、七海が生まれる直前に夫の勇治と離婚した。だから戸籍上の父親は勇治ということになっていたが、七海が中学生になったとき妙な噂を耳にした。

「七海ちゃんのお父さんは、別の人なんだって……」

たまたま遊びに行った同級生の家の母親がこんな言葉をぽろりともらして、すぐに口をつぐんだ。

気になった。胸が騒いだ。体中がすうっと寒くなった。

家に戻って七海はすぐにこのことを母親の恵子に質《ただ》してつめよった。

「世間っていうのは、すごいなあ……」

恵子はこんな言葉を口にしてから、

「七海は正真正銘、私の子——それでいいじゃない。それ以上、どんな説明がいるっていうの。これで充分」

大きくうなずいて、七海に笑みを見せた。

それからは何を訊いても一言も答えず、笑っているだけだった。こうなったら頑固者の恵子は金輪際《こんりんざい》口を開かない。七海は父親の詮索を諦めた。もやもやしたものだけが、胸の底に残った。

そんな七海の前に、優しさと頼もしさを併せ持った中年男が現れたのだ。七海は溝口にあまえの気持で接し、溝口も七海のあまえを鷹揚《おうよう》に受けとめた。あまえが好意になって、やがてそれが思慕《しぼ》に変った。そんな心の変化を見透したように溝口は七海をホテルに誘った。七海は素直にそれに応じ二人は深い関係になった。

これが一年ちょっと前のことだった。

深い関係になってから、七海に対する溝口の態度が徐々に変っていった。言葉つきから柔らかさが消え、命令口調の物言いになった。優しさの代名詞だった笑顔も見せなくなり、不機嫌な表情を七海に見せるようになった。そして、溝口は七海に自社のCDの買取りを迫った。

元々CDの類《るい》は委託販売が普通で、それが買取りということになると、かなりの重荷をレコード店は背負うことになる。それでも七海は無理をして溝口の言葉に従った。溝口に嫌われたくなかった。

「俺は巨乳の女が好きなんだ。七海のような痩《や》せた女は、本当は好みじゃねえんだ」

そのころ溝口は、こんな言葉をよく口にした。この言葉を聞くたびに七海の心は縮こまり、不安感が全身をつつんだ。

限界がきたのは四カ月ほど前。

ＣＤが売れない時代に小泉レコードが何とかやっていけているのは、店頭はもちろん、ネットなどを駆使して中古レコードを効率よく販売しているからだった。しかしその利益も、溝口のいう通りにＣＤの買取りをつづけている限り、あやうくなるのは目に見えていた。というより、それが目の前に迫っていた。溝口の持ってくる買取りのＣＤの数は月を追うごとに増えていた。

「もう、ちょっと無理みたい」

いつも利用するラブホテルのベッドの上で、七海はこう溝口に訴えた。

「無理って――もうＣＤの買取りはできないっていうのか」

怒気を含んだ声で溝口は答えた。

「これ以上つづけてたら、店が立ち行かなくなってしまう恐れが……」

「その分、中古レコードのほうで頑張ればいいじゃないか。簡単なことだろうが」

「頑張ってます。頑張ってるけど、もうこれ以上は」

泣き出しそうな声を七海は出した。

「そうか」と、ぼそっとした声で溝口はいい、

「じゃあ、俺たちの関係もこれまでにしよう。ＣＤを買い取ってくれないお前と、こんな関係をつづけていても時間の無駄ということになる。これからはメーカーと販売店、それだけのつきあいということで」

冷たくいい放った。

優しくて頼もしい溝口は、もうそこにはいなかった。自分勝手な中年男が、ふんぞり返っているだけだった。

「じゃあ、俺はもう帰る。何かまた、いい話があったら連絡してくれ。それ以外の連絡は無用だから」

溝口はベッドからあっさり立ちあがって、七海に背中を向けた。大きな背中が七海のすべてを拒否しているように見えた。冷たい背中だった。それでも七海は溝口が好きだった。

七海が溝口のケータイに連絡を入れたのは八月の中頃、お盆のときだった。

七海はこのとき、歌声喫茶を開く計画があるから、そこでＣＤの実演販売をしたらどうかという提案を溝口にした。溝口はすぐにそれに乗ってきた。七海は久しぶりに溝口に逢い、ホテルに誘われた。嬉しかった。そして、今回の歌声喫茶の会の開催を迎えたのだ。

午後の三時を過ぎたころ、裕三と源次が連れ立って小泉レコードにやってきた。

二人は顔中に笑みを浮べ、

「歌声喫茶の会、大成功でおめでとう」

こんなことをいい、そのあと少し雑談をしてから、

「七海ちゃん。ちょっと外へコーヒーでも飲みにいかないか。ちょうど、お客さんも一段落する時間帯だろうし」

と裕三が口にして目を細めた。

優しい笑顔だった。溝口とは違い、本物の笑顔に見えた。思わず首を縦に振り、七海も笑顔で返す。そしてこのとき、この人が本当のお父さんだったら……そんな思いがふと、頭のなかを掠めた。しかし裕三は親切な町内のおじさんで、七海の父親ではない。残念な思いが胸のすべてをおおい、七海は反射的に首を左右に振った。

「何だよ、行かねえのか、七海ちゃんよ」

すぐに源次がダミ声をあげた。

「あ、行きます。ちょっと、ほかのことを考えていて」

七海はそういい、仕度をしてきますからと声を張りあげて奥に入った。

二人が連れていったのはエデンではなく、商店街の外れの『ジロー』という喫茶店だった。奥の席に座り、三人は熱いコーヒーをすることに専念する。温かい飲み物が心地よく感じる季節になっていた。

裕三がコーヒーカップをそっと皿に戻して、七海の顔を見た。さっきまでとは何やら雰囲気が違う。真剣そのものの顔だ。

「実は七海ちゃんをここに誘ったのは、ちょっと心配事があって、それで」

いい辛そうに口にした。七海の胸がざわっと騒いだ。ひょっとしたら、溝口のこと。あの夜、溝口を見送る自分の顔を、裕三と源次は妙な目をして窺っていた……。

「つまり、あれじゃ。先日の歌声喫茶の会のとき、上っ面だけはヘラヘラと愛想のよかった、あの溝口とかいう中年男のことじゃ」

源次が単刀直入にいった。

「あっ」と七海は低い声をあげてから、

「溝口さんはやっぱり、上っ面だけの人ですか」

念を押すように訊いた。

「失礼ないいかただけど、修羅場をくぐってきた大人の目から見れば、溝口さんという人は、どこからどう見ても、そういうことになってしまう。申しわけない……」

すまなそうに裕三がいった。

「そうですか……」

ぽつんと七海はいい、ちゃんとした大人の目から見れば溝口は上っ面だけの人間。やはり、そう映るのだ。再認識はしたものの、自分にとって溝口はやはり、かけがえのない人間だった。たとえ溝口が、どんなに酷《ひど》い男であっても自分にとっては。

「あの、翔太君がお二人のところに行って、それで私のところへ？」

もうひとつ気になっていることを訊いてみた。いったいこの二人は、どこまで真相を知っているのか。今更どうでもいいことのようでもあったが、妙に気になった。

「なんで、ここに翔太が出てくるんじゃ。七海ちゃんは何か翔太に相談事でもしたのか。まあ、あいつはわしたちよりも数段頭がいいから、相談相手には最適かもしれんがよ」

源次はちょっと脹《ふく》れっ面《つら》だ。どうやら、この件に翔太はからんでいない。裕三と源次は二人だけの考えで自分に会いにきたようだ。

「いえ、翔太君からも、お二人と同じようなことをいわれましたから」

慌てて話をごまかした。

「なるほど、あいつも気づいていたか。そりゃあまあ仕方がねえよな。ことさら勉強しなくても、東大現役合格は確実といわれているやつじゃからな」

源次は一人でうなずいている。

「その、翔太君も気づいたという事柄なんだが、七海ちゃんはあの溝口という男と、何というか、深い関係というか交わりというか、そんなものがあるんだろうか」

視線を落して遠慮ぎみに裕三がいった。

辺りが静まり返った。

「はい、すみません」

しばらくして七海は素直にうなずいた。

この期に及んで隠していても仕方のないことだった。

「何だよ。てっきり思いすごしじゃったという、笑い話ですむかと思ってたのに。そういうことかよ、七海ちゃん」

源次がおろおろ声を出した。

二人とも両肩が落ちていた。

「やっぱりそうか。でもまあ、すんでしまったことを、とやかくいってもしようがない。要はこれから、どうするかということなんだが、先方には、奥さんや子供は」

絞り出すような声を裕三はあげた。

「います」

また、頭を下げた。

「あの野郎、妻子がありながら、こんな若い娘に手を出すとは。何という人でなしの不埒者《ふらちもの》なのか」

大時代的な言葉で吼《ほ》える源次を、裕三が慌てて制した。

「聞くところによると恵子ちゃんはずっと旅行三昧で、今はオーストラリアに行っているそうじゃないか、そんなときに——」

ぽつりと裕三は言葉を切った。

どうやら恵子の旅行三昧の件は翔太から聞いているようだ。

「そんなときに、とんでもない間違いを七海ちゃんに犯させるわけにはいかない。何といっても七海ちゃんは俺たちにとって、実の子同様の存在なんだから」

裕三は七海のことを実の子同様といった。だが、同様であって決して実の子ではない。こんな父親が小さなころからいてくれたら、あるいは、溝口のような男に心をよせることもなかったのかもしれない。そんなことを七海はふと思う。

「綺麗さっぱり、別れるのがいちばんじゃ」

強い声で源次がいった。

「そうだな。ここはどんな立場であれ、別れるのがいちばんいいと俺も思う。というより、それしか道はない。理屈もへったくれもなく、道はそれしかない。それは七海ちゃんにもわかっていると思うが、俺たちや翔太君の言葉を後押しにして、ここはいい機会ときっぱり。なあ、七海ちゃん」

噛んで含めるような裕三の言葉に、

「はい、でも」と七海は一瞬口ごもり、その言葉に源次がすぐに反応した。

「あの野郎に何か弱みでも握られて脅されてるのか。そんなら、わしの出番じゃねえか。あの野郎のところにいって、足腰立たぬようにしてやってもいいが。何なら背骨をへし折って半身不随にしてやってもよ」

物騒なことをいい出した。本気のように聞こえた。

町内の噂では源次は古武術の達人で、近頃いろいろな所でその技を用いて暴れまくり連戦連勝だと聞いた。そんな源次が溝口のところに乗りこんだら……七海は、ぶるっと体を震わせた。

「いえ、そんなことじゃありません」

慌てて首を左右に振り、

「ただ、半月後に迫った、二回目の歌声喫茶のことです」

押し殺した声を出した。

「歌声喫茶が、何か？」

怪訝な表情を見せる裕三に、

「二回目の歌声喫茶の司会も、溝口さんに頼んであります。ですから、それがすんだら必ず……私なりの筋だけは通したいんです。約束だけはきちんと守りたいんです。それがすめば必ず。ですから、それだけは許してもらえませんか」

七海は二人に向かって深々と頭を下げるが、今いったことは嘘だった。三回目ぐらいまでは司会をお願いしますと寝物語でいった覚えはあるが、先日のあの電話の口振りではこない公算のほうが高かった。

こなければこないで、司会を翔太に頼めば事は収まるはずだったが、七海は溝口にきてほしかった。きてくれた溝口に何を望んでいるのか。七海自身にもわからなかったが、溝口の顔だけでもいいので見たかった。機嫌のいい声を聞きたかった。

「七海ちゃんが、そこまでいうのなら、今回の歌声喫茶のときまでは保留にしよう。七海ちゃんには七海ちゃんの決心のしようがあるだろうから」

裕三がこういって、源次も渋々これに同意した。

「しかしよ。何だって七海ちゃんは、あんなしょぼくれた中年男と――いったい、あの男のどこが気にいってよ」

唇を尖らせて源次がいった。

「あの、それは父親代りというか。私はずっと母一人子一人の暮しだったから。それで、その、溝口さんに」

つかえつかえ、いった。

「父親代りなら、わしたちがいるじゃねえか。なあ、裕さん」

「もちろん、そうだ。特に俺は七海ちゃんを実の子のように思っているさ」

妙に真剣な顔つきで裕三はいうが、何をいおうが、所詮は実の子のよう。そういうことなのだ。

「お二人が親身になってくれてるのはわかりますけど、あまりに身近すぎて、どう、あまえていいのか見当もつきません。そこへいくと、溝口さんはよその人ですから、恥も外聞もなくあまえることができますから」

視線を落していった。

「あまえたかったのか、七海ちゃんは父親に。要するに、ファザコンなのか――」

源次がそこまでいったとき、ふいに裕三がよく通る声を出した。

「あの溝口という男。先月連れてきた、堀北忍という若い新人歌手とも関係があるように見えたが」

「あっ」と七海は胸のなかで驚きの声をあげた。

あの新人歌手と溝口が……そういわれてみれば、そんな雰囲気が確かにあった。つまり、溝口は七海の体に飽きて、忍の新鮮な体に乗り換えたともいえた。七海の目の前がすうっと暗くなった。悲しかった。淋しかった。腹が立った。それでも七海は溝口が好きだった。


二回目の歌声喫茶の会が迫っていた。

溝口にどう司会役を頼んだらいいのか考えあぐねていると、夜になって当の溝口のほうから七海のケータイに電話があった。店を閉める直前だった。

「あっ溝口さん。先月はお世話になり、本当にありがとうございました。実はこちらから電話をしなければと思っていたところで、ちょうどよかったです。実は今回の司会も溝口さんにお頼みしようと」

上ずった声で一気にいった。一気にいわないと言葉が逃げていってしまう気がした。怒鳴るような声で七海は溝口に向かって喋《しゃべ》った。

「今度の歌声喫茶の司会か——その件は後で話すとして。いったい、あの五十嵐翔太という小僧は、お前の何なんだ。会社に乗りこんできて、偉そうに意見じみた説教を俺にしていったが」

嘲笑《ちょうしょう》するようにいった。

「翔太君が！」

驚きの声をあげる七海に、

「小泉レコードからの代理と受付でいわれれば、出ないわけにはいかねえから、下のロビーまで降りていったが」

溝口はそういって、翔太とのあれこれの一部始終を七海に話し出した。

ロビーに降りた溝口は社内ではまずいと咄嗟《とっさ》に思い、翔太を近所の喫茶店に誘った。

コーヒーを前に奥の席に陣取った溝口は、強い口調でこういった。

「小泉レコードの代理と聞いたが、お前はいったい七海の何なのだ」

これに対し翔太は自分の名前と身分、住んでいるのが七海の家の近所だといい、

「僕は七海さんの、いちばんのファンです」

こんな言葉を口にしたという。

「ファンなあ。その七海のファンの翔太君が、いったい俺に何の用なんだ。小泉レコードの名前まで騙《かた》って俺に会いにくるとはよ。それともこれは、七海の差し金なのか」

「七海さんは関係ありません。すべては僕の一存でやってきました。溝口さんに頼み事があって」

声を張りあげる翔太を前に、溝口はいうにいわれぬ優越感を覚えた。要するにこいつは七海が好きなのだ。そうであれば、頼み事の内容は容易に想像できた。この小僧は自分と七海の関係を知って、それを解消してほしいと頼みにきたのだ。七海が俺に抱かれるのが我慢ならないのだ。

「それで、七海のファンの翔太君の頼み事というのは、どんなものなんだ」

余裕を持って訊いてみた。

「七海さんと別れてください。お願いします」

こういって、翔太は頭を思いきり下げたという。

「別れてくれって、いったいお前はどこまで知ってるんだ」

「お盆の夜、溝口さんと七海さんが暗い路地で抱きあっているのを見ました」

低い声でいう翔太の顔を見ながら、

「なるほど、そういうことか」

と溝口は納得する。

「つまり、お前は、七海が自分以外の人間とやるのが我慢ならない。だから別れてほしい。そういっているわけだな。お前と七海はそういう関係なんだな」

そんなことはないだろうと思いつつ、溝口はカマをかけてみた。

「僕と七海さんはそんな関係じゃありません。それは七海さんに対して失礼すぎる言葉です」

想像した通りの言葉が返ってきた。

こいつは七海に対して片思いをしているのだ。それも熱烈な片思いだ。このとき溝口の胸に残忍な思いが湧いた。この真直ぐで一途な若者をいたぶりたい。打ちのめしてやりたい。そんな気持に襲われた。

「そういうことなら、翔太君は七海の裸の体を見たことがないんだな。じゃあ、特別に詳細を教えてやるよ」

いったとたん、翔太の体がぴくりと震えるのがわかった。

「あいつはスタイルがいいが、スタイルがいいということは痩せっぽちだということだ。その分、オッパイも小さく尻も小さい。つまり子供のような体だということだ」

翔太が拳を握りしめるのがわかったが、この拳は俺を殴るためのものではない。耐えるためのものだ。

「だが、子供の体にしてはあそこの吸いつきもよく、濡れ具合も驚くほどだ。まあ、それだけ俺に惚れているということだけどな。知ってるか翔太君、女は惚れた男の要求なら、どんな恥ずかしいことでもする。たとえば――」

といったところで、翔太が両の拳でテーブルをどんと叩いた。

「やめてください。僕はそんな話が聞きたくてここにきたわけじゃない。僕は人として人間として、七海さんと別れてくださいと溝口さんに頼みにきただけです。ちゃんとした、大人の分別を見せてくださいといいにきたんです」

翔太の顔は蒼白《そうはく》に変っていたという。

「大人の分別なあ」

溝口は鼻で嗤《わら》うようにいい、

「お前なあ、ひとつ間違えてほしくないのは惚れてるのは七海のほうで、俺は七海のことなど何とも思っちゃいないということだ。それを承知で別れてくれっていってるのか。抱かれたがっているのは七海のほうで、俺じゃねえ。そこんところを、わかっていっているのか、純情青少年よ」

言葉を楽しむように、ゆっくりといった。本当のことだった。

「わかっています。ですから、七海さんから連絡があっても無視してほしいんです。

相手にしなければ、七海さんも諦めるより仕方がないはずですから」

必死の思いが翔太の顔には見られた。

「なるほどな、よくわかった。お前のいっていることは正しい。青臭い若者にしかいえないことだが、正しいことに間違いない。だが、世の中、正しいことがまかり通るとは限らん。というより、そんなことは通らないというのが、この世の中というもんだ」

必死の形相の翔太の顔を薄ら笑いを浮べて凝視してから、

「別れないといったら、どうする。純情青少年さんよ」

溝口は顔中を笑いにしていった。

「こんなことは本当はしたくありませんが、溝口さんの家族とレコード会社のほうにすべてを話して、判断をあおぎます」

初めて溝口の胸が騒ぎ出した。

「それは……」

狼狽《ろうばい》の声が出た。

「家族と会社に話すというが、何かそれを証拠立てる物はあるのか。こっちは七海に惚れまくった、ストーカー小僧の戯言《ざれごと》だと反論もできるがよ」

「微に入り細を穿《うが》って七海さんに証言してもらえば、周囲に納得はしてもらえると信じていますが」

翔太の言葉に溝口は唸《うな》った。

あの七海がそんな証言をするとは考えられないが。それにしてもこの、クソ小僧。

溝口の胸に突然怒りのようなものが湧きおこった。翔太が憎らしかった。

「いちおう、よく考えてみるよ」

吐き出すようにいった。

「いちおうでは困ります。きちんと真面目に考えて、別れるという結論を出してもらわないと。このままでは、七海さんが壊れてしまいます。七海さんが」

突然、翔太が悲痛な声をあげた。

同時に椅子から転げるように降り、溝口の前に正座して額を床にこすりつけた。

翔太は溝口に土下座して懇願した。

立場がまた逆転した。

「きちんと真面目に考えてやってもいい――その代り、お前。そのまま俺の靴を舐《な》めてみるか。さっき、トイレに行ってきたばかりだけどよ。舐めれば真面目に考えてやるぞ」

怒りをこめた目で正座している翔太の姿を見た。

翔太がもぞっと動いた。正座したまま、溝口の靴に近づいた。

「それで、本当に七海さんを解放してくれるのなら、やります」

くぐもった声が聞こえた。

翔太は溝口の靴に唇を押しつけた。

溝口の長い話は終った。

七海は声も出なかった。

あの子が溝口の靴を……衝撃だった。自分のために翔太がそんなことを。すまないと思った。ありがたいと思った。申しわけないと思った。目の奥が潤んだ。でも、自分は……でも自分は。

「七海、お前。まさか俺を売るようなまねはしねえよな。いくら別れるかもしれんからといって、一度はお互い心から愛しあった俺をよ。そんなまねは金輪際しねえよな」

怒鳴るように溝口はいった。

「あっ、はい、そんなことは私――」

七海は咄嗟に口に出す。

「それから今度の歌声喫茶の司会の件だが、持ちこんだ堀北忍のＣＤを全部買い取ってくれるなら、やってもいいが。二百枚ほどだけどな」

とんでもないことをいい出した。

「二百枚って、そんなお金……」

絶望的な声を七海は出す。

「なければつくれ。それから、もし俺と別れたくなかったら、これまでのように持ちこむCDは全部買いとること。そうしてくれれば、別れずに、その痩せた体を抱いてやるよ」

勝ち誇ったように溝口はいった。

「それを断ったら私をすてて、堀北忍さん一筋ですか」

こんな言葉が口から飛び出した。

「気がついてたのか……まあ、そういうことだな。返事は今じゃなくてもいい、といっても歌声喫茶の会も迫っているし、一両日中に決めて電話をくれ。いい返事なら、スケジュールは空けておくからな」

その言葉を最後に電話は切れた。

七海はその場にうずくまった。

何もかもが理不尽だった。

自分が情けなかった。

女の体が憎かった。

「七海さん」

そのとき、誰かの声が響いた。

顔をあげると、心配そうな表情で翔太が立っていた。

「いつから、いたの」

湿った声でいった。

「七海さんが溝口の電話に出た、すぐのときから」

ということは、すべての会話を聞かれていたということだ。頭のいい翔太のことだ。七海の受け答えだけで、電話の内容は把握したに違いない。

「駄目ですね、あの男は」

静かすぎるほどの声で翔太はいった。

この子のいう通り、あいつは駄目男だ。今度ばかりは身にしみてわかった。七海にとっていちばんのショックは、堀北忍のことだった。あまりにも酷すぎた。そして、翔太が溝口の靴を舐めた件……あれも衝撃だった。ひょっとしたら、今なら別れることが。だけど、もうひとつ何かが欲しかった。この心の空《むな》しさを埋めてくれる何かが。

「立ってください、七海さん。座りこんでいてもしようがない」

七海の両脇に両手を入れ、渾身の力で翔太は七海を立ちあがらせた。

翔太の顔がすぐ前にあった。

自分のために溝口の靴まで舐めた翔太の顔が。

ふいに愛しさが湧いた。

何もかも翔太にぶつけたかった。

「翔太君、私を抱いて」

口から、ほとばしり出た。

翔太にしがみついた。

「私を抱いて。私を押し倒して。そうすれば、あの駄目男と別れられるかもしれない。私を好きなようにして、翔太君」

しがみついた両腕に力をいれた。

「駄目ですよ、七海さん。そんなこと絶対に駄目です。僕はあの人の代りは、もう嫌です。そんなことをしなくても、七海さんはあの男と別れられるはずです。そんなことをしなくても」

諭《さと》すように翔太はいった。

でも、七海は翔太に抱いてほしかった。

一途な心を持った翔太の体で、自分の体を浄めてほしかった。そうすれば必ず……。

翔太の胸に顔を埋め、七海はいつまでも嗚咽《おえつ》をもらしつづけた。

恋文

奥の小あがりだ。

独り身会のメンバーは、今夜も居酒屋『のんべ』に集まっている。

まずはみんなで乾杯だ。裕三たち、おっさん連はビール、翔太と桐子はウーロン茶である。

「ところで、今夜は何か話があるっていってたけど、どんな面白い話があるの、じっちゃん」

ウーロン茶を一口飲んでから、好奇心一杯の表情で桐子がいった。最初は退屈だと鼻で嗤《わら》っていた桐子だったが、近頃ではどうやら完全に独り身会のメンバーとして溶けこんでしまったようだ。

「実は商店街の一人から、わが推進委員会に対して助けを求める要請が入った。だからこうして、みんなに集まってもらったんだが」

孫の桐子にうながされ、洞口が裕三たちの顔を順番に見回しながらいった。

「商店街の一人って、いったい誰なんですか。私たちのよく知っている相手ですか」

焼き鳥を頰張りながら、川辺がのんびりした声をあげた。

「知っているも何も、俺たちの同級生でもある鈴木貫次《すずきかんじ》だよ」

「ああ、風呂屋をやっている貫ちゃんか。町内のオシドリ夫婦っていわれている……」

ちょっと羨《うらや》ましそうな口振りで源次が声を出す。

「相手が鈴の湯だとすると、これはかなり難しいかもしれんな」

すぐに裕三は声をあげる。

「今、都内からは銭湯がどんどん減っている。原因はほとんどの家に内湯が設けられたことと、入浴料の問題だ。確か一人四百六十円だと思ったが、これはけっこう家計を預る側にしたら痛い金額だ。かといって値段を下げれば銭湯のほうが赤字になって成り立たなくなる。これを打破するためには――」

ちょっと言葉を切ってから、

「どうだ翔太君。得意の頭脳で、何かいいアイデアは出そうだろうか」

裕三は翔太に助けを求めた。

「小堀さんのいうように難しいことは確かです。でも頭を振り絞って何か対応策を……」

と翔太がいいかけたところで、

「違う、違う。鈴の湯は今のところ、ぎりぎりではあるが経営は成り立っているそうだ。貫ちゃんからの頼みはそっちの類《たぐ》いじゃなく、こっちのほうだ」

洞口が握り拳を胸の前で振った。

「やった！」

とたんに桐子が嬉しそうな声をあげて、源次のほうを見た。同時に翔太も何かを期待するような視線を源次に向けた。

「そっちのほうというと、ひょっとして例の白猟会の連中か」

重い口調で裕三はいう。

「そうだ。その白猟会の連中が近頃、鈴の湯に入りびたっているらしく、客が激減していて困っているという。これを何とかできないものかと相談を受けたんだが」

「入りびたっているだけでは、警察にいっても、すぐには動いてくれないでしょうね。何か具体的な事件がおきないと」

川辺が、もごもごと焼き鳥を嚙《か》みしめながら声を出す。

「でも、何だって隣町の半グレ集団が、ここの商店街にまで手を伸ばしてくるのよ。それが私にはわからないんだけど」

桐子が手にしているのは、たっぷりと辛子を塗った串カツだ。

「原因の全部とはいえねえだろうけど、山城組の姐さんに白猟会の頭《かしら》がご執心《しゅうしん》なんだそうじゃ。そういった経緯《いきさつ》やら忖度《そんたく》やらが、いろいろと重なってよ」

ちびりと源次はビールを飲む。

「冴子さんに！」

ちゃんと名前を憶えている。

「あの人、顔は普通なのに、やけに目立っているというか輝いているというか、変な魅力が……」

いってから、桐子は急にしょげた。

そんな桐子の様子を横目で見ながら、洞口が『鈴の湯』の状況を話し出した。

白猟会が鈴の湯に姿を見せ始めたのは、半月ほど前からのことだという。
三、四人でやってきて、まずは普通に湯に入る。これはいいとしても、問題は連中が体に入れている入墨だ。どこの銭湯にも「入墨お断り」の札がかかっているが、連中はこれを完全に無視。貫次がそれを注意すると、こう反論してきたそうだ。
「これはオシャレのためにやっているタトゥで、入墨なんかじゃねえ。それが証拠に背中にゃ入れてねえだろうが」

貫次にいわせれば入墨もタトウも同じように思えるが、確かに連中の背中に墨の痕《あと》はなく、入っているのは腕やら肩先だけ。それも、訳のわからない形をしたものが多かった。

「これで入墨お断りっていうなら、火傷をした人間もお断りになっちまうよな。そうなったら、人権蹂躙《じゅうりん》ってことになるんじゃねえのか」

連中はこんな理屈を口にして凄《すご》み、貫次はそれ以上の追及を諦めた。

さらに大きな問題はこのあとだった。

湯から出た連中は脱衣所で車座になり、パンツ一枚の姿で酒盛を始めるのだ。人相の悪い、タトウを入れた連中がいつまでも酒を飲んでいれば、人はそれを避ける。かといって、脱衣所には湯上がりに飲んでもらうためのビールも置いてあるので文句もいえない。結果的に客は激減し、鈴の湯は連中の溜《たま》り場と化すことに。これを何とかできないかと、貫次は推進委員会に相談してきたのだ。

「いよいよ、隣町の半グレと独り身会の決戦じゃんね。すごいことになるね、じっちゃん」

洞口の話が終ったとたん、しょげていた桐子がはしゃいだ声をあげた。

「無責任なことをいうんじゃない。白猟会はこれまでの単なる乱暴者たちとは違う。何といっても半グレだ。物騒極まりない連中だ」

洞口が桐子をたしなめる。

「半グレったって、こっちには源ジイがいるじゃない」

「白猟会の人数は四十人ほどもいるといわれている。それに較べてこっちは源ジイ一人――それに連中はナイフなどの凶器はもちろんのこと、日本刀ぐらいは持ち出してくるかもしれん」

「日本刀……」

ぶるっと桐子は体を震わす。

「それに、白猟会のバックには、ヤクザがついているともいわれています」

川辺の低すぎるほどの声に、洞口も重い声で答える。

「そうだな。慎重な上にも慎重にな。まあ、いざとなったら警察のほうにも相談して、介入してもらうつもりでいるけどな」

「じゃあ、何はともあれ、みんなで貫ちゃんのところに押しかけて話を聞いてみないといけないですね」

川辺がみんなの顔を見回していうと、

「ところがだな。どういうわけか、貫ちゃんは理論派の裕さんと、武闘派の源ジイの二人だけにきてほしいといっている」

洞口が頭を振りながらいった。

みんなの顔に、ぽかんとした表情が浮んだ。呆気にとられた顔だ。

「何でよ」と、桐子が唇を尖らせる。

「わからん。俺も理由を訊いてみたんだが、くるのは二人だけで、詳細はあとで裕さんと源ジイから聞いてくれって」

一瞬、静寂が周囲をつつみこんだ。

「翔太君、なぜだか推測できるか」

ふいに裕三が声をあげた。こういう場合は翔太の意見を聞くに限る。

「間違ってるかもしれませんが」

と翔太は前置きを口にしてから、あとをつづける。

「多分、みなさんに話すには、ちょっと気がひけるというか恥ずかしいというか。そんな話だと思います。つまり話は二つあって、ひとつは白猟会の件、もうひとつは、女性関連のことのような気がします」

「女性関連って――貫ちゃんは昔も今も、それこそ奥さんの美奈子《みなこ》さん一筋で、浮気をするような人間なんかじゃ絶対にないはずだが」

独り言のように、洞口が口に出す。

「それなら、話はその奥さんに関わることですよ」

翔太の言葉におっさん連中は首を傾げ、すぐに洞口が声をあげる。

「奥さんの美奈子さんは俺たちより一年先輩の姉さん女房で、貫ちゃんは小中学校はむろん、高校も同じところへ行ったんじゃなかったのか。確か中学に入学したときから一つ上の美奈子さんに熱をあげて、そのために同じ高校を受験したように記憶しているが」

言葉を切って、みんなを見回す。

「とにかく貫ちゃんは美奈子さんが好きで好きで。そして、とうとう美奈子さんを射止めて、めでたく結婚。仲の良さはかなり有名で、いまだに源ジイがいったように相思相愛の、オシドリ夫婦で通っていたはずだけどな」

おっさん連中が一斉にうなずく。

「美奈子ちゃんは、いい子ですよ。サラリーマン家庭の子でしたが私の家のすぐそばに住んでましたから、よく知ってます。素直で明るくて、気が利いてて、その上」

川辺はちらっとみんなの顔に目をやり、

「可愛いんです。目が大きくて丸顔で、顎《あご》だけが少し尖っていて。当時からクラスの人気者で、よくモテたはずです——ちなみに、当時の名前は市原《いちはら》美奈子ちゃんです」

ちょっと得意げにいった。

「貫ちゃんは、その可愛さに心を奪われたんだろうな。なかなか羨ましい限りだが、そんな二人の間に何か事件でもおこったんだろうか」

洞口が低い声でいい、

「まあ、いくら仲のいい二人でも夫婦である以上、何らかの摩擦は避けられないのは事実だろうから」

小さくうなずいたところで、翔太が声をあげた。

「あの、さっきいったことは単なる推測ですから、そんなに真剣に考えてもらわなくても……」

きまり悪そうにいった。

「東大現役合格確実の翔太君が、何をいってるんですか。中《あた》らずと雖《いえど》も遠からず――私はそう思っています」

川辺がおだてるようなことをいった。

「いずれにしても、近いうちに俺と源ジイが貫ちゃんに会って話を聞いてくれれば、すべてがわかることだから。それまでは妙な憶測や噂は慎むということで」

裕三は釘を刺すようにいってから、川辺の顔をじろりと睨《にら》んだ。

「何だか私たちに似ているみたい」

突然桐子が素頓狂《すっとんきょう》な声を出した。

「同じ小学校で同じ中学校で、同じ高校。何だか私と翔太みたいじゃん。美奈子さんて、私にそっくり」

桐子はしたり顔でいってから、

「じっちゃん。今夜は冷えそうだから、モツ鍋でも頼もうよ」

これも機嫌よくいった。

大きな煙突が、そそり立っている。

「いつ見ても、でかいなあ。しかし、子供のころはもっと、でかく感じたよな」

昔を思い出したかのような裕三の言葉に、

「子供のころは、天まで届くような煙突に見えて、見上げているだけで胸がワクワクしたなあ。この町の象徴みたいなもんじゃからな」

両目を細めて源次がいう。

「この町の象徴であり、昭和の象徴でもあるな。だからこそ、こういう風景はこれからもずっと残ってほしい。客が減っているさなか、奥さんと二人で頑張っている貫ちゃんには、まったく頭が下がる思いだ。何たって貫ちゃんは俺たちと同い年、決して若くはないからな」

しみじみとした調子で裕三はいう。

「銭湯ってえのは、けっこうな肉体労働じゃからな」

源次がぽつりといい、二人は連れ立って鈴の湯と書かれた暖簾《のれん》をくぐり、男湯の引戸を開ける。

「いらっしゃい」

番台の上から威勢のいい声がかかる。

噂の美奈子だ。裕三たちより一つ上の六十六歳なのだが、丸顔で大きな目が特徴の美奈子はまだ充分に可愛らしく、年よりも十歳以上若く見えた。

「あっ、小堀さんに源次さん、ご苦労様。忙しいときに呼び出したりして、すみません。うちの人は今、釜場のほうにいますから、申しわけないですけど、そっちのほうへ」

顔中を笑いにしながらいった。

「わかりました」と裕三はいい、二人は引戸を閉めて裏手にある釜場に向かう。

「相変らず、美奈子さんは若くて可愛いな。愛敬《あいきょう》もあるし」

裕三が軽口を叩くようにいうと、

「でもよ、可愛げはねえけど、美人度を較べたら恵子ちゃんのほうがやっぱり上じゃな。俺は断然そう思うぞ」

きっぱりした調子で源次はいって、何度もうなずいている。やはり源次にしたら、女性のナンバーワンは恵子。そういうことになるのだ。そんな話をしながら、釜場の戸を開け、なかに踏みこむと熱気がわっと顔に押しよせる。

「おう、裕さんに源ジイ。忙しいところをすまねえな、呼び立てたりしてよ」

大きな釜の前に陣取って、木材を投げ入れていた貫次が二人を迎えた。裕三と源次は近くにあった古いパイプ椅子を持ってきて、貫次の前に腰をおろす。

「やっぱり、燃料は廃材なんだな。手間がかかるだろうな」

裕三が労《いたわ》るようにいうと、

「重油を燃やせば手間入らずになるんだが、かなりのコスト高になるからよ。そんなものを使ってるのはスーパー銭湯ぐれえで、今時の風呂屋はみんな、なるべくコストを押えた廃材だよ、大変だよ。それでも青息吐息《あおいきといき》なんだからよ」

首を振りながら貫次がいう。

「何にしても、やめねえで商売をつづけてくれてるってのは有難い話じゃ。ここで貫ちゃんに店を閉められたら、それこそ、この商店街の火が消えたも同然になっちまうからよ。何とか頑張ってよ、これからもよ」

励ますように源次がいう。

「まあ、俺と美奈子の体のつづく限りな」

愛想よくいう貫次に、

「息子さんは、やっぱり跡を継いでくれる気はないのか」

裕三は鈴の湯の将来に水を向ける。

「会社勤めで、すでに外で所帯を持ってるからよ。今のところは望み薄だな。といっても俺はまだ、希望はすててねえけどよ」

頼もしい言葉を口にしてから、貫次は単刀直入に訊いてきた。

「ところで、修ちゃんから話は聞いてくれたとは思うけど――どうだ源ジイ。おめえ格闘技たら古武術たらをやっていて、相当の強さだという噂だが。その技を使って、あの馬鹿どもを何とかできねえもんかね」

その言葉に裕三がすぐに反応した。

「貫ちゃん、源ジイの強さを、いったい誰から聞いたんだ」

大きな疑問だった。これまで源次は人前で表立った強さを見せてはいない。暴れてはいるけど、人目をはばかった地味な行動に徹していたはずだ。

「飲み屋の前で相手を気絶させたり、腕の骨を折ったり、半グレたちの目の前で、ビール瓶の首を飛ばしたり。そんな噂が商店街に、けっこう飛びかってるから、誰でも知ってるんじゃねえのか」

貫次の言葉に裕三は胸の奥で「あっ」と叫び声をあげる。見るべき人間はやはり見ているのだ。そして、見られていないと思っていても、誰かはそれを見ているのだ。

「源ジイの用いる技は、鬼一法眼流《きいちほうげんりゅう》という古武術の一種だ。源ジイは高校生のとき、番を張ってたから、そういった格闘技も必要だったんだ。なあ、源ジイ」

忍者だとわからなければ、それでいい。源次は格闘技の猛者《もさ》――それで押し通せば問題は何もない。それに、こうなってくると、もっと派手な動きを源次がしても筋は通ることになる。

「おう、番を張るってのは命がけの事じゃからな。何か技を習得してねえと、命がいくつあっても足りなくなるからよ」

裕三の言葉に源次も口裏を合せる。

「それは頼もしい。ということは、あの馬鹿どもは何とかなるってことなのか」

貫次の声に、ほっとしたものが混じる。

「何とかするよ。少なくとも、この鈴の湯に迷惑がかからねえようにして、そいつらを叩きのめしてやるよ」

はっきりいった。

「そうか、よろしく頼むよ。何しろうちは、か弱い年寄りが二人きりだからよ。それなら馬鹿どもが顔を出したらケータイに電話を入れるから、番号の交換をしてくれるか」

三人は、それぞれのケータイの番号を交換する。

「で、その件の話は一段落ということで、次は奥さんに関わる話だな」

カマをかけるように裕三がいったとたん、貫次の顔に怪訝《けげん》な表情が広がった。

「何でそんなことがわかるんだ。俺は美奈子のことだなんて、一言も口に出してねえはずだが」

驚いた口調でいった。

「推進委員会には、五十嵐翔太っていう天才がいてな。その翔太君が、すらすらと絵解きをしてくれたよ」

「五十嵐翔太って東大現役合格、間違いなしっていわれている、あの高校生のことか」

翔太はけっこう有名人である。

「そうだよ、その翔太君だよ」

裕三は絵解きのいきさつを、ざっと貫次に話して聞かす。

「そうか、そこまでお見通しなら――」

といって貫次は美奈子のことを話し出した。

事の起こりは一カ月ほど前に行われた、美奈子の中学校の同窓会だったという。

十五年振りの同窓会ということで、いつになくめかしこんで出かけた美奈子は、その夜遅く上機嫌で帰ってきた。それはそれでけっこうなことなのだが――。

「実は、その上機嫌が、いまだにつづいているんだ」

心配そうな口振りで貫次はいった。

「上機嫌って、どんな類いの上機嫌なんだ」

「一言でいえば、にやけてるんだ。急に思い出し笑いをしたり、そっと鏡を覗《のぞ》きこんだり、化粧が前より濃くなったり……これって、どう考えてもよ」

貫次の顔が泣き出しそうなものに変った。

「同窓会で、何かがあったってことかよ」

源次がずばっといった。

「さあ、そこのところだ。何かがあったのか、どうなのか。それを考えると俺は、心臓がぎゅっと縮むような息苦しさがよ。何たって俺は、あいつにべた惚れだからよ、それでよ」

哀願《あいがん》するような口調だった。

「だから、理論派の裕さんにきてもらったんだ。これをいったいどう考えたらいいのか。この先、どんな態度をとったらいいのか。それを考えてほしくてよ。武闘派の源ジイではわからねえだろうからよ」

正直な言葉に聞こえた。

「それは――」

裕三が考えをまとめようとしていると、母屋につづく内扉がいきなり開いた。

顔を覗かせたのは話の主《ぬし》の美奈子だ。

「あなた、きた。また、あいつらがやってきて、今、風呂場に入っていった」

途切れ途切れにいった。心なしか顔も蒼《あお》ざめている。

「源ジイ！」

貫次が叫んだ。

「わかった。何とかする」

「今日は四人。親分格らしい、偉そうな男も一緒だよ」

美奈子が早口でつけ加えた。

白猟会の頭が現れた。

裕三の胸が早鐘《はやがね》を打つように鳴り響いた。

隣の源次を見ると、何となく様子が変だった。いつもの落ちつきが見られなかった。顔が少し歪《ゆが》んでいるようにも……。

「行こうか」

ぼそりと源次がいった。

松ぼっくりのような両の拳を、ぎゅっと握りしめるのがわかった。大きく深呼吸をした。

やはり、落ちつきがないように見えた。


「どうする、やつらが出てくるのをここで待つか、源ジイ」

釜場の内扉から脱衣所に戻った裕三は、源次に訊《たず》ねる。

傍らには貫次も立っていて、心配そうな面持ちで二人を窺《うかが》っている。

「いっそ、風呂場のなかに入るか」

低い声で源次はいい、

「ここだと凶器を持っていた場合、脱衣籠からそれを取り出すってことも考えられるが、風呂場ならそんなことはねえからよ」

筋の通ったことを口にした。

「それに、風呂場なら同じ湯船に浸かって、白猟会の頭と話し合いができるかもしれん。そうなりゃ、無益な殴り合いは避けられるかもしれんからよ」

今度は源次らしからぬ言葉が出てきた。

あの暴れたがっていた源次が、話し合いという言葉を出したのだ。やっぱり変だった。どう考えてもいつもの源次とは違う。どこか、体の調子が……。

「源ジイ、お前。体の具合でも悪いんじゃないのか。何となく顔色も悪いような気がするし、大丈夫か」

思わず裕三が声をあげると、

「病気なのか源ジイ。それなら今日は無理なんかせんでも。どうせ、しょっちゅう顔を見せるやつらだから、別の日にしたって」

心配そうな口振りで貫次がいった。

「大丈夫じゃよ、ちょっと熱っぽいだけじゃからよ。ひとっ風呂浴びれば、よくなるさ。それに、ちょうど頭がきてるっていうんだから、これを逃す手はねえからな」

源次は大きく息を吐いた。

「そこまでいうのなら……しかし、源ジイ、本当にお前、大丈夫なんだろうな。貫ちゃんがいったように、やつらはしょっちゅう、ここにくるんだから」

困惑ぎみに裕三はいう。

「大丈夫だ、わしは不死身じゃから」

源次はにまっと笑い、脱衣棚の前に歩いて服を脱ぎはじめた。裕三も慌てて隣に立って上衣に手をかける。

「裕さんも行くのか」

「当たり前だろ。源ジイ一人を死なすわけにはいかんからな。死ぬときは一緒だ。もっとも俺は弱いから戦力にはならんがな」

「死ぬときは一緒ってか――ありがてえな」

源次は掌《てのひら》で顔をつるっとなでてからパンツを脱ぎ、自分の下腹部を覗きこむように見た。

そして、妙なことをやり出した。四股を踏むように足を開き、右手を伸ばして股間をぎゅっと握りこんだ。そのまま腰をぐるぐる回しながら、右手で股間をこねるような仕草をしている。

「おい源ジイ、お前いったい何をやってるんだ。妙な手つきで」

周りを窺いながら、裕三は小さな声でいう。

源次の動きはどう見ても卑猥《ひわい》そのもの。これではまるで変態オヤジだ。傍らを見ると貫次が、見てはいけない物でも見るような表情で源次の仕草を窺っている。股間にあてた源次の掌は徐々に小さく丸まっていき、

「ひょいっ」と妙な声が口からあがった。

同時に切なそうな吐息を源次はもらした。

「おい、源ジイ。お前、こんなところで、何をやらかしてんだ」

周りをきょろきょろ見ながら裕三は、おろおろ声をあげる。脱衣所には数人の客がいて、薄笑いを浮べながら源次の様子を見ている。

「うろたえるな、ちゃんとした術じゃ」

厳《おごそ》かな声で源次はいった。

「金玉を下腹に押しこんだんじゃ。素裸で乱戦になって股間に何かが少しでもあたったら、いかにわしでも身動きがとれんようになる。だから、玉をしまいこんだんじゃ」

理路整然といった。いわれてみればもっともな話だが、それにしても。

「そんなことができるのか。玉を下腹に押しこむことなど」

呆気にとられた思いで源次の股間を改めて見てみると、なるほど玉がない。その分、全体が小さくなり、何となく子供の股間のようにも見える。

「そういうことじゃから、準備万端でそろそろ行こうかいね——貫ちゃんは、そのま

まの格好で隅《すみ》にいてくれればいいからよ」

裕三と源次は貫次からタオルと石鹼《せっけん》を借りて、浴場のほうに向かった。浴場のなかに入ると湯気と熱気がわっと三人の顔に押しよせた。浴場のなかを透かして見ると、人相の悪い連中が四人ほど、あちこちの湯に浸かっていた。普通の客の姿は一人も見当たらない。

「これなら、ちょうどいいな。源ジイ」

隣の源次にささやきかけると、

「そうじゃの」という声の調子が変だった。

思わず顔を覗きこむと、顔が汗びっしょりだった。いくら浴場のなかといっても汗だくになるのは早すぎる。傍らの貫次を見ると、同じように心配そうな表情だ。

「貫ちゃん、頭はどいつじゃ」

源次が低い声でいった。

「奥の薬湯に浸かっている二人のうちの、体が大きいほうがそうだ」

源次の様子を気遣ってか、貫次は遠慮ぎみに答えた。その薬湯に裕三が目をやると、髪を赤く染めた小さいほうの男が頭らしき男に何か耳打ちしているのが見えた。

どうやらこの男、裕三と源次のことを知っているようだ。ひょっとしたら、以前、源次に痛い目にあわされた連中の一人なのかもしれない。そいつが耳打ちしてるということは——。

「行ってくるか」

苦しそうに源次はいい、かかり湯で前を洗ってから、薬湯に向かって歩いていった。裕三も慌ててそれを追う。貫次はそのまま入口に突っ立っている。

薬湯の前で源次は止まり、仁王立ちになって白猟会の頭らしき男を睨めつける。

とたんに男の顔に嘲笑《ちょうしょう》が浮んだ。

「ちっせえなあ」

男の視線は源次の股間に釘づけだ。

「背もちんちくりんだが、あそこはもっと、ちんちくりんだな」

源次の顔が赤くなった。

「で、何もかもが、ちっせえおっさん。俺に何か用でもあるのか」

余裕綽々《しゃくしゃく》の声でいった。

「ちと、話がの——」

いうなり、源次は薬湯のなかに入っていった。裕三も後につづいて湯のなかに入るが、胸は早鐘を打ったように鳴り響いている。正直いって怖かった。

この頭らしき男。顔が尋常ではなかった。

目も鼻も口も人並以上に大きくて、目立っていた。が、それが問題ではない。尋常でないのは雰囲気だ。冷たかった。剃刀《かみそり》の刃を連想させた。脆《もろ》いがゆえに危うかった。

「あんた、名前はなんていうんじゃ」

湯船に浸かりながら源次がいった。

「てめえの名前を先にいったら、どうだ。ちっせえおっさん」

「そりゃあ、悪かったの。わしは羽生源次といって、鍼灸師じゃ」

丁寧に源次は答えた。

「菱川尽《ひしかわじん》だ。何もかもが尽きてなくなるという名前らしいが……仕事はそうだな」

菱川はちょっと考えてから、

「死刑予備軍だな」

吐き出すようにいった。

「そりゃあ、大そうな仕事じゃが、そんな大そうな男が、あっちこっちに嫌がらせをして面白いかいね」

源次の言葉が終るか終らないうちに、

「やったれや」

赤毛の男に顎をしゃくった。

「出ろ、クソオヤジ」

すぐに男は立ちあがり、湯船の外に飛び出た。

「人の話も聞かねえ、馬鹿野郎か」

菱川の顔にぶつけるようにいい、ゆっくりと源次も湯船を出て、赤毛の男の前に立った。男の顔は蒼白《そうはく》だ。源次の強さを知っている様子だ。男の後ろに大きな湯船に浸かっていた二人がつめてきた。

赤毛の男はへっぴり腰で源次に近づき、蹴りを放った。金的蹴りだ。これがどういうわけかみごとに決まった。が、玉なしの源次は倒れない。赤毛の男の顔に、とまどいが浮ぶ。がむしゃらにつっこんだ。左右のパンチを源次の顔にあびせた。

これもすべてヒットした。

いつもの殴らせる戦法かと裕三は最初、そう思ったが、どうやらそうでは……殴らせているのではなく、源次は殴られているのだ。体がいうことをきかないのだ。何とか耐えているだけで精一杯。それでも源次は倒れもせずに立っている。必死で我慢している。立ちつくしている。

「何だ、そのザマは」

菱川が吼《ほ》えた。

後ろから見ている菱川には、赤毛の男の攻撃を源次が平気で受けとめているように見えたらしい。

菱川が湯船のなかで立ちあがった。大きかった。背は二メートル近くあるようだった。横幅も太く、がっちりした体格はレスラー並に見えた。巨大だった。その巨大な体が湯船を出て、小さな源次の後ろに立った。大人と子供というよりは、大人と幼稚園児のようだ。

ゆっくりと源次が振り向いた。

大きな手が源次の顔面を襲った。

平手打ちだった。一発で源次は吹っ飛んだ。タイルの上に転がった。脳震盪《のうしんとう》でもおこしたのか、源次はさかんに頭を左右に振っている。それでも両手をついて、何とか起きあがった。近づいた菱川と向き合った。

菱川の両手が源次の首と股の間に入った。軽々と源次の体を担ぎあげ、両腕を伸ばして頭の上に持ちあげた。

そのまま、いちばん大きな湯船のなかに叩きこんだ。高い飛沫《しぶき》があがり、ぶくぶくと沈んだ。すぐに源次の体は浮きあがってきたが、必死になってもがいている。手足をばたつかせている。初めて見る、源次の死物狂いの姿だった。

「帰るぞ」

菱川が怒鳴った。

後ろも見ずに菱川は戸口に向かった。すぐに残りの三人もそれに従う。

「源ジイ！」

裕三は湯船に飛びこみ、源次の体を抱きとめた。源次がしがみついてきた。熱い湯のなかで、小さな体が小刻みに震えているのがわかった。


いつもの顔ぶれが揃《そろ》っている。

今夜は洞口の店の『エデン』だ。

「源ジイ、もう大丈夫なの。本当に大丈夫なの」

桐子が今まで聞いたこともないような、優しい声を出して源次を見た。

「大丈夫じゃ。もう何ともねえ」

ぼそりと源次はいい、テーブルの上のカップに手を伸ばしてコーヒーをすすった。

「あの夜は大丈夫だったのか、ちゃんと眠れたのか」

念を押すように裕三が訊くと、

「ちゃんと眠れた。発作はあれで治まった」

神妙な顔で源次は答えた。

あのとき――。

裕三は貫次と二人で湯船から源次を引きあげ、浴場のタイルの上に寝かせた。源次はすぐに体を横向きにし、背中を丸めて膝を抱えこむような姿勢をとった。

「いつもの発作だ。しばらくこうしてれば、治まるからよ」

そのままの姿で十分ほどが過ぎ、源次は手をタイルにつけて、のろのろと起きあがった。どうやら源次のいう発作は治まったようだが、顔色はまだ悪い。

「申しわけねえ。今日はこれで帰らせてもらうからよ。詳しい話は、また今度するから。じゃから今日はよ」

ゆっくりと立ちあがって脱衣所に向かった。

裕三は貫次に、このことは内密にしておいてほしいと念を押し、源次を送って家まで帰ったのだが……そして、今夜の集まりになった。

「源ジイ。今夜こそは、きちんとした話をしてくれるんだろうな。いったい、何がどうなっているのか。俺たちも源ジイのことは本気になって心配してるんだからよ。何たって幼馴染みなんだからよ」

洞口が嚙んで含めるようにいい、すぐにみんなが同調してうなずいた。

「話すよ。何もかも全部話すよ」

源次が嗄《しわが》れた声を出した。

翔太がごくりと唾を飲みこむのがわかった。

川辺が体を乗り出した。

「実はわし、胃癌《がん》なんじゃよ」

ぽつりといった。

「癌細胞の転移は腹膜《ふくまく》まで進んでいて、こうなると今の医学では何ともよ。つまり、ステージフォーっていうわけじゃ」

「ステージフォーってことは、外科的な手術はもう無理ってことだよな」

掠れた声を裕三は出した。

「そういうことだ、末期癌だよ。あとは抗癌剤による延命治療だけじゃが、わしはそれを拒否した」

はっきりした口調でいった。

「拒否って、なぜ」

川辺が悲鳴のような声をあげた。

「残りわずかな時間を、病院のベッドに縛りつけられて暮すんじゃなく、わしらしい生きかたをしようと思ったからよ」

源次はちょっと言葉をつまらせた。

「医者は余命一年だといった。時間は限られているからな」

周りがしんと静まり返った。

「わしはその日から、わし流の治療をすることにきめたんじゃ」

妙なことを口にした。

「源次さん流の治療って。それって、いったい、どんな」

翔太が体を浮すようにして、叫び声をあげた。

「癌との対話、癌も生き物だからよ――」

ぽつりと源次は口にした。

余命一年と告げられた、その夜から源次は癌細胞と向き合うことを決めたという。

深夜、源次は自宅の治療室にこもって、癌細胞と対峙《たいじ》した。

真暗な治療室のなかに蠟燭《ろうそく》を一本だけ立て、きちんと正座をして印を結ぶ。

「臨、兵、闘、者、皆、陣、烈、在、前……」

唱え終えると、胃の部分に左手をのせ、癌細胞との対話を開始する。左手は癌とのパイプ役だ。

「消えてくれとはいわぬ、共存しようじゃないか。お前がこれ以上増えて、わしが死ねば、お前も死ぬことになる。これでは淋しい限りじゃ。わしも生きて、お前も生きる。これが最善の方法だと思うが、どうじゃろう」

こんな言葉を繰り返して、源次は癌細胞に語りかける。

「わしは、お前を殺す抗癌剤を一切飲まぬ。だからお前も、わしを殺すな。共存じゃ。仲良く一緒に生きようじゃないか」

こんなことも源次は口にしたという。

やり始めたのは去年の暮れだった。

源次は暖房を一切使用せず、凍てついた治療室の板の間に座りつづけた。凍える足もそのままに、源次はひたすら、癌細胞に語りかけた。

そのさなかにも、激痛が体を襲うことがあった。源次はそれでも患部から左手だけは離さず、右手で床を殴りつけながら脂汗を顔に浮べて語りかけた。死の恐怖と闘いながら、癌細胞に訴えた。

あまりの痛さに、右手の指から血が噴き出すほど噛みしめたこともあった。嘔吐《おうと》することもあった。気が遠くなり失神しかけたこともあった。死の恐怖から大声をあげそうになり、顔を殴りつけたこともあった。

怖かった、淋しかった、悲しかった。

周囲は蠟燭一本だけの闇。

闇は無限大につづいていた。

源次は一人きりだった。

心細さに涙がこぼれたこともあると、源次はいった。

体に変化が起きたのは、三カ月ほどがたってからだった。

一日に何回もやってくる激痛の回数が減ってきた。全身を包みこんでくる気怠さも軽くなった。食欲も出てきた。ビールぐらいなら酒も飲めるようになった。死への恐怖も薄らいできた。

「ありがとよ。わしの勝手な願いを聞きいれてくれて、本当に感謝してる。ありがとよ」

語りかけが癌細胞への礼に変った。

それでも時々、癌細胞は暴れて激痛が走ることがある。

それが鈴の湯の一件であり、八代酒店での一件であるといって源次は話を締めくくった。

「癌細胞との話し合いですか。すごいですね。本当にすごいですね。そんなこと、源次さんでないと、できませんね」

上ずった声をあげたのは翔太だ。

心の底から翔太は感動しているようだ。

「それで、癌のほうは小さくなったのか。医者には調べてもらったのか」

洞口がたたみかけるようにいうと、源次は首を左右に振った。

「それをやると、何やら癌細胞への裏切りというか、信頼度がゆらぐというか、失礼というか……そんな思いから、あれから医者へは一度もいってねえな」

と源次がいったとたん、突然桐子が立ちあがって拍手をした。

「えらい、源ジイ、えらい。それでこそ、男の鑑《かがみ》――源ジイの真心は必ず相手の女性にも伝わるはず。私、感動しちゃった。何だか涙が出てきそう」

頓珍漢《とんちんかん》なことを口にした。

「桐ちゃん、癌細胞っていうのは女性なのか」

思わず裕三が声をあげると、

「男に取りつく癌細胞は女。女に取りつく癌細胞は男——これはもう、ずっと昔から人類がこの世に生まれたときから、決まっていること」

淀《よど》みなく桐子は答えた。

「へえっ、そうだったんですか」

川辺が頭を振りながらいう。

「そうに決まってるじゃん。ねえ、源ジイ」

桐子は源次に同意を求める。

「それはまあ、そうなんじゃろうな……」

歯切れの悪い言葉を出した。

「いずれにしても、源ジイの体の変調はわかった。そして源ジイは癌細胞と共存して生きている。当分死ぬことはない。そういうことだな、源ジイ」

裕三は結論じみたことをいって、源次の顔を真直ぐ見た。

「詳細はわからねえが、そろそろ医者のいった余命一年になるけど、俺は今のところ元気に生きている。誰にも通用することじゃねえだろうけど、今のところ、癌細胞は俺の願いを聞いてくれてるようじゃからよ」

こくっとうなずく源次に、

「何にしてもすごい。やっぱりおめえは、やることが違う」

感心したように洞口がいった。

「だけどよ。もし貫ちゃんところのように、暴れている最中に発作がおきれば、どうにもならんことだけは了承してくれ」

みんなに向かって頭を下げる源次に、

「わかった。それは仕方がない。源ジイのせいでも何でもないんだから」

裕三は力強くうなずく。

これでようやく、わかった。

以前、源次がいっていたことだ。

「わしが大立回りをして忍者だと知れたら、それだけでこの商店街は脚光をあびることになる。じゃが――早い話、わしが死ねば、それで終りで何の役にも立たん。それではだめなんじゃ」

源次はこういって、忍者という派手な個人プレーなどよりも若者が集まる町こそ本物だと力説した。源次は自分が早死にすることを危惧《きぐ》していたのだ。だから忍者という言葉を封印して……。

「それにしても、あの時々おこる発作はなんじゃろな。あれがわしには理解できん。癌細胞のヒステリーじゃろか」

真顔でいう源次に、

「癌細胞のサインですよ。私を忘れないでほしいという」

ぽつりと翔太がいった。

「あぁっ……」といって源次はなぜか、照れたような表情を浮べた。

「それなら、源ジイの病気の件はこれで落着。白猟会と鈴の湯の美奈子さんの件は、さっきもちょっと報告したように、引きつづき裕さんと源ジイに一任ということでいいよな」

締めの言葉を洞口が口に出し、

「なら源ジイ。祝杯ということで、みんなで角打ち酒場にこれから繰り出すか。何の祝杯なのかはよくわからんがよ。あそこならまだ、やってるはずだからよ」

こんなことをいい出してみんなが賛成し、その場に立ちあがった。

「源次さん、ひょっとして」

表に出たとたん、翔太が嬉しそうに声をかけた。

「癌細胞に、名前をつけてるんじゃないですか」

とたんに源次の顔が、うっすらと赤くなったが、それがどんな名前なのかは誰も訊かなかった。

昼過ぎ――。

商店街の外れにある喫茶店の『ジロー』で、裕三は貫次に会った。呼び出しをかけてきたのは貫次のほうで、この店を指定したのも貫次だった。

「軽い胃痙攣《けいれん》だと先日聞いたが、源ジイも大したことがなくてよかったよ」

コーヒーをひとくち飲んでから、貫次は小さくうなずいていった。

「あんな頑丈な体をしているくせに、源ジイは年中、胃の調子が悪くてな。まあ、いってみれば持病のようなもんだな」

裕三もコーヒーをすする。

あのときの源ジイの発作は胃痙攣――裕三はこれでずっと通していた。

「ところで白猟会のほうは、あれから顔を見せてはいないと聞いていたが。ひょっとしてあいつら、またやってきたのか。それで、俺を呼び出したのか」

手にしていたコーヒーカップを、皿に戻しながらいった。

「いや、その件じゃねえよ。あいつらも、これ以上嫌がらせをすれば警察が動き出して面倒なことになるぐらいは、わかってるだろうからよ」

貫次は顔の前で手を振り、

「それに、あいつらの件なら裕さんじゃなく、源ジイにきてもらわないと話にならねえだろう」

話しづらそうにいって、口を引き結んだ。

そうなると今日の話は奥さんの件――。

あれから、何か進展があったということなのか。それにしてもこの様子では、すぐには口を開きそうにもない。こんなときは待つより術はない。何といっても、事は最愛の奥さんの件なのだ。ひょっとしたら、貫次にとっては、白猟会より奥さんのことのほうが、はるかに重要なのかもしれない。

貫次が口を開いたのは、たっぷり五分以上たってからだった。

「あいつのにやけている理由の、半分はわかった……」

貫次は微妙ないいまわしをして、ぽつぽつと話し出した。

昨日の昼間のことだという。

思い悩んでいるよりも当たって砕けろと、貫次は勇気をふるって美奈子にこんな質問をぶつけた。

「おめえ、この前の同窓会で何か変ったことでも、あったんじゃねえのか」

声が少し震えた。

「あら、どうして」

すぐに明るい声が返ってきた。

「どうしてって、おめえ。あれから妙に浮ついているというか、にやけているというか。そんな様子が、ずっとつづいているからよ。だから、ちょっと気になってな」

胸の鼓動が速くなっている。

「へえっ、そんなことが気になるんだ」

明るい声が一変して、皮肉っぽい調子になった。

「あたりめえだろ、夫婦だからよ。やっぱり気になるにきまってるさ」

声を荒げていった。

「優しい言葉ひとつかけずに、ほったらかしの状態にしておいても、そういうことだけは気になるんだ」

「何というか、まあ。夫婦も何十年とやってりゃあ、そういうことにもならあな。かといって……」

「かといって、何よ」

「そりゃあ、おめえ。あれこれと、いろいろだよ」

貫次は言葉を濁す。

「あれこれと、いろいろねえ」

美奈子は両手をくんで、睨みつけるような目で貫次を見た。

「そうだよね。あれこれと、いろいろあったよね」

美奈子は同じような言葉を繰り返し、

「さっきの同窓会なんだけど、大したことはなかったけど、ちょっとしたことならあったわよ」

どきりとするようなことをいった。

「何だよ、その、ちょっとしたことっていうのはよ」

下腹のあたりが重くなってきた。

「もらったのよ」

妙なことを美奈子はいった。

「もらったって、何をもらったんだよ」

重くなった下腹が痛くなってきた。

「ラブレター……」

あっさりと美奈子はいった。

「ラブレターって、お前……」

思わず絶句《ぜっく》した。

「いってえ、そんなもん、誰からもらったんだよ。俺の知ってるやつか」

大声が飛び出した。

「誰からって、そんなことといえないわよ。プライバシーの何とかってことも、あるだろうから。ただ、あなたも私も同じ中学なんだから、知ってる人には違いないわよ」

決定的なことを口にした。

「同じ中学の俺の知ってるやつということは、この商店街の人間ってことなのか。そういうことなのか」

「そういうことなんだろうね——でも、もらっただけだから。ただ、それだけのことだから、さかいなことだから」

勝ち誇ったような口調で美奈子はいい、嬉しそうな顔で貫次を見た。

「だから、もう少し私を大事にしたほうが。そうでないと……」

ふわっと笑った。

やけに可愛い顔に見えた。

「そうでないと——どうなるんだよ」

情けない声を貫次は出す。

「さあ、どうなるんだろうね」

くんでいた両手を離して、ぱんと叩いた。

「じゃあ、私はまだ、タイルみがきが残ってるから」

くるりと背中を向けてから振り返り、

「ラブレターっていうより、むしろ恋文っていったほうがいいかもしれない」

それだけいって貫次の前を離れていった。

理由の半分はわかったという、貫次の話は終った。

両肩がすとんと落ちていた。

「ラブレターか」

あとの半分は送り主の名前に違いないと思いつつ、裕三は言葉に出す。

「そう、ラブレターだよ。誰だか知らねえが俺の美奈子に、そんな、とんでもねえもんを渡したやつがいるってことだよ。だからあいつ、いつまでもにやけて上機嫌で」

重苦しい声で貫次はいった。

貫次が商店街の外れにある、この喫茶店を指定してきた理由がわかった気がした。これは近所の誰にも聞かれたくない、貫次にとっては最重要ともいえる話なのだ。だから、この店を。

「そりゃあまあ、いくつになっても、そんな物をもらえば誰だって嬉しいだろうから、そこのところは目をつぶるというか」

なだめるように裕三がいうと、

「いったい相手は誰だと思う、裕さん。同じ商店街の俺の知ってるやつって、あいつはいってたけど」

泣き出しそうな顔で貫次はいった。

「そこまでは俺にも見当が……」

「ひょっとして、川辺の野郎じゃねえか。あいつは美奈子の実家のすぐ近くに住んでるし、川辺の美奈子を見る目というのが、いやらしいというか物欲しげというか」

とんでもないことをいい出した。

「川辺が銭湯にくるのか。あそこは確か内風呂があったはずだが」

「たまには広い湯船に入りてえといって、月に数度はやってくるよ。カツラをつけたまま入ってやがる」

どうやら川辺のカツラの件は、町内では知れまくっているようだ。

「しかし、川辺は俺たちの同級で、美奈子さんとは学年が違う。同窓会でラブレターを渡すことはできないぞ」

「それはそうだが、そこは何やらカラクリというか、そんなものがあってよ」

貫次の言葉に、同窓会という言葉が鍵になっているのではと、裕三はふと思う。もし、ラブレターをもらったのが同窓会ではなく、その前日ぐらいだったら……同窓会という特別なイベントがそれに重なって、何かがあったのならそれに違いないと貫次が思いこんでしまい、それに美奈子が話を合せているとしたら。

ううんと裕三は唸《うな》る。こうなってくると何がどうなのかは、もうさっぱりわからない。翔太の出番としかいいようがないが、しかし、あの川辺が、まさか……。

「ところで貫ちゃん。ひとつ気になることがあったんだけど、教えてくれるかな」

裕三は貫次の顔を真直ぐ見る。

「夫婦も何十年とやってれば、優しい言葉云々というのはわかるんだが。そのあとに出た、あれこれといろいろというのが、よくわからない。ひょっとして貫ちゃん、浮気でもしてそのシッポを美奈子さんに……」

気になったことを、ぶつけてみた。

「浮気なんかしねえよ。俺は昔も今も、美奈子一筋だよ」

きっぱりといってから、意味深な言葉を口にした。

「けど、少し前……」

「少し前に、何かあったのか？」

勢いこんで訊くと、

「里美《さとみ》さんだよ、志の田の」

もごもごといった。

「志の田の里美さんて。あの、おでん屋の女将の里美さんのことか」

驚いた声を裕三があげると、わずかに貫次はうなずいた。

『志の田』は駅裏にある小さなおでん屋で、以前は夫婦二人でやっていたのだが五年ほど前に旦那が心筋梗塞《しんきんこうそく》の発作で倒れ、そのまま死亡。あとは里美が引き継いだが、皮肉なことにそれから店は大繁盛しているという噂を聞いた。裕三も三度ほど行ったことがあるが、里美は美人だった。年は四十代のなかばで、子供はいなかった。

「あの里美さんと、貫ちゃんが……」

首を振りながら裕三はいう。

「違う、違う。そんなんじゃねえよ。あの店にくる客はみんな、里美さん目当て。俺なんかが太刀打ちできるわけがねえよ。俺はただ里美さんに憧れて、あの店に通いつめただけ。それも週に一度ぐらいの割合で」

貫次は何度も顔の前で手を振った。

「週に一度の志の田通いか――ひょっとして、それが美奈子さんの逆鱗《げきりん》に触れたのか、週に一度で」

「週に一度といっても、うちの銭湯は夜の十時までで、志の田の看板は十一時。そうなると後片づけは、みんな美奈子に任せねえと。むろん、志の田から戻れば俺も一緒になって後片づけはやるんだがよ」

貫次は肩を落した。

「そうなると、美奈子さんにしたら、やっぱり腹が立つよな。いつもは優しかった、美奈子さん一筋の貫ちゃんが何もかもほっぽり出して、志の田の女将目当てに出かけてしまうんだからな。しかも、その里美さんは独り身で誰が見ても美人……これじゃあ美奈子さんに限らず、誰だってな」

裕三は小さな吐息をつく。

「で、出かけていく貫ちゃんに対して、美奈子さんはどんな反応をしてたんだ」

「無反応だったたな。知らん顔して俺を送り出し、知らん顔して俺を迎えいれる。文句ひとついわなかったが、腹んなかはおそらくな。まあ、できた嫁だから、俺はそれにあまえきっていたというところだな」

溜息まじりにいった。

「その、志の田詣《もう》では、結局どうなったんだ。今でもつづいているのか」

「やめた。御利益もなさそうだし、競争相手が多すぎるし」

「ということは貫ちゃん。やっぱり、あわよくばという気持があったということか。あんな可愛い奥さんがいながら」

咎《とが》めるようにいうと、

「男なんて、みんなそうじゃねえか。十中八、九は駄目だとしても、あとの一分はひょっとしたらって――だから最初から何とかなるなんて、爪の垢《あか》ほども思っちゃいなかったけど、ある日突然奇跡がおこってとかよ。宝クジみてえなもんだけど、馬鹿だな男ってやつは。特に俺たちのような、しがねえ、おっさん風情はよ」

しょぼくれた顔で貫次は一気にいった。

「まあ、気持はわかるけどな」

裕三も、ぼそっとした口調でいう。

「朝から晩まで自宅の仕事場で毎日毎日、同じことの繰り返しだもんなあ。たまには外で羽目を外して……そんな気持になることぐれえは察してくれよ、裕さん」

貫次は冷めたコーヒーを、がぶりと飲む。

「察しはするけど、貫ちゃんがそう感じるように、奥さんの美奈子さんだって同じ気持を抱えてるんじゃないのか。二人して同じ仕事をやってるんだから」

裕三の言葉が終らないうちに「あっ」と貫次が叫び声をあげた。

「そうか、よく考えてみると、あいつも俺とおんなじ思いを抱いていても不思議じゃねえんだよな。いくら若く見えるといっても、あいつもしがねえ、おばさんだもんな。大した儲《もう》けもねえのに、朝から晩までコマ鼠《ねずみ》のように働き通しで……馬鹿だな俺は。やっぱり姐さん女房のあいつに、あまえっぱなしだな」

しみじみとした口調で貫次はいい、ずるっと洟《はな》をすすった。

「その結果、貫ちゃんは志の田に通うのを諦めてほんの少し不幸になり、美奈子さんは同窓会に行って誰かから、ラブレターをもらって、ほんの少し幸せ気分を味わった。俺には何か辻褄《つじつま》が合っているというか、バランスが取れたというか。そんな気がしてならないんだが、貫ちゃんは、これをどう思う？」

「確かにな。神様ってやつは、やっぱりどこかにいるのかもしれねえな——けどよ、くどいようだけど、俺はラブレターの送り主が誰だか知りてえ。美奈子をいい気持にさせたのが、いったいどこのどいつなんだかよ」

弱々しい口調で貫次はいった。

「願わくは、相手は川辺のおっさんであってほしい。あいつが相手なら、勝負は俺の勝ちだ。何たって川辺は——」

貫次は胡麻塩頭《ごましおあたま》を右手でざらっとなでてから、

「けど、相手が川辺じゃなくて他の誰かだったとしたら負けるかも……けど知りてえ。やっぱり知りてえ。知りたくねえけど、やっぱり知りてえ」

また洟をずるっとすすった。

「それなら、何とか相手を見つけてみるか」

ぽつりと裕三はいった。

「えっ、相手が誰だかわかるっていうのか。いってえ、どうやって調べるんだ」

貫次が身を乗り出してきた。

「推進委員会には、五十嵐翔太っていう天才がいるから、これまでの情報を全部話せば、何らかの結論を出してくれるような気がするんだがな」

苦しいときの翔太頼みである。

「ああ、なるほど……しかし、いくら天才少年でも情報がこれだけでは、どう考えても……」

ぶつぶつと呟《つぶや》く貫次の声を聞きながら、今度の独り身会の集まりは駅裏の志の田にしようと裕三は決めた。小さい店ながら、あそこには確か、小あがりがあったはずだ。みんなで押しかけても大丈夫だ。


それから四日後の夕方――。

裕三は翔太と二人で鈴の湯に向かっていた。今日は源次も留守番だ。

美奈子にラブレターを送ったのが誰なのか。それを貫次に教えるために向かっているのだが――結論を出したのは、やっぱり翔太だった。

昨日の夜、独り身会の集まりを裕三の考え通り志の田でやった。混んで入れないとまずいので、前日のうちに予約を裕三はとり、六時に独り身会のメンバーは店に集合して隅の小あがりに陣取った。

「私、この店、初めて」

いいながら桐子の目は、カウンターのなかの里美の顔を眺めている。桐子だけでなく、川辺も洞口も同様だった。

白い割烹着《かっぽうぎ》姿の里美は、やはり綺麗だった。

独り身会のなかで里美に関心を示さないのは翔太と源次ぐらいで、裕三の目も里美のいるカウンターに時々注がれた。

「鈴の湯の美奈子さんも若く見えますけど、ここの女将も十歳は若い。三十代ぐらいにしか見えませんね」

目を細めていったのは、ラブレターの主として疑われている川辺である。

「確かに若い。どうだい裕さん。次の独り身会の集まりも、この店にしたら。そうだ、そうしよう」

といって裕三から強引に確約をとったのは洞口だ。

「じっちゃん、いやらしい」

桐子がすぐに声をあげるが、洞口は笑っているだけでまるで動じない。

「翔太、あんたは偉い。今夜こそ私は心の底から、あんたを尊敬するよ」

こんな言葉を桐子は口にして、

「このおっさんたちは、駄目だ。源ジイをのぞいて、みんな性根が悪すぎ。まじで、キモすぎ」

思いきり唇を尖らせたところへ、みつくろったおでんを里美が運んできてテーブルの上に並べた。

「推進委員会のみなさん、今夜はこの店を使っていただいて、本当にありがとうございます。今後とも、ご贔屓《ひいき》のほど、よろしくお願いいたします」

みんなの顔を見回して、にこっと笑った。

目鼻立ちのはっきりした美人特有の顔立ちだったが、嫌みを感じさせない柔らかさが、頬と顎の線にあった。

「もちろん、そのつもりですので、これからもよろしく」

という洞口の言葉を押しやるように、

「私は個人的にも、この店を使わせていただくつもりですから」

川辺が疳高《かんだか》い声でいった。

「まあっ、ありがとうございます」

里美は顔中で笑い、飲み物を取りにカウンターに戻っていった。

「あの笑顔は、相当な練習の結果だと私は見たけど、それにしても」

と桐子がいったところで、

「男は馬鹿――そういうことなんじゃろな、桐ちゃん」

源次がにまっと笑って、あとを引き継いだ。

こんな調子で集まりは始まり、裕三は事の成り行きを詳細にみんなに報告した。そして、いちばん最後に、ラブレターの主は川辺ではないかと貫次が疑っている件をつけ加えた。

川辺の顔がぱっと赤くなった。

「そんなことになってるんですか。そりゃあ、家が近くだったせいか、中学生のころ、一時は美奈子ちゃんに熱をあげていたときもありましたけど、それはもう遠い昔のことで今更そんな。ラブレターの主は私ではないことをここで誓いますよ」

宣誓するように、右手を直立させていった。

「一時は好きだったのを諦めたのか、軟弱なやつじゃな。しかも恵子ちゃんと二股膏薬かい、おめえはよ」

源次がぼそっといい、ハンペンを頬張りながら、うめえなこれはと呟いた。

「そうそう、ここのハンペンの味は絶妙。あの女《ひと》の笑顔もできすぎだけど、ここのハンペンもできすぎなくらいの味。これは相当練習してるよね」

うなずきながらいう桐子に、

「まあまあ、桐ちゃん。そういう話はあとにするとして、どうだ翔太君。ここまでの情報を元にして、ラブレターの主を絞りこむことはできないだろうか」

裕三は話を翔太に振った。

「できますよ。あくまでも仮説ではありますけど」

何でもないことのように翔太はいった。

「えっ、できるのか」

裕三が驚いた声をあげた。

周りがしんと静まり返った。

「絞りこむ前に、二、三質問があるんですが」

と翔太はいい、妙なことを口にした。

「まず、貫次さんの友達で一級上、つまり美奈子さんと同級生のお姉さんを持つ人はいませんか」

「貫ちゃんの友達といえば俺たちと同級生ということになるんだが、確か和菓子の橋《はし》本屋《もとや》の満夫《みつお》がそうだったんじゃねえか。美奈子さんと同じクラスに、姉さんが一人いたんじゃなかったかな」

洞口が視線を宙に漂わせながらいうと、

「いたいた。橋本千代子《ちよこ》さんていう人が。そして橋本満夫は貫ちゃんとけっこう仲が良かったはずですよ。橋本和菓子店はその数年後、店をたたんで、一家は神奈川のほうに移り住んでいったはずです」

川辺がそのあとを、すらすらと答えた。

「店をたたんだ理由は、わかりますか」

「橋本屋は元々、土地も家屋も借り物だったはずで、神奈川のほうに土地を買って新しい店を建てたと聞いていますが——もっとも満夫君は家業を嫌って、今は名古屋に住んでるはずです。家のほうは確か、お姉さんが継いだと」

　これも川辺が答えた。

「ということは悲惨《ひさん》な結果というのではなく、めでたい引越しだったということですね。それなら、その千代子さんが同窓会に出席していた可能性は大いにありですね。悲惨な結果の引越しだと、同窓会に出てこない可能性のほうが大ですから……それから、あと確かめたいことが二点だけ」

　翔太は裕三の顔に視線を向けた。

「美奈子さんは、同窓会のあと。つまりラブレターをもらったあと、貫次さんにはばかることなく、にやけた顔を浮べて嬉しそうにしていた。これも確かですよね」

　翔太の問いに裕三は大きくうなずく。

「それから、これがいちばん重要なことなんですが、美奈子さんは貫次さんにラブレターというより、これはむしろ恋文。はっきりこういったんですよね」

　念を押すように訊いた。

「確かにそういったと、俺は貫ちゃんから聞いているが」

「わかりました。仮説の段階ですけど、ほぼラブレターの主は特定できました。多分合っていると思います」

　はっきりした口調で翔太はいった。

「えっ、何なの。今の翔太の訳のわからない質問は。それでラブレターの主がわかったのなら、翔太って天才じゃん」

素頓狂な声を桐子があげた。

「そんなわかりきったことを、今頃……お前の頭の出来はいったい」

吐息まじりに洞口がいい、苦虫を嚙みつぶしたような顔で大根を頰張ったところで、

「みなさあん、おでんの追加はいかがですかあ」

カウンターのなかから、里美の柔らかな声が飛んだ。


裕三と翔太は開店前の鈴の湯の釜場で貫次と向き合っていた。釜場に貫次がいると教えてくれたのは玄関にいた美奈子である。

「ラブレターの主がわかったって、本当なのか、裕さん」

貫次が上ずった声を出した。

「この翔太君が、すらすらと絵解きをしてくれてな。なあ、翔太君」

裕三の言葉に翔太はぺこっと頭を下げる。

「少ない情報のなかでの仮説というか妄想に近いものなので、百パーセント合っているかどうかはわかりませんが、かなりの確率で当たっていると思います」

翔太の言葉に「おう、おう」と貫次は声をあげてうなずく。

「鍵は奥さんのいった、ラブレターというより恋文という言葉でした。僕はこの言葉から、過ぎ去った時というのを連想して、ラブレターは現在のものではなく過去のもの。そう考えたんです」

翔太は貫次に向かって早速絵解きを始め、

「じゃあ、過去というのはどれほど昔なのか。そう考えてみると、いちばん妥当なのは中学時代、それしかないと考えました。つまり、中学時代に書かれた奥さんへの恋文です。それなら、この恋文はいったい誰が書いたのか、そしてそれを奥さんは同窓会で誰から手渡されたのか」

噛んで含めるように話を進めた。

「そこでみなさんに当時のことを訊くと、貫次さんには橋本満夫さんという友達がいて、そのお姉さんの千代子さんは奥さんのクラスメイトだったという話を耳にしました。なら、その恋文は千代子さんの手から、同窓会のときに奥さんに手渡された。そういう結論に達したのです」

「すると、恋文を書いたのは中学時代の橋本満夫で、何らかの手違いがあって五十年後の同窓会で姉さんの千代子さんから美奈子に手渡された。そういうことなのか」

勢いこんでいう貫次に、

「違うんだ、貫ちゃん。その部分が違うんだ。そして、その先は美奈子さんと一緒に聞いたほうがいい。だから、美奈子さんを呼んできてくれないか」

裕三が叫ぶような声で口を挟んだ。

「美奈子も一緒にって、それは……」

怪訝な面持ちを貫次が浮べると、

「私なら、ここにいますよ」

母屋から釜場につづく通路で声が聞こえた。三人が声の聞こえたほうを向くと、当の美奈子が立っていて、釜場におりてきた。

「小堀さんが源次さんじゃなく、東大現役合格確実という翔太君と一緒にきたってことは……白猟会の件じゃなく恋文の件だと直感して、さっきからそこでずっと話を聞かせてもらっていました」

美奈子はそういい、パイプ椅子を持ってきて三人のそばに座りこんだ。

「だけど、翔太君って本当にすごいわね。ラブレターじゃなくて恋文という一言から、あれだけの事実を導き出すんだから。やっぱり噂通りのことはあるわ」

翔太はやはり有名人である。

「事実って、この子がいったことは、やっぱり事実なのか。恋文は千代子さんから渡されたのか、同窓会の夜に。書いたのは橋本満夫なのか」

上ずった声をあげてから、貫次は翔太を見た。

「それが違うんです。その根本が違うんです。書いたのがその満夫さんなら、奥さんは大っぴらに貫次さんの前でにやけたり、嬉しがったりはしないはずです。ここまで、この鈴の湯一筋で一生懸命頑張ってきた奥さんの性格を考えると、そんなことは到底、ありえないんです」

翔太は叫ぶようにいい、

「あの、できればその、恋文の現物を見せてもらえると有難いんですけど」

今度は遠慮ぎみに声をあげた。

「もちろん見せますよ。ちゃんとここに持ってきてますから」

美奈子はエプロンのポケットから、古びた封筒を取り出して翔太に渡した。表面には、「市原美奈子様へ」の文字が躍っていた。いかにも稚拙《ちせつ》な文字だった。

「いいですか、裏を見せますよ」

翔太はそういって、ゆっくりと封筒の裏を返した。

「ああっ！」

貫次の口から悲鳴に近い声があがった。

裏にはこれも稚拙な文字で「鈴木貫次」とはっきり書かれてあった。

「つまりこの恋文は、中学二年生のあなたが、中学三年生の私あてに書いたもの。満夫君ではなく、恋文はあなた自身が書いたの」

はっきりした口調で美奈子はいった。

「多分……」

と翔太がいった。

「貫次さんは奥さんあての恋文を書いてはすて、書いては破りということを何度も何度も繰り返していて、何がどうなったか忘れてしまった。でも、そのなかの一通は友達の満夫さんに渡し、お姉さんから奥さんに渡るように託した。しかし、満夫さんはそれをお姉さんには渡さなかった。どこかにしまいこんでしまった。その理由はですね——」

ちらっと翔太は美奈子を見て、なぜかうつむいてしまった。

「シャイな翔太君の代りにいえば、おそらく満夫君も、当時は美奈子さんが好きだった。だから——」

裕三が翔太の代りに口を開いた。

「あらっ」

といって今度は美奈子がうつむいた。

「モテたんだよ、美奈子さんは。今の里美さんのように、若いころの美奈子さんはモテモテだったんだよ。それをお前は……ついでにいうと俺たち推進委員会は昨夜、志の田に集まった。里美さんは綺麗だったが、どう見てもお前には合わない。やっぱり、お前に合うのは可愛い美奈子さんだと俺は思った。もうひとつ、ついでにいえば、里美さんには俺のほうがどうやら合いそうな気がした。そういうことだ」

裕三が軽口を飛ばすと、驚いた表情で翔太が顔を見てきた。

「あなたはとにかく家業もおろそかにして、里美さん一点張り。私はそれが悲しくて悲しくて……そんなときに同窓会で、家の物置きを整理していたら見つけたといって千代子さんから、この手紙を渡されて、むしょうに嬉しくなって。この恋文がなかったら、私はあなたと大喧嘩をして家を飛び出していたかもしれない」

美奈子の両目は潤んでいた。

「美奈子さん。この手紙、読ませてもらっていいですか」

裕三が訊くと、美奈子はこくっとうなずいた。

翔太から封筒を受け取り、裕三は便箋《びんせん》を抜き出した。

稚拙な文字が並んでいた。

「一年下の鈴木貫次です
僕は美奈子さんが大好きです
どれぐらい好きかというと、ここに書けないほど大好きです
毎日毎日、美奈子さんとの結婚のことばかり考えています
僕はもう少し大きくなったら、美奈子さんと結婚するつもりです

しあわせにします、美奈子さんのために頑張ってはたらきます
ほかの女の人を好きになることは絶対にありません
僕のいちばんの夢は、美奈子さんと二人でお風呂屋をやることです
毎日いっしょにくらすことです
死ぬまでいっしょにいたいです
それほど、美奈子さんが大好きです
だから、美奈子さんも僕を好きになってください
絶対にお願いします」

ざっと黙読してから、裕三はこれを声をあげて読んだ。

一言一句、間違えないよう、ゆっくりと読んで聞かせた。

「いくら中学二年といっても、文章がへたすぎます。幼稚すぎます。でも、ここには真心がこもっています。心を打ってくる何かがあります。だから私は、これを読んで泣きました。嬉しさとか何とかいうより、次から次へと涙が流れてきて。とにかく涙がとまらなくて、何度も何度も泣きながら、これを読みました」

いいながら美奈子は泣いていた。

肩を震わせて美奈子は泣いていた。

貫次も泣いていた。

吼えるような声を出して泣いていた。

「帰ろうか、翔太君」

裕三は翔太の肩をぽんと叩いた。

二人が羨ましくて仕方がなかった。

「まだ開いてないかもしれんが、帰りに志の田に寄って美人の顔でも拝んでこようか」

軽口を飛ばして翔太の顔を見ると、やっぱり羨ましそうな表情で二人を見ていた。

裕三はゆっくりと椅子から立ちあがった。

二人の泣き声だけが、釜場に響いていた。

八人のサムライ

今日も二人で睨《にら》み合っている。

裕三のやっている『小堀塾』に通う、中学二年の弘樹と小学六年の隆之だ。

時計はそろそろ七時。塾の終了時間はとっくに過ぎ、部屋に残っているのは裕三を交じえた三人だけだ。

「弘樹に隆之。睨み合いにも、そろそろ倦《あ》きたんじゃないか。ここいらで手打ちにして、やめにしようじゃないか」

長机を間にして睨み合う二人に、裕三は両手を叩いて柔らかな声を出す。

「俺はお前らが睨み合いを始めたときから、ずっと時計を見ていたんだが、なんと一時間二十分だ。それだけの間、集中力を保つというのは生半可な人間にできることじゃない。いや、大したもんだ」

裕三は感心したような声をあげ、

「そして、前にもいったように、お前たちがいがみ合うのは二人とも落ちこぼれで、不良であるという共通項があるからだ。それはわかるな」

弘樹と隆之の顔を交互に見ると、二人がわずかにうなずくのがわかった。

「共通項でいがみ合うのなら、仲良くなれるのも共通項だ。つまり、二人が仲良くなれる要素は充分にあるということだ」

また二人の顔を見回すが、今度はうなずく気配はまったくない。

そういうことなのだ。アウトロー的な要素を持った人間に、いくら理屈を言葉で説いても聞く耳は持ってくれない。裕三の問題児に対する教育の限界がここにあった。そして、こうした要素を持った人間は、一定のパーセンテージでいつの時代にも必ず存在するというのも事実なのだ。弘樹も隆之も、ごく普通のサラリーマン家庭の子供で、グレる要素はどこにも見当たらなかった。

裕三の胸の奥にひとつの言葉が躍っていた。

「力なき正義は無能であり、正義なき力は圧制である――」

これは「人間は考える葦《あし》である」の言葉で有名な、十七世紀のフランスの哲学者で物理学者でもあるB・パスカルの主張だった。裕三は元々非暴力主義だったが、弘樹や隆之と接するたび、そして、近頃の白猟会の横暴を見るたびにこの言葉を思い出した。

「お前たちは、この町内に住んでいる羽生源次という名前を聞いたことがあるか」

唐突に源次の名前を口にした。

とたんに二人が同時にうなずいた。

「嘘か本当かは知らないけど喧嘩の名人で、隣町の半グレをボコボコにしているという噂を聞いた」

すぐに弘樹が口を開き、

「それは僕も聞いた。ナントカっていう格闘技の名人で、むちゃくちゃ強いって」

目を輝かせて隆之もいう。

「羽生源次は俺の親友だ。今度ここに連れてきて、お前たちに会わせてやろうと思うが、どうだ」

何でもない口調でいうと、

「本当！」

二人が体を乗り出してきた。

「本当だ。あいつは俺と同じ年寄りのくせに、とてつもなく強い。あっというまにアメリカ兵、数人を気絶させ、さらに海兵隊のヘビー級ボクサーのチャンピオンを、空中高く投げ飛ばして悶絶《もんぜつ》させたこともある」

そのときのことをざっと二人に話してやると、二人の目の輝きは頂点に達した。

やはり、この手の人間は強い男が好きなのだ。それも途方もなく強い男が……と考えてみて翔太も源次のファンだったことを思い出した。どうやら男という生き物は、おしなべて強い人間が好きなようだ。

「いつ、羽生さんを、ここに連れてきてくれるんだ、先生」

勢いこんで弘樹がいった。

「近いうちに必ず連れてくる。だから、心配はいらん」

教育者としてこの方法は、あるいは間違っているのかもしれなかったが、こんな方法しか通用しない相手もいるのだ。だからここは……それに裕三には心の奥にしまっておいた遠大な計画があった。それを実現させれば——。

裕三は臍《ほぞ》を固めた。

「きっとだよ、先生」

念を押すように隆之がいった。

「ところで、弘樹。ひとつ訊きたいことがあるんだが」

裕三の目が弘樹を凝視した。

「お前と隆之は年がら年中睨み合っているが、それでも手だけは出さないのはなぜだ。俺はそれが不思議でしょうがない。どうだ、正直に教えてくれないか」

「それは、あれだよ」と弘樹はちょっと口ごもり、「隆之はまだ小学生だから、そんな弱い相手に手を出したら、俺の名前がすたる。そんな恥ずかしいまねはできるわけがない。それに……」

とたんに隆之の頬がぶっと膨れるが無視をきめこんで、

「それに、何だ」

たたみこむように裕三は言葉を出した。

「それに隆之は、この塾の……」

それだけいって弘樹は黙りこんだ。

「この塾の仲間か。そういうことなんだろう、弘樹」

「まあ、その、何ていうか、どういったらいいのか」

柄にもなく弘樹は照れたような素振りを見せた。

「そうかそうか、なるほど、なるほど」

裕三は一人でうなずいてから、真剣な表情で口を開いた。

「それにもうひとつ。弘樹の学校にも不良は他にいるだろうが、なぜそいつらとつるまずに、お前はこの塾に通ってくるんだ」

「俺はワル同士が群れるのは嫌いだから、卑怯なような気がするから。だから俺は、いつも独りで」

掠《かす》れた声で弘樹はいった。

「そうか、ワル同士が群れるのは卑怯か。なるほど弘樹のいう通りかもしれんな。それにしても、弘樹。お前はけっこう俠気《おとこぎ》のある人間なんだな」

思わず体を乗り出して、弘樹の肩をぽんと叩いた。とたんに弘樹の顔がうっすらと赤くなった。

「よし、それならもう帰れ。羽生源次は近いうちに必ず、ここに連れてくる。約束するから心配するな」

こういって、裕三は二人を送り出した。


集合場所の『のんべ』に行くと、奥の小あがりにすでにみんなはきていた。声をかけておいた、山城組の冴子と成宮も顔を出していて酒盛りが始まっていたが、源次の顔だけはまだ見えない。

挨拶をして裕三もその席に加わり、

「お呼び立てして申しわけない。事が緊急を要してきたので」

隣に座っている、冴子と成宮に頭を下げる。

「いえ、ここいらで適切な手を打たないと、大変なことになりますから」

すぐに真剣な表情で冴子は言葉を返し、成宮も頭を下げてくる。

「ところで源ジイがまだきてねえんだが、あの野郎、また発作でも起こしたんじゃねえだろうな」

心配そうな声を洞口があげた。

「そんな話は、まったく聞いてないが」

という裕三の声にかぶせるように、

「源ジイ、どこか悪いんですか。ひょっとして病気なんですか」

冴子が腰を浮すようにしていった。

えらく真剣な顔だった。その冴子の顔を成宮が凝視していた。これも真剣な顔だった。これはひょっとして。裕三は胸の奥で、あれこれと考えをめぐらす。

「病気というほどのものじゃなく、単なる持病のようなもんですから。我々はもう老いぼれですから、様々な持病があちこちに。困ったもんですけど、こればっかりは」

癌《がん》の話を、ここでぶちまけるわけにはいかない。裕三はことさら笑顔を見せて明るい口調でいう。

そんなところへ、ようやく源次がやってきた。元気そのものの様子だ。

「悪い、悪い。治療所を閉めようとしたところへ、年寄りが腰が痛くてたまらねえといってやってきてよ。まさか追い返すわけにもいかねえからそれでよ。年寄りなんてえやつは辛抱が足らねえというのか、図々しいというのか、まったく困ったもんじゃ」

源次の言葉に、みんなの口から失笑がもれる。

「何じゃよ。わしは何か、妙なことでもいったか」

きょとんとした表情を浮べ、源次は体をずらして席を空ける川辺の隣に座りこんだ。ちょうど冴子の対面にあたる位置だ。

「じゃあ、役者が勢揃《せいぞろ》いしたところで、改めて乾杯でもしようか」

洞口の音頭で、みんなはビールの入ったコップを上にかかげる。むろん、端っこに座っている翔太と桐子はウーロン茶ではあるが。

「なら、俺のほうから、今夜の緊急集会の主旨を説明させてもらうから」

口についたビールの泡を手の甲で拭《ぬぐ》って、洞口が口を開いた。

「さっき少し話をしたように、白猟会の連中がこの商店街に対して表立った動きを見せ始めた。その動きというのがミカジメ料、つまり用心棒代の徴収なんだが、これをいったいどうするのか。そこで裕さんとも相談してみんなに今夜、ここに集まってもらったんだが」

小さな吐息をひとつもらしてから、洞口は口を閉じた。

白猟会がミカジメ料の徴収に動き出したのは、半月ほど前からだという。

対象は『昭和ときめき商店街』で営業をしている、すべての飲食店と遊戯場。洞口の聞きとりでは一軒あたりの額は三万円から十万円ほどで、これはむろん月額である。

特に問題なのが実際にこのミカジメ料の徴収に回っている実動部隊の連中がすべて、二十歳以下の未成年だということだった。連中は店の主人に話をつけるとき、

「俺たちはまだ未成年で、もしワッパをかけられたとしても重罪にはならねえ。たとえ、おめえたちをなぶり殺しにしたとしても、俺たちは死刑にはならねえってことだ」

こう、うそぶいて商店主たちを震えあがらせているということだった。このため、渋々ではあるが白猟会のほうに、ミカジメ料を納める商店主たちも出始めていた。

「少年法って、凶悪犯が増えたということで、改正されたんじゃなかったですか。確か私の記憶では二度にわたって」

異議を唱えるように川辺がいった。

「川辺のいうように刑事処分の可能年齢が、二十年ほど前には十四歳以上、十年ほど前にはおおむね十二歳以上と改正されたのは事実だが、いずれにしても未成年に対しては罪一等を減ずるという考え方は今でも生きている」

すぐに裕三は口を開き、

「それに選挙権だけは十八歳以上ということにはなったものの、成人年齢の規定はいまだに二十歳ということで、これはなかなか変らないというのが現状だ」

噛《か》んで含めるように、つけ加えた。

「だから、よけいにタチが悪いともいえるんだがよ。去年の暮れの新聞だったか、大

阪の半グレ集団が暴力団からミカジメ料の取り立てを請け負っているという記事が載ってたこともあったな」

うんざりした顔で洞口がいう。

「ここの商店街は、これまでそういったものを、どこかに納めていたんでしょうか」

今夜初めて翔太が口を開いた。

「十年ほど前までは、この辺り一帯を仕切るヤクザ組織に納めていたんだが、例の暴対法の強化でヤクザも簡単にはそういうことができなくなって、今はほとんど自然消滅の状態だったんだがよ」

これも洞口が淀《よど》みなく答える。

「相手が半グレ集団では、暴対法もなかなか威力を発揮できませんからね」

呟《つぶや》くようにいって翔太は宙を見上げる。

「金を取られた商店の人たちが、警察に被害届けを出せば、それなりの効果はあるはずだが、結局は微罪ですんでしまうだろうな。そして、そのあとに……」

言葉を切って裕三は隣の冴子を見る。

「報復ですね。いわゆるお礼参りで、何人かの店主さんたちは危害を加えられることになるでしょうね」

「ミカジメ料に、お礼参りか。何だか死語に近いような言葉じゃん」

冴子の言葉に抗議するように呟いたのは、これまで黙って鶏の唐揚げを頬張っていた桐子だ。

「あっ、でもいいのか。何たってここは昭和ときめき商店街なんだから、ぴったりといえばぴったりの言葉ともいえるじゃんね。だとしても、アナログ世界満開ってかんじではあるけどね」

何となく冴子に対して対抗意識を燃やしているような、桐子の言葉だった。

「死語だろうがアナログだろうが、私たちの稼業も含め、これが現実なんだから仕方ないですよ、桐子さん」

柔らかな口調でいってから、じろりと冴子は桐子を睨んだ。

その瞬間、何の特徴もなかった素直な冴子の顔が凛々《りり》しいものに変った。不可思議だったが美人に見えた。

川辺が両目を大きく見開いた。

翔太の目も冴子の顔に釘づけだ。

隣の桐子のほうは……首をがっくりと前に倒している。何とまあ、わかりやすい性格というか。

「ところでその後、山城組に対する白猟会のちょっかいのほうは」

裕三は、こほんとひとつ咳払《せきばら》いをして、よく通る声で訊いた。

「ありますよ。腕の骨を折られて医者通いをしている若い衆が一人。もちろん、テキヤのメンツに賭けても、警察に届けるようなことはしませんでしたが」

答えたのは組の若頭を務める、成宮透だ。

「腕を折られたのか」

身を乗り出したのは源次だ。

「はい、それに姐さんが」

という成宮の声にかぶせるように、

「一人のときに白猟会の三人の連中に襲われ、車のなかに押しこめられそうになりました」

冴子は何でもないことのようにいうが、傍らに座る成宮の顳顬《こめかみ》の血管が大きく膨れあがった。そんな二人の様子を上目遣いに桐子が見ていた。

「でも私には、これがありますから」

冴子はおもむろに上衣の左脇に右手をいれて、何かを取り出した。一振りした。ガチャリという音とともに、それは六十センチほどの長さに伸びた。

「特殊警棒です。これがある限り、そう簡単にやつらの自由にはさせません。こう見えても私、中学生のころから剣道をやっていて腕は三段ですから」

恥ずかしそうにいってから、ぱっと笑った。

まるで花が咲いたような笑顔だった。文句なしに可愛かった。

とたんに背中を丸めて桐子がしょげた。

白猟会の頭が冴子に執心《しゅうしん》する気持が、裕三にはわかる気がした。そして冴子の隣に座る成宮の気持も……。

「すごいな、姐さん。その細い体で剣道三段なのか。いや、たまげたな」

感嘆の声を源次があげた。

「わっ！」と珍しくはしゃいだ声をあげたのは、当の冴子だ。

「源ジイ、褒《ほ》めてくれるんですか。源ジイにそういわれるのが、私いちばん嬉しいです。武術の達人の源ジイに」

文句なしに可愛かった冴子の顔が、途方もない美しさに変化した。これは……傍らの成宮に目をやると、顳顬の血管がさらに太くなっていた。

「状況報告はそれぐらいにして、あとはその手を伸ばしてくる白猟会に対して、どう対処するかということだが」

テーブルの上のコップをつかんで、洞口はごくりとビールを飲みこんだ。

「対処方法は三つですね。ひとつは話し合い。もうひとつは警察に任せること。そして最後が力で押えつける。どう考えても、この三つしか方法はないですね」

理路整然と川辺はいった。

「そう、方法は三つ。そして、そのなかの、どの方法を取るかということなんだが、これが——」

裕三は唇を嚙みしめる。

どの方法を取っても万全ではないのは明白だった。が、裕三にはひとつの思惑があった。みんなに反対されても、この方法を取るつもりだった。

「山城さんのところは、どの方法がいちばんいいと思っているんですか」

いつもなら、こんなときには積極的な発言はしない翔太が珍しく声をあげた。その翔太のセーターの左脇を、桐子の右手がしっかり握りこんでいるのが目に入った。これは多分、翔太の気持が冴子に行かないようにする、桐子の苦肉の策——。

「みなさんには申しわけないですが、私たちは三番目の方法を。これだけコケにされて黙っていては組としての面目が立ちません。私が先頭に立って白猟会と一戦を交えるつもりですが、もちろん素人のみなさん方に迷惑が及ぶことは金輪際《こんりんざい》避けるつもりでいますから。ねえ、姐さん」

成宮が無表情でこう答えて、冴子の言葉を待った。

もう、顳顬の血管は膨らんではいない。

「はい。はぐれ者の相手は、はぐれ者。これはもう、江戸の昔より決まっている不文律のようなものですから。私たちが命を張ってみなさん方をお守りいたします」

口上を述べるように冴子はいった。

「そいつは、いけねえ」

大声を出したのは源次だ。冴子の顔を睨みつけた。

「わしは以前、姐さんと若頭に向かってこういったはずじゃ。もし、山城組に危機が迫ったら、わしと若頭の二人で命を賭けて対応する。こう明言したはずじゃが、違うかな姐さん。忘れたとはいわせねえがよ」

「はい、その通りです」

睨み返すかと思ったら、やけに素直な声で冴子はこう答えて源次の視線をそっと外した。

「じゃったら、わしと若頭の二人で白猟会に殴りこめばいい。そうすれば、余分な人死にも出ねえはずじゃからの」

人死にと源次はいった。

「どうじゃろうかの、若頭」

「源次さんと二人というのなら、私のほうに異存はありません」

成宮は源次の案に同意した。多分、冴子の身の安全を心配してのことに違いない。

「相手は三十人から四十人と聞いたが、源ジイと若頭の二人だけで勝てるのか。勝算はあるのか」

重い声を裕三は出した。

「数は問題じゃねえ。要は白猟会の頭《かしら》の、あの馬鹿でかいクソ野郎をぶっ壊せば、それで終了になる。頭が壊されれば、あとの連中は逃げにかかる。そういうことだとわしは思うが。なあ、若頭」

源次は成宮に同意を求める。

今日はいやに成宮を立てている。

「私も、そう思います」

短く成宮は答えを口にする。

「なるほど」と裕三は呟くようにいい、

「この言い分に翔太君はどう思う。賛成なのか反対なのか。正直なところを聞かせてくれないか」

頭脳明晰《めいせき》な翔太の意見が聞きたかった。その結果によっては……。


源次のくるのを裕三は待っている。

仕事が終り次第小堀塾のほうに駆けつけると源次はいっていたが、まだ姿を見せない。『羽生鍼灸院』は朝の十時から夜の七時までやっているが、閉院時間をすでに四十分ほど過ぎていた。

「先生、羽生さんは、本当にきてくれるのか」

唇を尖らせぎみにして声をあげたのは、弘樹だ。

「僕たちのことなんて、忘れちゃってるんじゃないの」

これは隆之だ。二人とも落ちこぼれの不良予備軍だ。

「源ジイの治療所は個人営業だ。閉院ぎりぎりに患者がきても断ることなどは無理だ。おそらく、どこかの年寄りが、腰が痛くてたまらないとか何とかいって、駆けこんできたんじゃないかと俺は思うぞ」

裕三は明るくいうが、急患ではなく例の発作がもし起きているとしたら……くるのは当然無理ということになるが、しかしケータイには何の連絡も入っていない。それなら、そろそろと考えていると、入口の扉が開く音が聴こえた。とたんに、弘樹と隆之の顔がぱっと輝いた。

「悪い、悪い。終りがけに急に――」

頭を掻《か》きながら入ってくる源次の声にかぶせるように、裕三は声をかける。

「どうせどこかの、わがままな年寄りが、腰が痛いだの何だのといって押しかけてきたんだろ」

「腰痛は腰痛なんじゃが、今夜押しかけてきたのは仙市じいさんでな。こうなると、じっくり療治をな」

首を振りながらいう源次に、裕三は思わず大声を出す。

「仙市さんがきたのか。それで腰のほうは良くなったのか」

「痛みはどうにか治まったが。しかし、しばらくするとまたぶり返すだろうな。何たって、もうかなりの年じゃからよ」

「そうか、そういうことか。となると、何とか大竹豆腐店の後継者問題を解決しないとな。つまりは、源ジイの腕の見せどころということになるな」

笑いながら源次を見る。

「例の話か。あれは、もう少し考えさせてくれよ。有難い話ではあるんだけどよ。それよりも、この二人が裕さんのいっていた、不良予備軍か」

じろりと源次が二人を見る。

「大きいほうが弘樹といって中学二年、小さいほうが小学六年の隆之で、二人とも強い人間に憧れている。だから、お前にきてもらった。何か技でも見せて、そのあとに少しちゃんとした話でもしてやってくれ」

裕三の簡単な紹介を受けて、弘樹と隆之は神妙な顔つきで源次に向かってぺこりと頭を下げる。

「そうか、弘樹に隆之か——技を見せるのは得意じゃが、ちゃんとした話というのは不得手というか苦手というか」

いいながら源次は、手振りで二人を立たせる。

「じゃあ、隆之はまだ体が小さいし無理じゃろうから。弘樹、わしを殴ってみろ。思いきり力を出して」

最初から荒っぽいことをいい出した。

「あの、殴ってみろって、どこを殴ればいいんですか。本当に思いきり殴ってもいいんですか」

弘樹の身長は百七十五センチほど、鍛えでもしているのか体も締まっていて筋肉質の体型だ。

「顔でもボディでも、好きなところを殴ればいい。わしを、ぼこぼこにするつもりで殴れ。死物狂いでやれ、ちゃんとした不良予備軍ならよ」

命令口調の源次の言葉に弘樹がようやく動いた。思いきり左右の拳を源次のボディに叩きこんだ。素人にしては珍しく、肩も腰も入った突きだったが、むろん鉄の筋肉でおおわれた源次の体はびくともしない。

「そんな程度か」

笑みを浮べる源次に、弘樹はむきになったように左右の連打をあびせるが源次は涼しい顔だ。鼻歌でも出てきそうな顔だ。

弘樹の戦法が変った。今度は左右のパンチが源次の顔面を襲った。しかしこれも、ほとんど効かない。源次は上手に顔を振って弘樹のパンチを受け流している。

弘樹の手が止まった。肩で大きく息をしている。

汗だらけの顔には信じられないという表情が、はっきり浮んでいる。

「ボクシングでも少しかじったんじゃろうが、日本古来の古武術の突きは、そんなもんじゃねえ。体中の力を肩の旋回によって増幅させながら腕に伝え、さらに突きを出す瞬間に軸足の裏で大地を蹴る。これでさらに力は増幅されて、受けた相手は一発で沈む」

何だか難しいことをいい出した。

「言葉だけではわからんじゃろうから、実際にやってみるので、よく見てろ」

いうなり、源次の体がしなり、肩の部分がわずかに回ったと思った瞬間、右の突きが宙に繰り出された。びゅっという風を切る音と、ずしんという重い手応え。

「ついでにやれば――」

源次の右足が、ものすごい速さで繰り出された。風を切るというより、つんざくような音が響いた。鋭くて重い蹴りだった。裕三は源次の蹴りを初めて見た。空気が打ち抜かれた気がした。凄《すさ》まじい蹴りだった。

「わしの渾身の突きが顔面にきまれば骨は砕けちるし、わしの渾身の蹴りが水月《ストマック》にきまれば肋《あばら》は折れ、内臓は破裂して相手は死ぬ。じゃから、わしは渾身の突きと蹴りは封印して一度も使ったことがねえ」

源次はにまっと笑ってから、

「もっとも、わしは足が短いから、相手の上段にまではとどかんけどよ」

ほんの少し悔しそうな顔をした。

弘樹と隆之はといえば——。

二人とも口をぽかっと開けて、源次の顔を見つめている。

相当ドギモを抜かれたような様子だ。

「突き蹴りはこんなもんじゃの。まあ、二人とも座れ」

源次は二人を座らせ、自分もその前に座る。三人とも胡坐《あぐら》である。裕三は少し離れて座り、三人の様子をじっくりと見る。

「あの、突きや蹴りの他に、投げなんかもできるんですか」

恐る恐るといった様子で弘樹が訊いた。

「投げかい。いろいろあるなあ、投げにもな。たとえばよ」

胡坐をかいたまま、源次の右手が傍らの弘樹の左手首をつかんだ。

「しっかりと、踏んばれ」

まず声をかけてから、つかんでいる右手の掌底《しょうてい》の部分で弘樹の手首を、とんと突くような仕草をした。瞬間、弘樹の手首がくの字になり、源次は捻《ひね》りを加えて吊りあげた。

弘樹の体がふわっと浮いた。源次の手が空中で弧を描いた。これを源次は一瞬でやった。

弘樹は一回転して背中から床に落ちた。

手首は逆にきめられ、弘樹は身動きもできない。

なんと源次は座ったまま、しかも片手だけで大柄な弘樹を投げたのだ。

技を解いて弘樹を自由にさせてやり、

「手首は痛まないか、大丈夫か弘樹」

源次は優しく声をかける。

「大丈夫です、何ともありません」

と上ずった声でいう弘樹は胡坐ではなく、神妙な面持ちで正座をしていた。隆之も同様だ。

「あの、他にはどんな技が……」

しばらくの静けさのあと、今度は隆之が訊いた。

「そうじゃな、なんせ技の数は数百にもおよぶからの、はて、どんな技を見せたらいいのかの」

「数百も技の数が……」

宙を見上げる源次に、呆気にとられた声を弘樹が出した。

「あれはどうだ、源ジイ。金縛りの法は」

すかさず裕三は声をあげる。

「あれか」といいつつ、源次はまた弘樹の右手をつかんで掌《てのひら》を床に押しつけた。

「連行金縛りの術」

ぼそりといって「立ってみろ」と源次は声をかけるが、弘樹の掌は床にくっついたまま離れようとしない。びくともしない。

「わしが術を解かない限り、弘樹は一生この床に手をくっつけたまま暮すことになるな」

「ええっ、こんなこともできるんですか」

心配して頭を抱えるかと思ったら、感激したような声を弘樹は張りあげた。

「こうすれば離れるから、大丈夫じゃけどな」

掌の上を源次の手が叩き、弘樹は床から解放される。

「すごい技ですね。武術というより、忍者の技のようですね。すごすぎますね」

上ずった声で弘樹は忍者といった。

あっという表情で、源次が裕三の顔を見る。

「源ジイの会得した技は鬼一法眼流《きいちほうげんりゅう》という、平安時代に生まれた古武術だから、こうした不可思議な術も伝わっているんだな」

もっともらしい解説をする裕三に、

「何だか難しくて格好いい流派だな。ところで平安時代って今からどれぐらい前になるんだ、先生」

初歩的な質問を弘樹がした。

「大体千年ほど前だ——弘樹、それぐらいは覚えとけよ。それから、鬼一法眼というのは人の名前でな、こういう字を書いてだな」

裕三は床にゆっくりと指で字を書き、

「牛若丸も手ほどきを受けたという、天狗《てんぐ》の化身ともいわれている人物だ」

大雑把なことをいった。

「鬼一法眼流は天狗の化身なのか——だから不思議な術が伝わっているのか」

弘樹は一人で納得している。

「なら、このあたりで源ジイ。何か、ためになる話を二人にしてやってくれ」

話を源次に振った。

「ためになる話って、いわれてもなあ。わしは理論立った話というか、しゃっちょこ張った話というか、そういった話は……」

口のなかでもごもごいいながら、

「お前らは不良予備軍ということじゃが、わしは不良が嫌いではない」

ようやく話し出した。

「何を隠そう、わしも高校時代は不良で番を張っていた。毎日が喧嘩の明け暮れじゃった」

とたんに弘樹と隆之の顔が、ぱっと輝く。

「じゃが、不良をやってもいいのは精々が二十歳ぐらいまでで、それをすぎても肩を突っ張らせておる連中は馬鹿じゃと、わしは思うておる。社会に出たらきちんと正業につき、不良で培ってきたものを生かす。それが本当の不良道ともいうべきものじゃ。わしは難しいことはわからんが、これはけっこう、的を射た言葉じゃと思っている。わしの武術の師である祖父様はよくこんなことをいっておった。チンポも立たず、屁もひらず——そんな人間だけには絶対なるなと。まあ、そういうことじゃ。こんなところでいいかいの、裕さん」

情けない顔でちらっと裕三を見てきた。

裕三は大きくうなずき、両手を叩いた。

「いい、いい。実にいい」

すぐに弘樹と隆之の二人もそれに倣《なら》い、三人の拍手は、しばらく鳴りやまなかった。

源次は雀《すずめ》の巣のような頭を掻きながら、照れた表情を浮べていたが満更でもない様子に見えた。

「よし、じゃあ二人はもう帰れ。俺はこれから源ジイと大事な話があるから」

裕三は声を張りあげた。

「ええっ、もう帰れって。もう少し鬼一法眼流の技が見たいよ。なあ、隆之」

弘樹が異議を唱え、隆之に同意を求めた。

「そうだよ、もっと羽生さんの技が見たいよ。せめて、あとひとつぐらいは見たいよ。そうしたら帰ってやってもいいよ。あとひとつぐらいすごい技を見せてよ」

隆之が叫ぶようにいった。

「あとひとつなあ……」

裕三は独り言のように呟き、

「じゃあ、あとひとつだけ。それが終ったら、ちゃんと帰るな」

念を押すように弘樹と隆之にいい、二人もそれに素直にうなずく。

「じゃあ、源ジイ。翔太君のいっていたアレをやってくれないか、十円玉の——俺もこの目でそれが見てみたい。そして、気の話を二人にしてやってくれ」

十円硬貨の折り曲げだ。裕三はあれが見たくて仕方がなかった。

「わかった。やってみるべ」

妙なアクセントで源次はいい、

「二人のうち、十円玉を持っているやつはいるか」

十円硬貨を二人に求めた。

すぐに弘樹がポケットから出して、源次に手渡した。その硬貨を右手で握りしめ、源次は背筋をぴんと伸ばして何やら口のなかだけで呪文のようなものを唱え出した。忍者が印を結ぶときに口に出す言葉だ。しかし、二人に聞かれるとまずいと思ったのか、口のなかだけだ。

「なら、やるべ」

源次は右手の人差指と中指の腹で十円硬貨をつまみ、真中に親指をそえて気息を整えた。

ぐいと三本の指に力を入れた。

瞬間、硬いはずの硬貨が軋《きし》んだ。

折れ曲がった。

声にならない悲鳴があがった。

「何それ、何が起きたの、羽生さん！」

喚《わめ》くような声が隆之の口から出た。

弘樹は呆然自失で声も出ないようだ。

「話には聞いていたが、すごいなこれは……」

掠れた声を裕三は出した。

信じられないものを見た思いだった。

「これが気だ――」

ぽつりと源次はいった、

「気とは大宇宙に漂う陰の力。この気を自在に操ることができれば、化け物じみた力を出すことができる。いわば火事場の馬鹿力のようなものじゃが、この気という代物、真直ぐな心の持主の許にしか降りてきてくれぬ清浄な力といえる。この気の力の有無が、スポーツと武術の最大の違いといえるな」

厳《おごそ》かな声で源次はいい、

「なら、約束通り、お前たちは帰れ」

凜《りん》とした声でいい放ち、折れ曲がった十円硬貨を弘樹に渡した。

名残り惜しそうだったが、弘樹と隆之は立ちあがって出入口に向かった。二人で何やら話しながらドアの前で振り返った。

「羽生さんのその技を、俺たちに教えてもらうわけには……」

弘樹が上ずった声でいった。

「本人はなかなか、うんといってくれないが。それも含めて、これから源ジイと話をするつもりだ」

裕三の声に二人の顔がぱっと輝く。

「よろしく、お願いします」

二人同時に頭を下げた。

こんな謙虚な二人の様子は初めてだ。

「おう、二人の気持は源ジイも必ずわかってくれると、俺は信じている」

裕三の言葉に、弘樹と隆之はまた頭を下げて部屋を出ていった。

「そういうことだ、源ジイ。みんな源ジイの技を習いたがっている。あの二人の気持は、世の中のワルの大方の気持だと俺は思っている。むろん、技だけ教えるのでは意味がない。術を教え、心を教え、まっとうに世の中を渡っていけるようにするのが俺たち大人の役目だ。若い者に頑張ってもらわないと、この商店街はもたん。いや、ここに限らず日本がもたなくなる。大袈裟《おおげさ》なようだが、俺は心からそう思っている」

二人が帰ってすぐ、噛んで含めるように裕三はいった。

「ううん」と源次は唸《うな》っている。

「ワルの性根を叩き直して、まっとうに生きられるようにする。そして、できればそのなかから、この商店街の役に立つ人間を育てあげる。たとえばさっき話に出た、大竹豆腐店の後継者を担ってくれるような人材をだ。むろん、容易な仕事ではないのは、百も承知だ。脱落する若者も出るだろうし、反発する若者も出てくるだろう。しかし、やってみる価値は充分にある。羽生源次による、古武術道場の開校だ。ワルには昔ワルだった、お前をぶつけるのがいちばんんだ」

身を乗り出すようにして裕三は喋《しゃべ》る。

「ワルには、ワルなあ……」と源次はぼそっといい、

「だけどよ。前にもいったように、わしは実戦は得意じゃが、人に物を教えるというのが大の苦手でよ。裕さんだって知っとろうが、俺の頭の悪さはよ。それに技の数は数百……そんな数の技を、いったいどこからどうやって教えていけばいいのか。それが、わしにはわからんのじゃが」

項《うな》だれてしまった。

「だから、そのあたりは俺に任せてもらえばいい。源ジイの技を段階的に整理して、どう教えていったらいいのかは俺が考える。何といっても俺は、そっちのほうのプロだからな、心配はいらん」

「それは、そうなんじゃけどよ」

なぜだか源次は煮えきらない。

「ワルを更正させて商店街の役に立たせると同時に、源ジイが学んできた大切な木曾流の忍法の術をここで絶やさずに、伝えていくことができるんだぞ。まさに一石二鳥、こんないいことはないと俺は思うが」

発破をかけるように裕三がいうと、

「その、木曾流忍法を伝えるという部分——そこのところがよ」

押し殺した声を源次が出した。

「そこのところに、何か困った点でもあるのか」

源次のいっている意味が裕三には、わからなかった。

「裕さんも知ってる通り、俺の体はよ。癌にむしばまれていて、いつ死ぬかよ。そこのところがよ……」

「そこのところが、どうしたっていうんだ。俺には源ジイのいってることが、さっぱりわからん」

裕三は声を荒げた。

「わしの技を習得するには、初歩の段階でも三年ほどかかる。その間にもし、わしが死んでしまったら、習っている連中に申しわけが立たなくてよ。せっかく意気ごんで一生懸命やっているワルたちを、挫折させるようでよ。ワルにはけっこう、初心《うぶ》な部分があるからよ。それがわしにはな」

ようやくわかった。源次は、自分が死んだときのことを心配しているのだ。律儀なのだ、源次は。純真無垢《むく》といってもいい。その無垢な心が、何十年にもわたって恵子のことを……。

「源ジイ」

裕三は、できる限り柔らかな声を出した。

「死んでしまえば、それで終り。そんなことまで考えなくてもいいんじゃないか。源ジイが死んで道場がなくなったとしても、誰も源ジイを恨まないし、それまでの成果は必ず残るはずだ。もう少し自分勝手に、大雑把に生きてみたらどうだ」

諭《さと》すようにいった。

「自分勝手に、大雑把に……」

独り言のように繰り返す源次に、

「そうだ。そんな生き方では、辛いだろ」

しみじみとした口調で、裕三はいった。

「辛いな、確かに辛い」

低すぎるほどの声を源次は出した。

何となく湿った声にも聞こえた。

「それにな。死ということをいえば、俺だって死というものと常に一緒に生きてきた。死んだほうがいい人間だと常に思っていた、生きる価値のない人間だとな」

「ああっ……」と、吐息をもらすような声を源次はあげ、

「そうじゃったな。先日の集まりのとき、裕さん、確かにそういってたな。俺はいつ死んでもいい人間じゃと。いや、死んだほうがいい人間じゃと」

視線を床に落していった。

「そうだ。癌でいつ死ぬかわからん人間と、死んだほうがいい人間……いい取り合せだな。もっとも俺のほうは、悪業の末の勝手な結論だけどな……」

そう、悪業の末の勝手な結論。

あの、みんなでのんべに集まったとき、自分は……。

あのとき裕三は、白猟会への対応をどうすればいいのかと翔太に意見を求めた。翔太の考えが、むしょうに知りたかった。

「守ってばかりいては、もう埒《らち》が明きません。僕も打って出るのは賛成です。昭和ときめき商店街は、反社会勢力は絶対に受け入れない――その気概を彼らに知らしめるためにも、そして黄昏商店街から、ときめき商店街に変っていくためにも。ここに住む僕たち自身が、行動に移すのは不可欠だと思います。ただ――」

このとき翔太はこんなことをいい、ほんの少し恥ずかしそうな表情を浮べてから、

「白猟会全員を相手にすることはありません。彼らのなかには頭が怖くて従っている者もいるはずですし、ちゃんとした世界では行き場がなくて会に属する者も必ずいるはずです。そうした人間を、こちら側に取りこむのもひとつの手だと。つまり、仲間の切り崩しを図るのです。幸い、昭和ときめき商店街には源次さんという忍びの術を遣う武術の天才がいます。白猟会の連中も源次さんの強さは十二分に知っているはずで、少なからず僕のように憧れを持っている者もいるはずです。だからここは、時間はそれほどありませんが、まず源次さんに動いてもらって会の切り崩しを図るのが得策だと」

みんなの顔を見回して滔々と述べた。

「おい、わしはおめえと違って天才なんかじゃねえよ。他に何の取柄もねえ、単なる武術馬鹿じゃよ。喧嘩しか能がねえんじゃよ」

源次がすぐに照れたような声を出した。

「格闘技に関していえば源次さんは天才です。僭越《せんえつ》とは思いますが、それは僕が保証します。だから源次さんに彼らを脅すというか説得してもらうというか」

今度は翔太が照れたような声を出した。

「実戦ならいいけど、わしは頭が悪いからよ。説得っていわれてもよ」

源次が情けない声をあげると同時に、大きな拍手が鳴り響いた。裕三だ。

「大丈夫だ、源ジイ。説得のほうは俺が引き受ける。源ジイが相手をちょっと締めてくれれば、そのあとすぐに俺が説得にまわる。俺は翔太君の意見に大賛成だ」

我が意を得たりという思いだった。

翔太は裕三の代弁者だった。

「そして、翔太君。その説得したワルたちをどうするか。翔太君のことだから、その先のことも考えてるんじゃないか」

さりげなく水を向けてみた。

「はい、考えはあります」

打てば響くように翔太は答えた。

「まず源次さんに根性を入れ直してもらい、見込みのある人間は、ここの商店街のために働いてもらう。この商店街には空き店舗が何軒もあります。そこを利用してラーメン屋なり、居酒屋なりを開いてもらえば。以前、源次さんの子分になった、ブラジルの人たちと一緒に店をやってもいいですし――ワルといっても若い人です。商店街の活性化は若い人が参加しなければ成り立ちません。ワルだった根性を発揮してもらって、ラーメン屋でてっぺんを取ってもらえばいいんです」

翔太の頬は紅潮していた。翔太の胸のなかにもこの商店街に対する強い思い入れが溢《あふ》れているのだ。この商店街が好きなのだ。両目が潤んでいるようにも見えた。

すぐに裕三が拍手をした。

そして、この会に参加している、すべての人間の拍手がそれに重なった。

「翔太君のいう通り、商店街の未来を切り開いていくのは若者しかいない。主役は若者で俺たち年寄りは、その手助けを精一杯するのみ。それこそ、捨石《すていし》になる覚悟でな」

しみじみとした調子で裕三がいうと、

「捨石、けっこう。この商店街のため、大いに捨石になろうじゃないか。それにしても翔太君のいった、てっぺんとは、いい得て妙だよな。あいつら、てっぺんという言葉に弱そうだから。これはひょっとしたら、ものになるかもしれねえな」

洞口が大きくうなずいた。

「そのためには源ジイに、しっかり先方のタガを締めてもらわないといけませんね。ちゃんと正業に励むようにですね。何たって、元はワルなんですから」

心配そうにいう川辺に、

「ワルのなかには、けっこう律儀なやつもいるから大丈夫じゃと、わしは思うがよ。それに、いくらタガを締めても、根性の直らねえやつは容赦なく叩き出すから心配はねえ」

源次もやる気充分の言葉を口にする。

「それじゃあ、明日から俺と源ジイは相手の切り崩しを実行することにする。どれほどの成果が出るかはわからんが」

裕三は宣言するようにいってからみんなの顔を見回し、ざらついた声を出した。

「さっき源ジイは、白猟会に殴りこみをかけるのは自分と若頭の二人のみといっていたが、俺も参加させてもらうから、そのつもりでいてほしい」

いよいよあれだ。

自分の悪行をここでぶちまけるのだ。いかに自分が生きていることに値しない人非《にんぴ》人《にん》であるかを、ここで洗いざらいぶちまけて石の礫《つぶて》を全身に受けるのだ。死んだほうがいい人間であることを。

「なぜなら」

と裕三が口を開こうとすると、傍らから声があがった。冴子だ。

「二人だけでなく、私も一緒に行くつもりですから」

冴子が凛とした顔で周りを見ていた。

「姐さん、それは駄目だ。危険すぎる」

すかさず、成宮が叫んだ。

「危険は承知の上。だからといって逃げるわけにはいかない。山城組のてっぺんは私なんですから。そんな私が顔を出さないということになれば、筋も名分も通らないことになります。下の者にも示しがつかなくなり、組の統率もできなくなる。何たって矢面は私なんですから、私は自分の筋をきちんと通すつもりです。いいですね、若頭」

冴子はじろりと成宮を睨んだ。

「それはまあ、おっしゃる通りで――」

渋々ながら成宮が折れた。

「僕も一緒に行きますよ」

次に声をあげたのは翔太だ。

「さっき僕は、昭和ときめき商店街は、反社会勢力は絶対に受け入れない、その気概を知らしめるためにも僕たち自身がといったばかりですから――いい出しっぺの僕が行かないわけにはいきません」

はっきりした口調でいう翔太に、

「翔太、おめえ。ひょっとしたら死ぬかもしれねえんだぞ」

驚きの表情で源次がいった。

「そうですね。でも本音をいえば、僕はもう少し男らしくなりたいんです。危険な場所から逃げる人間ではなく、危険な場所だからこそ向かっていける人間に。いうなればこれは、僕にとって試練のようなもので、大いなる実験なんです。これから生きていくための」

顔を上気させて翔太はいった。

「すごいな、おめえはよ、やっぱり。大いなる実験という意味はよくわからねえが、おめえがいうんだから、そういうことなんじゃろう。よし、許す。その代り、隅《すみ》のほうでじっくり見てろ。何たって、実験なんじゃからよ」

釘を刺すことは忘れないが、源次が翔太の参加をあっさり認めた。

「もちろん、私も行きますから」

今度は川辺の声だ。

「様々ないざこざで私も近頃、ようやく恐怖心が薄れて自信がついてきましたから。今度こそ得意の柔道で、やつらを投げて投げて、投げまくってやります」

頭を片手で押えながらいった。

「じゃあ、俺も行くことにするからよ」

洞口が意を決したような顔でいった。

「冴子さんが組のてっぺんなら、俺は商店街のてっぺんだから、顔を出さないわけにはいかないだろう。まあ、本音をいえば、源ジイが思いっきり暴れるところが見たいっていうところだけどよ。いずれにしても戦力にはなれそうにもないから、翔太君と一緒に隅の方で見物ということにするよ」

小さくうなずく洞口に、

「じっちゃん、私も行くからね」

傍らの桐子が、とんでもないことを口にした。

「桐ちゃん、それは駄目だ。どう考えても女の子の行くところじゃない。危険すぎる。冗談抜きで、殺し合いになるかもしれない場所なんだから」

思わず裕三は制止の声をあげる。

「ていうか、私はみんなの、保険のようなもんだから」

妙なことを桐子は口にした。

「みんなは殴りこみのつもりでいるらしいけど、これは表向きは話し合いにしないとだめだから」

「殴りこみじゃなくて、話し合いですか」

きょとんとした表情で川辺が桐子を見る。

「もし、とんでもない展開になって大事になり、事が公になったらどうするの。ネットニュースに、『商店街の役員、半グレ集団に殴りこみ』の文字が、めっちゃ躍って拡散することになるよ。それを避けるために私は行くの。高校生の女の子が一緒なら、どう考えても、どう転んでも殴りこみにはなりようがない。だから私は保険。そういうこと」

穿《うが》ったことを桐子はいった。

「なるほど、そういう考えもありますね。今の今まで、まったく気がつきませんでした。いや、ぼうっと生きてるだけの女子高生かと思ったら、桐ちゃんもなかなかやりますね」

感心したように川辺がいったとたん、じろりと桐子に睨まれて首を竦《すく》めた。

「それに状況をつぶさに把握して、もし、とんでもない事態に陥るようだったら、すぐに翔太と二人で逃げ出して警察に電話するから。我ながら、まったく頼もしい限りじゃんね」

盛んにうなずく桐子を、一緒に逃げ出すなかに入れてもらえなかった洞口が苦々しい顔で見ている。

「まあ、本音をいえば、私もじっちゃんと一緒で本気になった源ジイが、どんな突拍子もない暴れ方をするか、生中継で見たいだけなんだけどね」

どういうわけか、桐子は翔太の顔を見ていった。

「わかった」と、裕三は声をあげた。

「ここは公正にみんなで行こう、殴りこみではなく名目上は話し合いとして。その代り、桐ちゃん、翔太君、洞口は離れたところで事の成行きを見ているだけ。そして桐ちゃんのいう、とんでもない状況になったら警察にすぐに連絡する。そういうことにしよう。やっぱり保険はあったほうがいい、よろしく頼むよ、洞口」

裕三は洞口に向かって頭を下げてから、

「それはそれとして――」

喉につまった声をあげた。

「先陣を切るのは俺にしてほしい。俺がまず一番に敵のなかに飛びこむ。それを許してほしい」

「先陣はやっぱり裕さんよりも、腕に覚えのある源ジイか成宮さんのほうがいいんじゃないんですか。ぼこぼこにされて、へたをすれば裕さん、死にますよ」

怪訝《けげん》な声を川辺があげた。

「俺は死んでもいい人間なんだ。だからこそ、先陣を切りたいんだ。それが人間としての俺の筋なんだ」

悲痛な声を裕三はあげた。

胸が喘《あえ》いでいた。

息苦しかった。

「例の十月の精霊流《しょうりょう》しの件だ。話せるときがきたら必ず子細を話すといった、あれだ。あれをこれから俺は話そうと思う。今しか話すときはないような気がするから。生きている今しか」

絞り出すような声でいうと「あっ」という声があがった。冴子だ。

「それなら私たちはこのへんで——何かこみいった事情がありそうですから」

成宮をうながして立ちあがろうとする冴子に、

「冴子さんも透さんも、どうかそのままで。これから生死を一緒にする仲間ですから。死地に向かう戦友として俺の話を聞いてください。人非人の俺の話を仲間として。どうかお願いします」

裕三は深々と頭を下げた。冴子と成宮は互いの顔を見合せていたが、それでもその場にゆっくりと腰をおろした。

「何くわぬ顔で、しゃあしゃあと生きてはいるけど、俺は人殺しなんです。それも何の罪もない赤ん坊の命を奪った……」

掠れた声でいった。

「今から二十三年前。勤めていた工作機械の会社が倒産したのをきっかけに、俺と妻の貴美子との間がおかしくなって、溝ができた。それでも貴美子はその溝を埋めるためにと、ある提案をした。子供ができたら二人の間は修復できるんじゃないかと」

裕三は膝の上の拳を握りしめた。

「子供って……」

ぽつりと桐子がいった。

「それまではお互いの自由のために、子供はつくらないでおこうと二人できめていたんだが、貴美子はそのきめごとを破ってでも、俺との仲を何とかしようと必死だった。俺はその提案に賛成し、そして貴美子は妊娠した。その直前——」

裕三はごくりと唾を飲みこんだ。

胡坐をかいていた裕三の姿が、いつのまにか正座に変っていた。

「俺はある人妻と恋に落ちた。その人も家庭環境がうまくいっておらず、俺はその人との結婚を夢見た」

裕三は奥歯を嚙みしめた。

「そんな、勝手すぎること」

桐子が叫んだ。

「そう。桐ちゃんのいう通り勝手すぎる選択だ。そして、そのころ、その人妻も同じように妊娠した。父親が俺なのか相手のご主人なのか、それは今もってわかってはいないが」

裕三はそのときの状況を詳細にみんなに語った。たったひとつ、恵子の名前だけを伏せて。今になって、恵子を好奇の目にさらすわけにはいかない。それが最低のルールだった。裕三は恵子の名前以外のすべてを、みんなにつつみ隠さず正直に話した。

「俺はその人と結婚をするために、貴美子に離婚を迫った。そのとき貴美子はこういった。子供はどうするの、どうしたらいいのと……堕《お》ろしたほうがいいと俺はいった。そのほうが第二の君の人生もやりやすくなると——口ではこういったが、子供がいないほうがその人との結婚話はうまく進むと思っていたことは事実だった。俺は利己主義の塊、鬼になっていた、人非人だった」

裕三は両肩を震わせた。

「サイテー、裕さんって」

そんな桐子の辛辣《しんらつ》な声を胸に置きながら、裕三は話をつづける。

修羅場を繰り返した末、貴美子は子供を堕ろし、裕三と離婚した。一人になった裕三はその人妻に結婚を申しこんだが、拒否された。他の人を不幸にしてまで、私は幸せになりたいとは思わない——これが一貫したその人妻のいい分だった。その人妻も夫とは別れることになったが、その時点で裕三との深い関係も断ち切った。

裕三の話は終った。

「だから、十月の精霊流しだったのか。その堕ろした子供のための」

低い声で洞口がいった。

「堕ろしたのが十月の二十五日だったから、それで。子供の名前は秋穂……俺が殺した子の名前だ」

声が震えていた。

畳の上に何かがこぼれた。

涙だった。

裕三は歯を食いしばって泣くのをこらえた。泣く価値など、ない人間だった。苦しんで苦しんで、苦しみ抜かなければいけない人間だった。いや、人間ではない。鬼だった。鬼は涙など流さない。みんなの前で泣くことなどは以ての外。あまえることなどは許されない。泣くなら一人、あの薄暗い部屋で……。

「その相手の女性の子供は、どうなったの。やっぱり堕ろしたの」

恐る恐るといった表情で桐子が訊いた。

「その子は生まれた。秋穂は死んで、その子は生まれた」

腹の奥から声を絞り出した。そうでもしなければ答えられなかった。

一瞬、周りが静まり返った。

重苦しい空気が流れた。

「みんな、かわいそう」

沈んだ声を桐子があげた。

「みんなかわいそうだけど、裕さんもかわいそう。いちばん悪いんだけど、いちばんかわいそう。いちばん……」

子供のような声だった。

その瞬間、裕三の体のなかで何かが外れる音が響いた。

裕三は号泣した。

畳に突っ伏して裕三は泣いた。肩を震わせて泣いた。涙が次から次へと流れ落ち、畳にシミをつくった。それでも裕三は泣いた。

「裕さん、周りのお客さんが変な目で見てますよ。裕さんの気持はよくわかりましたから、そんな子供のような泣きかたは」

川辺のおろおろ声が聞こえた。

「周りなんぞ、どうでもいい。泣きたいだけ泣かせてやれ。二十年以上、たまりにたまっていた涙だからよ。心おきなく泣かせてやればいいと、わしは思うぞ」

これは源次の声だ。

それから裕三は十分ほど泣きに泣いた。

よろよろと体を起こすと、みんなが裕三の顔を見ていた。

「すまない、あまえたような泣きかたをして」

首を深く垂れた。

「いいってことよ。長い人生だ。誰だって人に話せねえことの一つや二つはあるはずじゃ。叩けば埃《ほこり》の出る体が人間ってえもんだ。翔太と桐ちゃんを除けば、こんなかの誰もが埃を体にまとって生きてるはずじゃ」

源次の声に翔太がすぐに声をあげた。

「僕だって、人に話せないようなことはあります」

その声に桐子がすぐに反応した。

「えっ。翔太って人に話せないことがあるの、翔太のくせに。じゃあ、私だって」

宙を睨みつけるように見てから、

「ないかも、しれない……」

悔しそうな声をあげた。

が、桐子のこの一言が周囲の空気を穏やかにし、場を和ませた。

「桐子さんは若いから、まだまだこれから。少し年上の私なら」

冴子が指を折って数え出した。左右の指をすべて折ってから、

「わっ、指が足りない。私ってけっこう、埃まみれの悪女かもしれない」

はしゃいだ顔でおどけてみせた。

とたんに隣の成宮が、首をがくっと垂れた。

「そういうことじゃよ、裕さん。むろん、反省するのは大事じゃが、そんなに自分を追いこむことはねえよ。一人で苦しまねえで、こういうときはいつでも、わしたちに

話せばいいよ。裕さんの苦しみは、わしたちの苦しみ、裕さんの歓びは、わしたちの歓び。何たって、わしたちは仲間なんじゃからよ。なあ、みんな」

源次の言葉に、独り身会の面々が次々にうなずく。

「そうだよ。この年になって何でも話せる仲間がいて、一緒になって何かができるなんぞ、素晴らしいことだと俺は思うぞ。俺は独り身会ができて本当に助かってる。ぼうっと生きてるだけの孫の守《も》りだけでは、とても間がもたねえからな」

洞口の言葉に桐子がぷっと頬を膨らませる。

「そうですよ。私もこの半年間、どきどき、わくわくの連続で、まるで青春時代に帰ったような気持になれましたよ」

嬉しそうにいう川辺の言葉を受けて、

「わしだって同様だ。わしは妻もいなけりゃ子供もいねえ。正真正銘の天涯孤独の身の上じゃから、独り暮しの淋しさ侘しさは身にしみてわかっている。それが……仲間はいい、実にいい、生きるハリが湧いてくる。そんなわしたちのリーダー格の裕さんが、生きる気力をなくしてしまってはよ。秋穂ちゃんだって、裕さんの気持は充分にわかってると思う。わしはそう思う。そうにきまっている」

口べたな源次が、一生懸命喋《しゃべ》っていた。

「そういってくれると本当に有難い。俺の話をちゃんと聞いて、真面目に受けとめてくれるだけで俺は嬉しい。源ジイのいうように仲間はいい。特に俺たちのような年寄りにとって、仲間は宝物だと思う」

裕三がそこまでいったところで、冴子が口を開いた。

「私たちはみなさんより、うんと若いですけど、それでも私たちはみなさんの仲間だと思っています。いえ、仲間に入れてもらって本当に嬉しく思っています。ねえ、若頭」

冴子の言葉に、すぐに成宮が口を開く。

「もちろんです。私たちのような者のために、こんなに親身になってくれる人は、そうそうはいません。本当にありがとうございます」

成宮は畳に額がつくほど頭を下げた。

同時に独り身会の面々も冴子と成宮に頭を下げる。

「みんなが俺を思ってくれる気持はよくわかったが、たったひとつだけ俺のわがままを聞いてほしい」

下げた頭を上げながら裕三は一人一人の顔を順番に見回し、

「最初にいったように、白猟会への殴りこみの際、先陣はやはり俺に務めさせてほしい」

哀願《あいがん》するようにいった。

「この期におよんで、まだ先陣って。まさか、まだ死ぬつもりでいるのか、裕さん」

怒鳴るような声を源次があげた。

「違う。ことさら死ぬ気は、もう俺にはない。死ぬも生きるも、時の運。今はそう考えている。ただ、先陣の件はずっと俺のなかでは確定していたことで、胸のなかの秋穂にもそれを約束している。だから、これをくつがえすことは……決して死ぬための先陣じゃない。けじめとしての先陣、そういうことだから」

言葉を選ぶようにして裕三はいった。

「叶えさせてあげましょうよ、小堀さんの先陣」

賛成の声が飛んだ。声の主は翔太だ。

「生意気なことをいって申しわけありませんが。小堀さんはみなさんの様々な励ましで心の部分は納得したようなんですが、まだ体の部分がついていけないんだと思います。その体の部分を納得させるためのものが、先陣。だから、それさえ果たせば、小堀さんは精神面はもちろん、体の面もずいぶん楽になるはずなんです。僕にはそんな気がしてならないんですけど」

遠慮ぎみではあったが、はっきりした口調で翔太はいった。

「わしにはよくわからねえ理屈じゃが、頭のいいおめえがそういうんなら、そういうことなんじゃろうな。なあ、みんな」

源次の言葉にみんなが一斉にうなずく。

「ありがとう、翔太君。じゃあ、先陣の件はよろしく頼む。決して死ぬようなまねはしないから」

嬉しそうな声を裕三はあげると同時に、桐子が叫ぶように声を出した。

「まるで映画みたいじゃんね。ほら、サングラスをかけた、じっちゃん監督の『七人の侍』だったかな。でも、私たちの場合は一人多いのか」

「それでいうなら、八人のサムライ――これできまり。戦いは私たちの勝ち」

珍しく、しゃれたことを川辺がいって、この場をうまくまとめた。


白猟会のアジトは、隣町の外れにある倉庫群のなかにあり、そのうちの使われていない古い建物のひとつを根城にしていた。

午後の二時少し前。

裕三たちは、その根城に向かって歩いていた。なんと、洞口、翔太、桐子の三人は頭に頑丈そうなヘルメットをかぶっている。三人に対する源次の厳命だった。

「硬い物で頭を殴られれば、致命傷になる」

源次はそういって、裕三たちにもかぶるように勧めたが、冴子と成宮はみっともないからと拒否、裕三もありのままの姿で闘いたいと首を横に振った。

「私がかぶると何となく、ハンバーガーのようなかんじになってしまいますけど……何たって私の頭は」

頭に手をあてて悲しげな声を出したものの、結局かぶることにしたのは川辺だ。そして当の源次はといえば——。

「かぶり物は、武器を手にした多勢を敵にするときの武人のたしなみ」

こんなことを口にして、戦国武将の黒田官兵衛の物を模したという、丼鉢《どんぶりばち》のような鉄兜《てつかぶと》をしっかり頭にのせていた。

「しかし、八人が寝返ってくれてよかった。これで敵の人数は二割ほどは減ったということになる」

隣の源次に裕三は話しかける。

例の切り崩しの件だ。

「わしは、もう少しいくかと踏んでいたんじゃが、ちょっと当てが外れた」

源次は丼鉢の頭を軽く振る。

裕三と源次が、白猟会の切り崩しを実行したのは五日間ほど。地元の商店街と隣町の繁華街をとにかく歩き回り、それらしい男を見つけたら二人がかりで路地に連れこむ。そこで源次が金縛りの術を相手にかけて、ドギモを抜く。さらに追討ちをかけるように、今度は十円硬貨を取り出して目の前で折り曲げをやってみせるのだ。

これで相手の気力は完全に萎える。

「わしを敵に回すな、わしの側につけ」

ドスのきいた声で源次がこういい、このあとを引き継いで裕三が白猟会を抜けるように丁寧に説得をするのだ。五日間の切り崩しで、裕三たちが声をかけた白猟会の連中は二十人ほど。そのうちの八人が寝返ったのだから、かなりの成功率だともいえた。最後が一昨日だった。

夜の十時過ぎ、隣町の飲み屋街を左頬に傷痕《きずあと》のある若い男が歩いているのを見つけ、早速源次が動いた。男の脇に近づき、右手で左肘の秘孔をつかんで力を入れた。男の顔が激痛で歪《ゆが》んだ。そのまま路地裏に引っぱりこんだ。

「てめえ、白猟会のもんじゃな。俺のことは知ってるな」

いつも通りの言葉を源次が出すと、男はがくがくとうなずいた。源次は右手をすべらせて男の手首をつかみ、傍らのブロック塀にぴたっと押しつけた。

「連行金縛りの術――これでてめえの手は、わしが術をとくまでこの塀から外れることはねえ」

源次の言葉に男は左手を塀から離そうとするが、むろん離れない。男の顔に驚愕《きょうがく》の表情が浮ぶ。そして源次が印を結ぶ。

「臨、兵、闘、者、皆、陣、烈、在、前……」

唱え終るとポケットから十円硬貨を取り出して指に挟み、ぐいと力をいれる。二つに折れ曲った十円硬貨を見て、男の顔がすうっと青ざめるのがわかった。

「わしを敵に回すな、わしの側につけ」

源次のこの台詞のあと裕三が説得を始めたのだが、この男は一筋縄ではいかなかった。裕三が何をいっても首を縦には振らなかった。

「てめえ、うちの頭とやりあって、一度負けてるじゃねえか。負け犬が偉そうなことをいうんじゃねえぞ、馬鹿野郎がよ」

こんな言葉を源次に投げつけた。あの『鈴の湯』での一件だ。

「あれは負けたんじゃない。源ジイは体の具合が悪くて何もできなかったんだ」

叫ぶように裕三がいうと、

「ほざけ。何がどうだか知らねえが、その馬鹿野郎が頭に負けたのは確かなこった。それに俺は頭の親衛隊の一人だ。てめえらの側につくはずがねえだろうが」

男は恐怖に体を震わせながらも、吼《ほ》えるように叫んだ。

「こりゃあ駄目だ、裕さん。こいつは根っからのワルだ。改心しようなどという殊勝な気持はさらさらねえ。刑務所に十年ほどぶちこまねえ限り、心変りは期待できねえ」

源次の言葉に「そうか」と裕三は答え、

「じゃあ、お前のところの頭に、こういっておいてくれ。明後日の二時、俺たち商店街の推進委員会の六人と、山城組の姐さんと若頭の二人の八人が白猟会の根城を訪れる。これ以上、お前たちが馬鹿なことをしないための話し合いだ。きちんとこれに対応してほしいという旨を頭に伝えてくれ」

こういって男を解放した。

明後日に白猟会に行くというのは、すでに決定済みのことだった。


八人がアジトのある倉庫群に入りこんだ。

人気はまったくない。大きな道を挟んで二十棟ほど並んだ倉庫の半分以上が、今はどうやら使われていないようだ。

さて、この倉庫のどれがやつらのアジトなのか。八人は思い思いの場所に立って辺りをあちこち見回すが、どうにもわからない。

裕三は、きょろきょろと視線を動かす源次に声をかけた。

「源ジイ、ちょっと話が」

怪訝な表情で振り向く源次に、

「先日、のんべで話した、俺が恋に落ちた人妻の件なんだが。源ジイにだけは、その相手がどこの誰なのかを知らせておいたほうがいいかと思ってな」

低すぎるほどの声でいった。

「裕さんの恋の話か――聞きたくねえな、そんなものは」

ぼそっといい、

「人の恋の話ほど、つまらんもんはねえからな。羨《うらや》ましいだけで、得るものは何にもねえし、それに」

源次は言葉を切った。

「ダブル不倫をするような女の名前なんぞ、聞いてもな……しかも二十年以上も前の相当埃のかぶった話じゃからな」

いってから源次は、ふわっと笑った。

裕三にはそれが、泣き笑いのように見えた。

源次は勘づいている。

不倫の相手が恵子だということを。

このとき裕三は、そう思った。

「裕さん……」

抑揚《よくよう》のない声を源次が出した。

「死ぬなよ、こんなところでよ」

やけに明るい声に聞こえた。

源次はそれだけいって、体を倉庫のほうに戻した。裕三は源次の後ろ姿に、そっと頭を下げた。目頭が熱かった。

そのとき十メートルほど前方の倉庫の扉が開き、男が一人出てきて裕三たちに向かって手招きをした。あそこが白猟会のアジトだ。八人はその倉庫に向かって、ゆっくりと歩を進めた。

開けられた扉からなかに入ると、手招きした男の手で扉は再び閉められたが鍵はかけられていない。これならイザというときには翔太たちは逃げられる。そんな思いを胸に裕三は先頭に立って倉庫の中央部に歩く。二百畳ほどの広さの倉庫はがらんとして、隅のほうに古くなった工作機械や鉄骨の類《たぐ》いが積まれてあった。奥には併設するように小部屋がつくられていて、白猟会の連中はどうやらそこにたむろしているようだ。

その小部屋の扉が開いて、男たちが次々と出てきた。最後に姿を現したのが頭の菱川尽だ。プロレスラー並の大きな体が一際目立っている。

総勢三十人ほどだ。

「これ以上あんたたちが無茶なことをしないように、今日は腹を括《くく》って話しにきた」

裕三が大声をあげる。

「話し合いなあ。そんなものは聞く耳持たねえが、嬉しいなあ」

最前列に出た菱川が笑みを浮べていった。大音声だ。

「俺はそこの冴子が好きで好きで、たまらなくてな。その冴子が俺の懐《ふところ》に飛びこんでくるとは、こんな嬉しいことはねえよな。年寄りどもを全部片づけてから、じっくり抱いてやるから、そう思え。それこそ、腰が抜けるほどいたぶってやるから楽しみにしてるがいい」

菱川の言葉を聞いた成宮の顳顬の血管が、太く浮きあがるのがわかった、そのとき源次が動いて、いちばん端に立っている成宮と冴子の脇に立った。

「若頭、菱川の料理はあんたにまかせるから」

思いがけないことを口にした。

「えっ、いいんですか。源次さんが相手をしなくて」

驚いた口調でいう成宮に、

「俺は一度、あいつとやって負けてるからよ。だからよ」

照れたような口調で源次は答えた。

「でもあれは、病気のせいで……」

「理由は何であれ、負けは負けだからよ。こういう展開になった以上、菱川を倒すのはあんたの役目だ――好きな女は自分の手で守らねえとな」

好きな女と源次はいった。

成宮の耳が赤くなるのがわかった。

「ところで、あのでかい図体を倒す、秘策らしきものはあるのか」

「顔面に渾身の右のストレートを、ぶちこもうと――」

すぐに成宮は答える。

「それでは駄目じゃ。鼻の骨と歯ぐれえは折れるかもしれねえが、ただそれだけであいつは倒れねえ。その間につかまえられて、殴られるか固い床に叩きつけられて終りだ。とにかくあいつは、頑丈じゃからよ」

「それなら、背骨ですか」

喧嘩師らしいことを成宮がいった。

「そうだな。いくら頑丈な大男で筋肉と脂肪で体を守っていても、背骨だけはむき出しの状態で守りきれねえ。簡単にヘシ折ることはできるが、へたをすれば相手は死ぬことになる。よくても半身不随で大事になっちまう。それは避けたほうがな」

「じゃあ、金的蹴りですか」

叫ぶように成宮が声を出した。

「それがいちばんだと、わしは思う。ただ、あいつは太股が信じられんほど太い。その股の間に足を差し入れるのは、至難の業《わざ》だ。その隙を見出せるかじゃが」

心配そうにいう源次に、

「やってみます。何とか隙を見つけて」

成宮はきっぱりとした口調で答えた。

「よろしく頼む」

源次は成宮に深く頭を下げた。

「そんな、やめてください。源次さんに頭を下げられたら、私はどうしたらいいのか」

成宮が上ずった声をあげた。どうやら成宮は源次に対して心を開いてきたようで、かつてのライバル意識のようなものは、そこにはまったく感じられなかった。

「好きな女を命がけで守る。羨ましい限りじゃの」

源次はぼそっと口に出す。

「わしにも好きな女がおっての。それも五十年来の好きな女がの。わしはその女が好きで好きで、そのために一生を独り身で過ごしてきたようなもんじゃが」

独り言のようにいう源次に、

「源ジイは今でも、その人のことを」

口を開いたのは冴子だ。

「好きじゃな。心から好きじゃな。しかし、こっちを振り向いてくれるのは、まず絶望的。皆無じゃろうな。しかし、わしはそれでいいと思うとる。たとえ振り向いてくれない相手でも、わしは死ぬまでその人のことを思いつづける。わしはそれで満足。実らぬ恋でも、恋は恋。願わくば、その人のために、自分の術を思う存分に駆使して命を張ってみたかったが、そんな機会はな……残念なのはそれだけじゃの」

ふっと源次は肩を落とした。

「すごい人ですね源ジイは、やっぱり」

潤んだ声を冴子は出した。

ばしっと両手で自分の頬を張った。

「よし、頑張ってよ、若頭。命を張って愛する人を守ってよ」

愛する人と冴子はいった。

「えっ、はいっ――命を張って頑張らせてもらいます、姐さんのために」

叫ぶような声を成宮はあげた。

そのとき、菱川の大音声が響いた。

「おい、てめえら。何をごちゃごちゃ喋くってるんだ。俺の話を無視してるのか、馬鹿野郎が」

どうやら何かを喋っていたようだが、裕三たちの目と耳は成宮たちに集中していて、誰も菱川の話などは耳に入ってないようだ。

「実らぬ恋でも、恋は恋か……やっぱり源ジイは、昭和生まれのサムライじゃん」

歓声をあげるようにいう桐子の声にかぶせるように「ウオーッ」と菱川が吼えた。

「桐ちゃんたちは、扉のほうへ」

裕三が叫んだ。

「やったれや」

菱川も叫んだ。

同時に、先頭を切って裕三が飛び出した。

三十人に向かって突進した。

源ジイたちがそれにつづいた。

白猟会の面々は、ほとんどが鉄パイプを手にしていたが裕三たちは無手だった。そんなものを手にしていたら殴りこみになってしまう。だから得物は相手から奪う。無謀な作戦だったがそれしかなかった。

真先に敵陣に突っこんだ裕三は、顔を殴られて床に転がった。しかし、それでよかった。裕三の目的は先陣を切ることで、相手を倒すことではない。

源ジイの周りで人が宙に舞うのが見えた。

相変らず源ジイは強い。そう思った瞬間、倒れている裕三の前に、源ジイの手によって相手から奪った鉄パイプが放られた。裕三はその鉄パイプを手にし、めちゃくちゃに振り回した。

冴子の得物だけは自分の特殊警棒だ。その特殊警棒を手に冴子は敵と互角以上の戦いをしていた。

投げまくるといっていた川辺の手にも、いつのまにか鉄パイプが握られている。裕三同様、それをぶんぶん振り回しているが、自分を守るのが精一杯のようだ。

源次の働きは目覚しかった。

忍法には当然、剣の技もあるはずで、奪った鉄パイプを手にして的確に相手を倒している。頑丈な鉄兜のおかげで頭への攻撃は無視。体にあたる鉄パイプは鍛え抜いた筋肉が防いでくれるため、これもほとんど無視。強いはずだった。源次は余裕を持って相手の体に鉄パイプの一撃を加えていた。

十五分ほどが過ぎた。

白猟会のほとんどの人間が床に転がって、呻《うめ》き声をあげていた。残るのは菱川と親衛隊を加えた数人のみ。

その菱川は成宮と対峙《たいじ》していた。

成宮はなかなか、金的蹴りを放つ隙を見出せないようだ。相手につかまらないように、近づいては飛び退《すさ》るという戦法を繰り返していたが、さすがの喧嘩師も、このプロレスラー並の体にはてこずっているようだ。

菱川も成宮の速い動きは持てあましているようで、両肩で大きな息をしている。

そのとき、鋭い声が響いた。

「死中に活――」

源次の声だ。

成宮の速い動きが、ぴたりと止まった。

無防備の状態で、すいと菱川の前に出た。

菱川の太い右腕が唸りをあげた。

強烈な右フックが成宮の顔面に飛んだ。

が、そこには成宮の姿はない。

菱川の右腕が唸りをあげた瞬間、成宮は床に這《は》いつくばっていた。決していい格好ではなかったが、顔のすぐ上に菱川の股間があった。太すぎる両腿の隙間に、成宮は右手をねじこんだ。金玉があった。ぎゅっと握りこんだ。絶叫《ぜっきょう》があがった。

大きな体がゆっくりと倒れていった。

放心状態で立ちあがる成宮の下で菱川は口から白い泡を吹いて、ぴくりとも動かなかった。

そのとき裕三は異様な気配を感じた。

頬に傷のある男だ。

あの男がポケットから何かを取り出した。

ナイフだった。

物もいわずに成宮に突進した。

放心状態の成宮は気がつかない。成宮と裕三の間は三メートルほど。裕三は、かばうような格好で成宮に飛びついた。同時に、ものすごい衝撃を体に感じた。ナイフが深々と裕三の脇腹に埋まっていた。

「裕さん！」

源次の声が響いて、傷のある男が吹っ飛ぶのが目に入った。すぐにみんなが裕三のそばに駆けよった。

「桐ちゃん、救急車」

翔太が叫んだ。

「大丈夫か、裕さん」

これは洞口の声だ。

おろおろ顔の川辺の姿が見えた。

「小堀さん、小堀さん、小堀さん」

泣き出しそうな声を成宮があげた。

脇にいる冴子の顔は蒼白《そうはく》だ。

「死ぬな、裕さん、死ぬんじゃねえぞ」

源次の声が耳を打った。

「死なない、俺は死なない、秋穂のためにも俺は死なない」

ようやく、これだけいえた。

秋穂のためにも自分は死んではいけないのだ。自分が生きている限り、秋穂も自分の胸のなかで生きている。でも、自分が死んでしまえば……死ななかった。死ぬわけにはいかなかった。

救急車のサイレンの音が聞こえた。

「死なない、俺は死なない」

声にもならない喘ぎを出したとき、見たはずのない秋穂の顔が脳裏に浮んだ。

澄んだ顔だった。

解説

池上冬樹

昭和が終わって平成となり、令和となり、もう昭和が終わって三十二年もたつのに、衛星放送の音楽番組を見ていると、圧倒的に昭和歌謡が幅をきかせている。衛星放送の音楽番組のほとんどが戦後の昭和に流行《はや》った曲を流し、昭和の時代にデビューした往年の歌手たちがマイクを握って歌を歌っている。僕も昭和三十年生まれなので、テレビを見ているとすべて知っている歌手と曲ばかりなので懐《なつ》かしくもなる。しかしもう令和だぞ、という思いもきざして、郷愁《きょうしゅう》気分をいさめるときもあるのだが、でも昭和のほうが面白く豊かだったなあという気持ちは確固としてある。

それは本書『おっさんたちの黄昏商店街』を読むとわかる。舞台は昭和ではなく、現代である。舞台は現代であるけれど、昭和歌謡や映画や往年の俳優の話など、昭和の色に彩《いろど》られた人情小説である。職人池永陽らしい確かな仕上がりで、充分に読者をもてなしてくれる。

物語の舞台となるのは、都内の北部、埼京線沿いの小さな町の鈴蘭《すずらん》中央商店街で、ずっと衰退の一途をたどっている。端を発したのは一九九〇年代なかばのバブル崩壊で、このころから徐々に客足が途絶え始め、店を閉める者も出てきた。そして二〇〇八年のリーマンショックでとどめを刺され、店を閉める者はさらに多くなり、残された商店主たちも青くなった。

そのため町おこし推進委員会が作られた。メンバーは六十五歳を迎える四人の同級生たちだ。学習塾経営の小堀裕三《こぼりゆうぞう》、元区役所職員の川辺茂《かわべしげる》、老舗喫茶店の主人の洞口《ほらぐち》修司《しゅうじ》、鍼医《はりい》の羽生源次《はぶげんじ》、それに顧問として高校二年生の五十嵐翔太《いがらししょうた》が加わる。母子家庭で貧しいが、成績優秀で、英語もぺらぺらで、東大に入れるのではないかと噂《うわさ》されている。物語の中盤からは洞口の孫で、翔太の同級生の桐子《きりこ》も仲間に入り、いちだんと賑《にぎ》やかになる。

本書はそんな商店街の人々を描く連作で、七篇《へん》で構成されている。非協力的な豆腐店の店主の翻意をうながす「昭和ときめき商店街」、小便臭い古い映画館の再生をめぐる「初デートは映画館で」、翔太のレコード店の店主七海《ななみ》への恋心を捉える「翔太の初恋」、裕三の罪と七海誕生秘話を物語る「十月の精霊流《しょうりょうなが》し」、歌声喫茶でそれぞれの切ない思いが明らかになる「七海の苦悩」、銭湯の女将《おかみ》がラブレターで謎をかける「恋文」、そして半グレとの戦いを描く「八人のサムライ」である。

そういう本筋に様々な脇筋（住民たちの苦情と要望の対処、個々の人物の活躍譚《たん》）が織り込まれていく。商店街再生という点からみるなら、豆腐屋、映画館、酒店経営の酒場（角打ち酒場）、レコード店、銭湯などが扱われるし、登場人物はみな魅力的だが、なかでも古式柔術を得意とする源次が、商店街にあらわれる屈強な外国人たちや半グレ集団と戦う話などが活気を与えているし、翔太の的確な提案や推理もよく、展開をきれのあるものにしている。話を追うごとに人物たちの事情や過去が次第にあらわになり、病気や不倫など隠された部分が見えてきて、小さなドラマが同時進行していくのは見どころのひとつで、どう展開するのかが気になっていく。

さきほどもふれたが、昭和の話が満載である。歌なら藤圭子《ふじけいこ》の『圭子の夢は夜ひらく』、小林旭《こばやしあきら》の『惜別の唄』、ヒデとロザンナの『愛の奇跡』、岸洋子《きしようこ》の『希望』、多摩《たま》幸子《ゆきこ》とマヒナスターズの『北上夜曲』、ペギー葉山《はやま》の『学生時代』、舟木一夫《ふなきかずお》の『高校三年生』、映画なら吉永小百合《よしながさゆり》（『キューポラのある街』『愛と死をみつめて』『夢千代日記』）、高倉健《たかくらけん》（『昭和残侠伝《ざんきょうでん》』）、藤純子《ふじじゅんこ》（『緋牡丹博徒《ひぼたんばくと》』）ほか多数の歌手や俳優や作品に言及されている。それにしてもなぜ昭和なのだろう。作者はこんな風に語っている。

「昭和には人間の匂《にお》いとかぬくもりとか情念《じょうねん》とか、人間らしさが今よりも鮮明《せんめい》だった気がします。貧乏《びんぼう》でしたけどね。人間の活力、エネルギーが満ちていたかなと思います」

「人間は結局のところ一人《ひとり》では生きていけない生き物だと思うんですよ。年をとって、活力は失われていっても3人、4人と集まったら若者と同じ活力になっていくんじゃないかな。世の中は捨《す》てたもんじゃない、という気持ちを読んだ人に少しでも感じてもらえればうれしいです」（『パンプキン』二〇一九年四月号）

たしかに人間らしさや人間の活力がいまよりも鮮明だろう。昭和歌謡がいいのは歌詞がしっかりと人間のぬくもりや情念を捉えているからだし（ひとつひとつ歌詞が耳に鮮明に入ってくるのもいい）、映画もまた若者にこびずにストレートに訴える力がある。そういう昭和の気分を再現した本書を読んで、作者がいう「世の中は捨てたもんじゃない、という気持ち」を読者は感じるのではないか。というのも、本書に出てくる言葉を使うなら、「大袈裟《おおげさ》なようだが生きていて良かった」という思いに共感する場面があるからである。それはこの小説が、おっさんのみならず「一生懸命生きている人たちへの応援歌」（同）であるからだ。人生は苦しみの連続である。「一見、強靭《きょうじん》に思える源次も実は苦悩《くのう》を背負《せお》って生きている。年をとればだれにでもふりかかる悩《なや》みに対して、4人がジタバタしながらも、どういうふうにして乗り越《こ》えていくのかを描きたかった」（同）とあるように、目の前にある苦悩や困難をさけることなく、正面からしっかりと対処していく姿勢が描かれており、それが何とも頼もしいのである。

最後におかれた「八人のサムライ」は、いささか悪のりというか、まるで任侠《にんきょう》映画風に半グレ集団と戦う話になっていて、主要人物の死を予感させるような結末になっているが、これはシリーズ第二作への〝引き〟とみるべきだろう。七海の父親問題、推進委員会たちの憧れのマドンナともいうべき七海の母親恵子《けいこ》の不在、主要人物の余命問題など伏線が回収されていないからで、明らかに続きがある。そして続きを期待したくなるほど商店街も群像も人懐《ひとなつ》こく、ぜひともシリーズ作品を重ねていってほしいものだ……と思ったら、やはり『おっさんたちの黄昏商店街』は大いに好評を博したようで、「潮ＷＥＢ」で続篇《ぞくへん》「続・おっさんたちの黄昏商店街」が連載され、今年六月に文庫として出版されるという。

ネタばれにならない程度に続篇にふれるなら、七海の父親問題と恵子の不在は本書のまま継続されているが（でも、どうみてもこのまま不問・不在で終わるとは思えないのだが。これは第三作への布石か？）、本書を読んで誰もが心配するだろう、末期癌《がん》で余命を宣告されている人物は、続篇でも元気に生き続けていることは言っておこう（ファンのみなさん、安心してください）。また、豆腐屋「大竹豆腐店」の後継者問題が進展するし（鍵となる若い女性が登場します）、鈴蘭シネマを舞台にした章もある。「七海の苦悩」の続篇もあり、不倫問題にはっきりと決着がつくし、その流れで、翔太の身近にいる存在がクローズアップされることにもなる。また、「恋文」に出てくるおでん屋「志の田」の女将が再登場し、おっさんの誰かと関係が深まるので、お楽しみに。

ともかく、繰り返しになるけれど、本書は、昭和の色に彩られた人情小説の秀作である。職人池永陽らしい確かな仕上がりで、充分に読者をもてなしてくれる。何よりも人物たちがみな生き生きとしていて、いったいこの人たちはどんな人生を歩むのだろうと気になってしかたがない。商店街も、そこに生きる群像もみな人懐こくて、ずっと成長を見守り続けたくなるのだ。シリーズ二作で終わるのではなく（そんなことにはならないと思うが）、ずっとずっと書き続けてほしいものだ。

本書はフィクションです。実在の人物、団体等とは一切関係ありません。
本書は二〇一九年三月に小社より刊行された単行本を文庫化したものです。

池永 陽（いけなが・よう）
1950年愛知県豊橋市生まれ。98年、『走るジイサン』で第11回小説すばる新人賞を受賞。2002年、連作短篇集『コンビニ・ララバイ』で注目を集める。06年、時代小説『雲を斬る』で第12回中山義秀文学賞を受賞。著書には『少年時代』『珈琲屋の人々』『青い島の教室』『下町やぶさか診療所』などがある。

おっさんたちの黄昏《たそがれ》商店街

潮文庫 い－5

2021年 4月20日 初版発行
2021年 5月3日 2刷発行

著 者 池永 陽
発行者 南 晋三
発行所 株式会社潮出版社
〒102-8110
東京都千代田区一番町6 一番町SQUARE
電 話 03-3230-0781（編集）
03-3230-0741（営業）
振替口座 00150-5-61090
印刷・製本 中央精版印刷株式会社

ISBN978-4-267-02288-3 C0193
JASRAC 出 2102102-101